투신

강태산

투신 강태산 10
박선우 장편소설

초판 1쇄 찍은 날 § 2017년 5월 12일
초판 1쇄 펴낸 날 § 2017년 5월 19일

지은이 § 박선우
펴낸이 § 서경석

편집책임 § 이지연

펴낸곳 § 도서출판 청어람
등록번호 § 제387-1999-000006호
등록일자 § 1999. 5. 31
어람번호 § 제1-2690호

주소 § 경기도 부천시 부일로 483번길 40 서경B/D 3F (우) 14640
전화 § 032-656-4452 팩스 § 032-656-4453
http://www.chungeoram.com
E-mail § chungeorambook@daum.net

ISBN 979-11-04-91320-4 04810
ISBN 979-11-04-90979-5 (세트)

투신
강태산

박선우 장편소설

FUSION FANTASTIC STORY

 [완결]

투신
강태산

CONTENTS

제1장
지옥의 불길, 버지니아Ⅲ

미국의 심장 백악관.

세계 최강국 미국을 지휘하는 대통령이 거주하는 곳.

댄스파티와 리셉션이 열리는 동관은 시민들이 자유롭게 드나들었는데, 심지어 관광객에게까지 개방되어 백악관은 자유의 상징이라 여겨질 정도다.

하지만 그것은 진짜 백악관의 실체를 모르는 사람들이 하는 말에 불과했다.

백악관은 방사형 도로와 공원으로 둘러싸여 있었는데 동관만 특정 시간대에 개방할 뿐 다른 건물들은 경찰과 비밀 경호국에 의해 철저히 통제되기 때문이다.

강태산은 CIA 국장 도널드의 집에서 나와 백악관과 가까운 호스텔에서 잠을 잤다.

15명의 CIA 요원들이 국장의 집과 근처에서 살해당했기 때문에 주요 도로는 밤새도록 비상 사이렌이 울려 퍼졌고 수도 없이 많은 경찰과 FBI가 워싱턴 전체를 이 잡듯이 뒤지고 다녔다.

강태산이 머물고 있는 호스텔도 경찰들이 검색을 해왔으나 중년인으로 변장하고 있었기 때문에 헛물만 켜고 돌아갔다.

무서워서 변장을 한 것이 아니었다.

지금 당장에라도 백악관에 들어갈 수 있었으나 한꺼번에 일을 처리하기 위해서는 기다릴 필요성이 있었다.

다음 날.

날이 밝자 강태산은 자리에서 일어나 세면을 하고 식당으로 내려가 빵으로 배를 채웠다.

그런 후 옷을 갈아입고 호스텔을 나섰다.

천천히 걸으며 백악관을 감싸고 있는 아름다운 공원을 감상했다.

백악관 주변에는 라파에트라 불리는 공원이 있었는데 숲이 우거졌고 갖가지 꽃들이 만발해서 워싱턴 주민들이 휴식을 취하기 위해 많이 찾는 곳이었다.

참으로 평화롭다.

조깅을 하는 시민들의 표정이 밝았고 아침 일찍 공원에 나와 자리를 잡은 노부부의 모습이 더없이 편안해 보였다.

공원에는 동상들 천지다.

뭘 그리 기념할 게 많았던지 공원 곳곳에 여러 형태의 동상들이 설치되어 있었다.

눈을 들어 바라보자 멀지 않은 곳에 오벨리스크가 보였다.

오벨리스크는 이집트의 태양신을 상징하는 사각주를 말하는데 끝으로 올라갈수록 피라미드처럼 뾰족한 건물이다.

눈을 내린 강태산이 시계를 흘끗 바라본 후 백악관을 향해 태을경공을 펼쳤다.

바람처럼 그의 몸이 공중으로 떴다.

사물은 빠르게 그의 주변을 스쳐 지나갔고 백악관의 담장은 순식간에 응축되어 그의 몸이 지나가는 것을 허락했다.

그가 담장을 통해 본관으로 들어서자 비상벨이 울리는 소리가 희미하게 들려왔다.

담장은 물론이고 상공에까지 레이저 디펜스 시스템이 구축되어 있었던 모양이었다.

부산한 움직임이 느껴졌으나 강태산은 지체 없이 오벌 룸(Oval Room)으로 몸을 날렸다.

대통령 집무실이 오벌 룸으로 불리게 된 것은 모양이 타원형으로 만들어졌기 때문이라고 들었다.

복도를 타고 전진하면서 경호를 서고 있는 다섯 명의 사내를 쓰러뜨렸다.

백악관 전체를 통제하는 시스템이 그들의 시신을 금방 확인하겠지만 강태산은 전혀 개의치 않고 집무실 문을 열었다.

갑자기 열린 문에 뭔가를 숙의하던 사람들의 시선이 한꺼번에 몰려들었다.

거대한 회의용 탁자에는 모두 합해 여덟 명이 앉아 있었는데 대통령인 니콜라스를 포함해서 국무장관과 국방장관, CIA 국장인 도널드, 대통령 수석 보좌관과 안보수석 등 현재 미국을 이끌어가는 핵심 인물들이 모두 모여 있었다.

강태산은 그들의 시선을 받으면서 천천히 집무실 문을 닫았다.

그런 후 탁자를 향해 걸음을 옮겼다.

"상당히 심각한 대화를 나누고 있었던 모양이군. 모두 똥 씹은 표정을 하고 있는 걸 보니까 말이야."

"으… 너는!"

강태산을 알아본 CIA 국장이 턱을 덜덜 떨어댔다.

아직도 남아 있는 공포심. 사람을 죽이면서 눈 하나 깜빡하지 않는 강태산의 잔인함을 직접 본 그는 창백하게 변한 얼굴로 말을 이어나가지 못했다.

그런 도널드를 향해 강태산이 쓴웃음을 지었다.

"어이, 도널드. 넌 주접떨지 말고 앉아 있어. 난 지금부터 저기 있는 니콜라스와 대화를 나눌 테니까."

"이놈, 넌 누구냐. 여긴 어떻게 들어온 거냐!"

가운데 앉아 있던 국방장관이 자리에서 벌떡 일어나며 소리를 질렀다.

그는 아직도 이 상황이 이해되지 않는 듯 얼굴을 잔뜩 찌푸리고 있었는데, 성격 또한 다혈질이었던지 고함 소리에 힘이 담겨 있었다.

강태산은 국방장관의 고함 소리에 대한 답변 대신 바닥을 박
차고 뛰어올랐다.

번뜩이는 신형.

아무도 그가 움직이는 것을 육안으로 확인하지 못했다.

하지만 강태산이 처음에 있었던 자리에 다시 나타났을 때
국방장관은 이미 목에서 피 분수를 흘리며 바닥으로 쓰러지고
있었다.

옆에 앉아 있던 국무장관과 백악관 안보수석이 피 분수를
맞으며 비명을 질렀으나 강태산은 차갑게 가라앉은 얼굴로 그
들을 거들떠보지도 않았다.

"나한테 한 번만 더 엉뚱한 소리를 하는 자가 있다면 저자
처럼 단박에 죽이겠다. 내 말 믿지 못하겠으면 어디 한 번 해
봐."

차가운 시선으로 강태산이 사람들을 하나씩 훑었다.

국방장관은 목을 붙잡고 바닥에 쓰러져 뒹굴다가 경련을 일
으키면서 서서히 죽음을 맞이했다.

니콜라스를 비롯한 회의 참석자들은 아무런 말도 하지 못한
채 허옇게 질린 얼굴로 강태산을 바라보았다.

백안관의 경계망은 어마어마한 수준이다.

초특급 저격수 이십여 명이 정해진 장소에서 은폐한 채 포진
해 있었고 일당백의 비밀 경호국 요원들이 오십 명이나 상주하
며 대통령을 보호한다.

더군다나 레이저 디펜스 시스템이 구축되어 침입자가 발생할 경우 지근거리에 있는 FBI특공대와 경찰들이 5분 이내에 출동하기 때문에 백악관을 공격한다는 것은 거의 불가능에 가깝다.

대통령의 안전이 완벽에 가깝다는 것은 예상치 못한 침입자가 백악관에 들어왔을 경우 즉각 지하 벙커가 개방된다는 것이었다.

지하 벙커는 미사일로도 열리지 않을 만큼 단단한 강철로 만들어져 철통같이 대통령과 참모들의 안전을 지킬 수 있었다.

그랬기에 집무실에 있던 사람들은 두려움과 궁금증이 혼재된 상태로 멘붕 상태에 빠져들었다.

어떻게 들어온 것일까.

더군다나 놈은 들어오자마자 거침없이 국방장관을 죽여 버렸다.

너무나 단순한 이유.

누구냐고 물었다는 그 이유만으로 침입자는 눈 하나 깜짝하지 않은 채 살인을 저질렀던 것이다.

더 기가 막힌 것은 그가 어떻게 국방장관을 죽였는지 보지 못했다는 것이었다.

그저 뭔가 획 하고 지나갔다는 것을 느꼈을 뿐인데 국방장관은 목에 피 분수를 쏟아내면서 죽음을 맞이하고 있었다.

사람들이 아무 말 못 하고 자신을 바라보자 강태산의 얼굴에서 싸늘한 미소가 배어 나왔다.

"이제 대화할 분위기가 만들어진 것 같군. 다들 앉아, 다리 아프게 서 있지 말고."

손가락으로 까닥거려 사람들을 앉게 만들었다.

그 모습이 너무나도 비정하게 보였기에 자리에 앉는 사람들의 표정이 누렇게 변했다.

한차례 소란으로 일어섰던 사람들이 모두 착석한 걸 확인한 강태산의 시선이 반대로 돌아갔다.

집무실을 향해 달려오는 급한 발소리.

침입자가 있다는 걸 확인한 비밀 경호국 요원들이 대통령을 보호하기 위해 뛰어오는 것이 분명했다.

"그대로 앉아 있어, 죽고 싶지 않으면. 방해하는 놈들이 들어오지 못하도록 만들어놓을 테니까 잠시만 기다리고 있도록."

강태산은 사람들을 쓰윽 노려본 후 문으로 걸어갔다.

그런 후 문을 열면서 빠져나갔는데 유령처럼 순식간에 모습을 감추었다.

맨 먼저 달려오던 세 명을 쓰러뜨리고 곧장 뒤쪽에서 총을 꺼내 드는 두 명마저 베었다.

한월의 도기는 방탄조끼가 막을 수 없을 정도로 예리해서 총알보다 더 무섭다.

강태산의 한월이 맨 끝에서 달려오던 자의 목을 겨누었다.

이미 들고 있던 총은 강태산에게 넘어와 있었는데 칼끝의 시린 기운 때문인지 아니면 자신이 포로로 잡혔다는 수치감 때문인지 그의 입에서는 이상한 신음 소리가 새어 나오는 중이었다.

"너를 죽이지는 않겠다. 하지만 네 동료들에게 가서 정확하게 전해. 앞으로 1시간 동안 이곳에 얼쩡거리지 말라고 하란 말이다. 내 말대로 하지 않으면 저기 있는 대통령을 비롯해서 모든 자들을 깨끗이 죽여 버리겠다. 알았나?"

강태산의 질문에 요원의 고개가 정신없이 끄덕여졌다.

영화에서 나오는 것처럼 이를 악물거나 강태산의 행동에 대해서 정의감에 사무쳐 훈계하는 짓을 사내는 하지 못했다.

눈앞에서 피 분수를 흘리며 쓰러져 간 동료들은 하나같이 자신보다 절대 뒤쳐지지 않을 정도로 뛰어난 능력을 지닌 최고의 요원들이었다.

강태산은 사내가 장승처럼 서 있는 것을 보면서 집무실로 돌아왔다.

니콜라스는 기대에 찬 눈으로 문이 열리는 것을 바라보다가 강태산이 혼자 들어서자 실망감으로 지그시 입술을 깨물었다.

저벅, 저벅.

거침없이 다가온 강태산이 빈 의자를 꺼내어 니콜라스 앞에 가져간 후 최대한 편안한 자세로 앉았다.

지그시 바라보는 시선.

그의 시선에는 미국의 대통령에 대한 존경심이 눈곱만큼도 담겨 있지 않았다.

"어이, 니콜라스. 잠깐 밖에 나갔다 오는 동안 나에 대해서 들었겠지?"

"도대체 여긴 왜 온 거냐?"

"할 말이 있어서 왔지, 왜 왔겠어. 내가 농담이나 하려고 온 것 같나?"

"으……."

"대한민국으로 2개의 항모전대를 보냈더군. 거기에 아주 야비한 함정까지 파놓고 말이야."

"너희들이… 한 짓에 대한 결과다. 설마 비겁하게 아니라고 변명할 테냐?"

"크크크, 우리가 한 짓 맞다. 하지만 너희들이 만들어놓은 시체들이 한 건 아니지. 그 사람들은 너희가 복수한답시고 죽인 거 아니었어? 쪽팔리게 왜 이래, 선수들끼리."

"어쨌든 한국이 저지른 짓이었으니 한국은 그에 상응하는 책임을 져야 한다."

"왜?"

"미합중국은 불의를 참지 않기 때문이다. 너희들의 불합리한 공격으로 수많은 생명이 목숨을 잃었다. 그러니 책임을 져야 하지 않겠느냐."

"불합리한 공격이라… 너희가 먼저 공격해서 반격을 한 건데 그게 불합리한 공격이란 말로 바뀌는구나. 초등학생도 아는 기브 앤 테이크를 일국의 대통령이라는 자가 모른단 말이지?"

"누가 먼저 공격했단 말이냐, 우리는 그런 적 없다!"

"이 새끼들은 꼭 불리하면 오리발을 내민다니까. 손발이 잘

려야 정신을 차릴래나?"

강태산이 한월을 탁자에 찔렀다.

시퍼런 도기를 뿌리며 한월은 오동나무로 만들어진 탁자를 뚫고 반쯤 틀어박혔다.

그러나 니콜라스는 그 모습을 보면서도 눈 하나 깜박하지 않았다.

"나는 위대한 미합중국의 대통령이다. 마음대로 해봐. 그러나 한 가지는 알아두거라. 네가 잠깐 자리를 비운 동안 내 신상에 위험이 발생하면 무조건 한국을 초토화시키라는 지시를 내렸다. 여기 있는 사람들은 모두 죽겠지. 하지만 한국은 그 천 배 만 배 이상의 보복을 당하게 될 것이다."

"오호, 꽤 세게 나오는데… 그새 잔머리를 썼단 말이지. 역시 머리가 잘 돌아가는구만."

"헬파이어, 너 혼자 역사를 바꾸지는 못한다. 그러니 한국을 위해서 순순히 투항하라. 그리고 네 수하들도 자수하도록 권유해. 네가 그렇게 한다면 미국은 한국을 공격하지 않고 평화적인 방법으로 지금의 사태를 해결하겠다."

역시 노련하다.

목숨이 경각에 달렸는데도 니콜라스는 강태산을 똑바로 바라본 채 협상을 해왔다.

만약 상대가 강태산이 아니었다면 충분히 먹힐 수도 있는 협상안이었다.

그러나 강태산의 얼굴에는 어느새 싸늘한 미소가 피어오르고 있었다.

"크크크… 니콜라스, 뭔가 단단히 착각하고 있는 모양이구나. 나는 너희들을 죽이기 위해 여기에 온 것이 아니야."

"그렇다면 왜 온 거냐?"

"보여주려고. 미국이라는 나라가 얼마나 형편없는지 너희들에게 똑똑히 보여주려고 왔을 뿐이다."

"도대체 뭘 보여준다는 것이냐, 헬파이어. 이제 내일이면 한국은 초토화가 된다. 너는 네 조국이 그렇게 되기를 바라는 거냐!"

"절대 그렇게 되지 않는다. 너는 나를 단순한 암살자 정도로 생각했겠지만 나는 단순한 암살자가 아니라 대한민국의 수호신이다. 믿지 않을지 모르니까 맛보기를 조금 보여주마."

강태산이 말을 끝내자마자 탁자에 꽂혀 있던 한월을 빼 들었다.

그런 후 파산도법을 시전하기 시작했다.

단순한 시전이 아니라 현천기공을 한월에 담았고 태을경공까지 펼쳤기 때문에 사람들의 눈에는 강태산의 모습이 보이지도 않았다.

잠시 후…….

쾅, 쾅, 쾅, 콰과쾅……!

연이어 터져 나가는 벽.

푸르고 시린 빛이 줄기줄기 뻗어나가며 웬만한 폭탄으로도 무너뜨리지 못한다는 오벌 룸의 벽들을 뚫고 나갔다.

창이 통째로 날아갔고 격벽이 터지면서 복도와 연결된 콘크리트 벽에 주먹만 한 구멍들이 수도 없이 생겼다.

불과 눈 깜박할 사이에 생긴 일이었다.

순식간에 오벌 룸을 박살 낸 강태산은 니콜라스가 눈을 떴을 때 언제 일어났던 적이 있냐는 듯 처음과 똑같은 모습으로 앉아 있었다.

"니콜라스, 다시 말하지만 나는 대한민국의 수호신이다. 정식 명칭은 청룡이라고 하지. 지금부터 내 말 잘 들어. 너희들한테는 만여 기의 핵폭탄이 있더군. 남들은 가지지 못하게 만들면서 엄청 많이 쌓아놨더라. 그게 재산이라고 생각했던 모양이야. 그래서 말인데… 나는 그 핵폭탄을 너희들의 심장부에 터뜨릴 생각이다. 막을 수 있으면 막아봐. 그리고 대한민국을 공격하고 싶다면 그것도 너희 마음대로 해. 미국이 가진 핵무기로 너희들의 오만과 터무니없는 자존심을 철저하게 짓밟아줄 테니까. 어때, 재밌겠지?"

*   *   *

미국의 핵 기지는 본토 곳곳에 산재되어 있으나 모든 시스템을 통합 관리하고 컨트롤 타워 역할을 하는 건 동부에 있는 버지니아와 펜실베이니아였다.

전략 핵탄두의 숫자는 콜로라도나 애리조나, 뉴올리언스가 가장 컸으나 규모가 작은 동부의 기지들이 컨트롤 타워 역할을 맡게 된 것은 백악관과 가깝다는 지리적 이점이 있기 때문이었다.

알려진 바로는 텍사스 뉴올리언스에는 5,000여 기가, 콜로라도와 애리조나에는 각각 2,000기의 핵탄두가 저장되어 있다고 한다.

강태산은 백악관을 그냥 나오지 않았다.

오벌 룸을 빠져나온 후 니콜라스와 도널드가 미친듯이 소리를 쳐서 경호원을 부르는 걸 확인한 강태산은 곧장 백악관을 상징하는 중앙관저로 날아갔다.

한월을 빼 들고 강태산은 지체 없이 중앙관저의 기둥들을 베어 넘겼다.

지붕을 지탱하고 있던 기둥들을 잘라 버린 강태산은 파산도법의 초식들을 줄기줄기 펼쳐 철저하게 중앙관저를 파괴하기 시작했다.

기둥에 의해 지탱되던 지붕이 먼저 산산조각으로 변하며 무너져 내렸고, 로코코 양식의 창문으로 장식되어 있던 벽이 갈라지면서 관저의 속살이 훤하게 드러났다.

백악관을 경호하던 요원들과 SWAT, FBI 병력까지 순식간에 200명의 무장 병력이 도착해서 자동소총을 빼 들었으나 그들은 부서지는 중앙관저를 바라보며 아무런 짓도 하지 못한 채 넋을 놓을 수밖에 없었다.

중앙관저는 혼자 부서지고 있었다.

하나의 예술품을 조각하는 것처럼 중앙관저는 스스로 부서지고 있었는데 얼마나 정교했는지 마치 그림을 그리는 것처럼 보일 지경이었다.

3분이 지났을 때 그들의 눈에 보인 것은 완벽하게 먼지로 변한 중앙관저의 모습이었다.

침입자를 제거하기 위해 도착한 병력들은 귀신이 저지른 짓을 두 눈으로 바라보며 두려움에 떨었다.

대낮에 수많은 사람들이 바라보는 곳에서 건물이 저절로 조각조각 부서지는 장면은 소름이 끼칠 만큼 두렵고 충격적인 것이었다.

미국의 심장 백악관이 공격을 받고 있음에도 몰려든 병력들은 아무런 조치조차 하지 못하고 중앙관저가 완벽하게 무너져 내릴 때까지 움직이지 못했다.

그들이 주춤거리며 움직이기 시작한 것은 중앙관저가 깨끗하게 무너져 백악관이 완전히 반으로 갈라진 후였다.

강태산은 공원 바깥으로 빠져나와 백악관 쪽으로 몰려 들어가는 병력들을 확인한 후 천천히 몸을 돌렸다.

중앙관저를 박살 낸 것은 대통령 니콜라스에게 경거망동을 하지 말라는 경고를 주기 위함이었다.

니콜라스는 강경한 성격을 가졌기 때문에 분노를 참지 못하고 당장 한국을 공격하라는 명령을 내릴 수도 있었다.

이미 백악관 하늘에는 언론사의 헬기와 공격용 아파치가 도착해서 무너진 중앙관저를 중심으로 팽이처럼 돌고 있었다.

잠시 후면 미국 전역은 공격당한 백악관의 처참한 모습을 바라보며 충격 속에 빠져들 것이다.

니콜라스는 벌 떼처럼 몰려든 비밀 경호국 요원들의 보호를 받으며 서서히 정신을 차렸다.

워낙 급작스럽게 당했고 충격적인 일들이 반복되면서 냉정을 유지하기가 쉽지 않았으나 그는 요원들에게 국방장관의 시체를 먼저 치우게 만든 후 참석자들의 얼굴을 훑어나갔다.

국무장관과 안보수석은 어느새 냉정을 되찾고 있었지만 나머지는 여전히 충격 속에 사로잡혀 이성을 잃은 모습이었다.

"상황은 어떻습니까?"

니콜라스가 굳어진 얼굴로 묻자 뒤늦게 오벌 룸으로 뛰어들어 온 경호실장이 잔뜩 경직된 목소리로 보고를 했다.

"현재 국방장관님을 포함해서 13명이 사망했습니다. 그 외에 특별한 피해 상황은 없습니다."

"그자에게 다른 조력자는 없었소?"

"없습니다. 혼자 온 게 틀림없습니다."

"으……"

경호실장의 보고에 니콜라스의 입에서 신음 소리가 흘렀다.

정말 혼자 온 게 맞는다면 그만큼 자신 있다는 뜻이다.

전설의 헬파이어.

지금 허옇게 질린 얼굴로 허공을 바라보고 있는 CIA 국장 도널드에게서 여러 번 들은 이야기였다.

그럼에도 그는 어디 영화에나 나올 법한 주인공의 스토리로 치부해 버렸다.

유능하고 뛰어난 암살자이거나 특수한 목적으로 키워진 인간 병기일 수도 있었다.

하지만 그게 전부다.

아무리 뛰어난 능력을 가지고 있어도 개인은 집단의 힘을 당하지 못하는 법이다.

더군다나 그 집단이 국가이고 세계 최강의 미국이라면 그 개인의 힘은 개미보다 못하다는 게 그의 생각이었다.

그랬기에 스스로 무릎을 꿇으라 제안을 했고, 그렇게 되리라 예측도 했었다.

놈이 진정 한국을 사랑하고 충성을 하는 자라면 풍전등화에 빠져 있는 조국의 위기를 외면하지 않을 것이란 판단이었다.

놈은 웃었다.

더없이 차갑고 섬뜩한 미소를 보이며 이를 드러냈다.

오랜 세월, 약육강식의 법칙이 철저하게 통용된다는 정치판에서 살아왔지만 놈의 미소처럼 가슴을 철렁 무너뜨릴 정도로 차갑고 두려운 웃음은 처음이었다.

웃음과 함께 모습이 사라졌다.

마치 투명인간처럼 말이다. 그러나 놈이 사라지고 난 후 벌어진 광경은 온몸을 벌벌 떨리게 만들 정도로 무서웠다.

벽은 온통 구멍이 숭숭 뚫려 있었고 창문은 완전히 파괴되어 버렸는데 그 모든 것이 눈 깜짝할 사이에 벌어진 일이었다.

유령이다. 유령이 아니라면 도저히 할 수 없는 짓이다.

개인은 집단의 적이 될 수 없다는 그의 집착에 가까운 고정
관념이 흔들렸다.

자신의 눈앞에서 이런 짓을 저지른 헬파이어가 정말 유령이
라면 협박을 한 것처럼 핵 기지를 공격할 수도 있겠다는 생각
이 들었다.

그랬기에 그는 정신을 번쩍 차리고 국무장관을 향해 소리를
질렀다.

"국무장관, 일급비상령을 내리시오. 전국에 있는 핵 기지의
방어 시스템을 가동시키란 말이오!"

"알겠습니다."

"그리고 주변의 군부대는 지금 이 시간부로 전 병력을 핵 기
지 방어에 투입하시오."

"전 기지를 전부 말입니까?"

"단 한 군데라도 뚫리면 큰일 납니다. 그러니 내 지시대로 이
행하시오."

"지시에 따르겠습니다."

국무장관이 니콜라스의 거듭된 명령에 자신의 휴대폰을 꺼
내 들었다.

그 역시 강태산이 저지른 사실에 기가 질려 있었다.

사람으로 여겨지지 않았고 무슨 짓이든 그라면 가능할 것
같다는 생각이 들었다.

그랬기에 그는 니콜라스의 명령에 따라 전 기지의 비상경계
령을 발동시키려 했다.

콰과광……!

부르르 떨리는 진동과 함께 폭발음이 연이어 들린 것은 그가 핸드폰의 단축 번호를 눌렀을 때였다.

폭발음보다는 무거운 물체가 떨어지는 소리가 어울린다.

문제는 그런 진동이 계속 이어졌다는 것이다.

"뭡니까!"

질린 얼굴로 니콜라스가 경호실장을 바라보았다.

놀라서 물었지만 눈앞에 서 있던 경호실장이 내용을 알 리가 만무했다.

대통령의 의문을 풀어준 것은 바깥에서 경계를 서고 있던 비밀 경호국의 요원이었다.

그는 진동과 함께 오벌 룸으로 뛰어들어 왔는데 얼굴이 허옇게 질려 있었다.

"실장님, 중앙관저가 무너지고 있습니다."

"그게 무슨 소린가?"

"중앙관저가 스스로 무너지고 있습니다. 그런데 그 모습이 정말 이해하기 힘들 정도로 이상합니다."

"가보세."

불안하게 서 있던 사람들이 모두 한꺼번에 달려 나갔다.

그렇지 않아도 오벌 룸에 있는 것이 불편했던 사람들은 대통령인 니콜라스가 먼저 뛰어나가자 미친 듯이 그 뒤를 따랐다.

로즈가든까지 뛰어나온 니콜라스는 무너지는 중앙관저를 바라보며 입을 떡 벌렸다.

요원의 보고를 받으며 그의 정신이 살짝 이상해진 게 아닌가란 생각을 했는데 막상 두 눈으로 직접 현장을 지켜보자 그의 보고가 얼마나 정확했는지 새삼 느낄 수 있었다.

한 가지 다른 점은 건물 스스로 무너진 게 아니라 누군가에 의해 파괴되었다는 것이다.

그는 이와 비슷한 일을 먼저 오벌 룸에서 경험한 적이 있었다.

유령, 바로 지옥의 불길, 헬파이어의 짓이 분명했다.

강태산은 태을경공을 이용해서 워싱턴을 벗어났다.

치안이 잘돼 있는 미국 경찰은 벌써 워싱턴 곳곳에 바리게이트를 설치해서 용의자를 찾느라 혈안이 되어 있었는데 유례없이 강도 높은 검문검색을 벌였다.

워싱턴을 벗어났지만 도시는 계속 이어졌다.

미국의 수도답게 워싱턴은 도심뿐만 아니라 외곽까지도 수려한 공원과 잔디밭으로 둘러싸인 저택들이 길게 이어져 있었다.

워싱턴에서 버지니아까지의 거리는 100㎞가 조금 안 된다.

태을경공을 여유 있게 펼치며 이동을 했는데도 그가 버지니아에 도착하기까지 걸린 시간이 한 시간도 채 걸리지 않았다.

블랜드 카운티를 가로지른 강태산이 곧장 하천을 건너서 평야 지대에 도착하자 숲을 뚫고 차지연의 모습이 나타났다.

"빨리 왔네요. 나는 3시는 넘어야 올 줄 알았는데?"

"나머지는?"

"준비하고 있어요. 그런데 정말 할 거예요?"

"왜, 문제 있어?"

강태산이 바라보차 차지연의 얼굴에서 고혹적인 미소가 흘렀다.

그녀는 강태산이 나타났을 때부터 얼굴에서 미소를 숨기지 못했는데, 마치 오랫동안 떨어졌던 낭군을 만난 모습이었다.

"기지를 방어하기 위해 배치되었던 병력들이 전부 움직였어요. 핵 기지 자체도 차단되기 시작했구요. 그자들, 우리가 공격할지 어떻게 알았을까요?"

"내가 알려줬거든."

"뭐라고요!"

"재밌잖아. 멍하게 있는 놈 때리는 것보다 철저하게 준비하고 있는 놈 패는 게 훨씬 재밌는 법이다."

"아이고, 이 아저씨는 어째 시간이 갈수록 이렇게 변할까… 사단 병력이 전부 방어에 투입되었는데 그런 소리가 나와요?"

"겁나니?"

"이씨, 비너스를 어떻게 보고……."

"타이거는?"

"먼저 위치 확보한다고 출발했어요."

"그럼 우리도 가자."

"부대장님 안 만날 거예요?"

"준비하느라 바쁠 텐데, 뭐. 알아서 따라 들어오겠지."

"점심은요?"

"그러고 보니까 점심을 안 먹었네. 먹을 거 있냐?"

"쯧쯧… 칠칠맞지 못하기는."

강태산을 향해 차지연이 혀를 내밀었다.

그녀는 배낭에서 은색 포일로 감싼 물체를 꺼내 펼쳤는데 햄과 소시지가 듬뿍 담긴 샌드위치였다.

"천천히 먹고 가요. 여기 물도 있으니까 서두르지 말고."

"고마워."

"내가 직접 싼 거니까 남기지 마요. 알았죠?"

"이걸 정말 직접 쌌다고? 왜?"

"대장님 주려고 쌌죠. 분명히 바보처럼 굶고 다닐 것 같아서……."

차지연의 손에서 샌드위치를 넘겨받은 강태산이 그녀를 향해 밝은 웃음을 보냈다.

이런 면이 있다.

전투를 시작하면 더없이 냉정하고 차가운 전사로 변하지만 차지연은 강태산을 맞이할 때마다 언제나 여자이기를 마다하지 않았다.

샌드위치는 정말 맛있었다.

배고픈 상태에 먹었기 때문에 그런 것도 있었지만 차지연의 손맛이 담긴 것이라 그런지 입안에 착착 감길 정도로 감칠맛이 났다.

차지연이 건넨 물까지 마신 후 강태산이 자리에서 일어섰다.

지금 정해진 장소에서 대원들은 공격 준비를 마친 채 대기하고 있을 것이다.

서둘러야 한다.

아이젠하워와 루즈벨트가 대한해협에 도착해서 공격 준비가되기 전까지 미국을 꼼짝 못 하게 만들어야 완벽하게 일을 마칠 수 있다.

강태산은 차지연을 뒤에 매달고 태을경공을 천천히 펼쳤다.

워낙 수준 차이가 나기 때문에 그가 천천히 달렸어도 차지연은 10분이 흐르자 숨이 턱까지 차오를 정도로 지쳤다.

그들이 걸음을 멈춘 곳은 암석으로 형성된 산이 내려다보이는 협곡이었다.

민둥산이다.

나무가 하나도 없고 곳곳에 바위만 펼쳐져 동서남북 어디서도 시야가 확보된 산에는 셀 수 없는 병력이 곳곳에 진을 친채 경계망을 형성하고 있었는데, 지금도 계속해서 병력과 방어무기가 속속 집결하는 중이었다.

"보이냐, 저기가 입구인 모양이다."

"그러네요. 차들이 저쪽으로 들어가잖아요."

강태산이 손가락으로 가리킨 곳을 보면서 차지연이 입술을삐죽였다.

누가 봐도 그곳이 입구다.

암석 산은 양쪽이 튀어나온 구조였는데 그 가운데 부분으로가끔가다 차들이 들어가는 게 보였다.

차지연의 표정이 좋지 않은 것은 이곳의 방어력이 너무 강하다고 느꼈기 때문이었다.

"왜 하필 여기에요? 다른 곳도 많구만."

"마음에 안 들어?"

"여긴 유사시 미국 대통령이 들어오는 곳이라 최고의 방어선이 형성되는 기지예요. 대장님도 그건 몰랐죠?"

"모르긴 왜 몰라, 그래서 선택한 건데."

"아는데 일부러 그랬다고요?"

"응."

"왜요?"

"그래야 니콜라스가 눈이 뒤집힐 거 아니냐."

"헐, 대박."

차지연이 엄지손가락을 치켜들었다.

그녀는 강태산의 말을 듣고 진심으로 감격한 표정을 짓고 있었다.

그런 그녀를 향해 환한 웃음을 지었다.

이럴 때면 차지연은 세상의 그 어떤 여자보다 섹시하다.

"자, 그럼 가볼까? 재밌다고 불꽃놀이 너무 오래하지 마라. 자다가 오줌 쌀 수도 있어."

*   *   *

입구는 예상했던 것처럼 양쪽으로 튀어나온 능선의 중앙, 다시 말해 사람들의 시선이 잘 닿지 않는 오목한 지형에 위치하고 있었는데 그곳을 통해 차량이 지하 기지로 내려가도록 설계되어 있는 것 같았다.

좌에서 우로 스캔을 하자 광범위한 암석 산 곳곳에 미사일 발사 장치가 설치되어 있는 것이 보였다.

미사일 발사 장치는 자동 개폐 시스템으로 교묘하게 은폐되어 있었지만 강태산의 눈을 피할 수 없었다.

숫자는 정확하게 서른둘.

버지니아 핵 기지의 보유 탄두 숫자가 다른 기지보다 훨씬 적음에도 동부에서 가장 중요한 전략 기지로 운용되는 건 이처럼 완벽한 미사일 발사 체계를 구축하고 있기 때문이었다.

강태산은 촘촘히 깔려 진지를 형성하는 방위군 사이를 통과해서 입구로 다가갔다.

태을경공을 펼쳤기 때문에 아무도 그가 입구로 접근하는 것을 알지 못했다.

그것은 방위군과 별도로 입구를 지키고 있던 핵 기지 경계요원들도 마찬가지였다.

무풍지경.

강태산은 바리케이드 너머에서 입구를 통제하고 있던 8명의 요원들을 순식간에 제압한 후 강철 문을 확보했다.

입구는 2개다.

하나는 이곳 차량 진입이 가능한 화물 수송용 엔트런스고, 또 하나는 북측 사면으로 계단을 통해 올라가 진입하는 엘리베이터 출입 시설이다.

강태산이 화물 수송용 엔트런스를 먼저 장악한 것은 청룡대원들의 진입을 사전에 확보하기 위함이었다.

현재 청룡대원들은 2대의 화물 트럭에 나누어 타고 있었는데 거기에는 핵미사일 발사에 필요한 각종 전자 장비들이 실려 있었다.

버지니아 핵 기지의 미사일 발사는 기지 사령관과 미국 대통령의 암호 동시 입력 방식에 의해 승인이 나도록 구성되어 있었다. 따라서 그 체계를 깨기 위해서는 정밀한 외곽 승인 시스템의 파괴가 선행되어야 했던 것이다.

제압된 경비 요원들은 여전히 경계 근무를 서고 있는 것처럼 자리를 지켰다.

이미 싸늘한 시신으로 변해 있었으나 사혈을 공략당한 그들의 육체는 미동도 하지 못하고 서 있었다.

먼저 차지연과 설민호가 강태산이 장악한 엔트런스로 은밀하게 다가왔다.

그들은 강태산처럼 완벽하게 신형을 감추지는 못해도 전력으로 태을경공을 운용하면 단거리에서는 육안으로 구분할 수 없는 속도를 낼 수 있는 수준은 되었다.

차지연과 설민호가 먼저 들어온 이유는 만약의 사태를 대비하기 위해서였다.

청룡대원들 중 그 둘은 핵에 관해서는 전문가 뺨칠 정도의 지식을 가졌고 각종 전자 장비에 능통한 최고의 두뇌들이었다.

만약 다른 대원들의 진입이 불가능해진다 하더라도 두 사람만 있으면 미사일 발사는 어떡하든 가능하다.

비록 시간이 훨씬 더 오래 걸리겠지만 미사일을 날릴 수 있다는 뜻이다.

동쪽과 북쪽에서 두 대의 군용 트럭이 달려오기 시작한 것은 강태산이 엔트런스를 확보하고 10여 분이 지났을 때였다.

곳곳에 진지를 펼친 방위군은 트럭이 진입해 들어오는 걸 지켜보다가 점점 엔트런스와 가까워지자 미친 듯 사격을 퍼붓기 시작했다.

하지만 이미 늦었다.

아직 방어선이 완벽하게 구축되지 않은 상태에서 약한 곳을 뚫었기 때문에 청룡대원들의 종심 돌격은 효과적으로 먹혀들었다.

두 대의 트럭은 미리 열려 있던 엔트런스를 그대로 통과해서 핵 기지로 진입했다.

봉쇄.

트럭들이 들어오자 차지연이 즉각 엔트런스의 강철 문을 폐쇄시켰다.

진입에 필요한 인식 시스템을 파괴했기 때문에 바깥에서는 이제 엔트런스를 통해 들어오는 건 불가능에 가깝다.

방위군이 정신이 돌아서 핵 기지를 향해 고폭탄을 집중적으로 포격하면 모를까.

삐잉… 삐잉…….

핵 기지의 내외부에서 동시에 비상 신호가 울려 퍼지기 시작했다.

외곽에서 진지를 형성하던 방위군은 핵 기지가 뚫렸다는 것이 확인되자 전력으로 달려왔고, 기지 자체의 방어 병력들도 각자의 위치를 확보하면서 주요 시스템이 장악되는 걸 막기 위해 정신없이 움직였다.

진입한 청룡대원들은 강태산의 손짓에 의해 팀이 나눠지며 기지 안으로 달려 나갔다.

강태산이 이끄는 1팀은 곧바로 통제 시스템 쪽으로 전진했고, 서영찬이 이끄는 2팀은 외부 병력의 진입을 막기 위해 엘리베이터를 차단했다.

만약의 사태에 대비해서 엔트런스에 유상천과 이태양이 남았을 뿐 나머지는 모두 기지 안으로 파고들었다.

강태산은 바람처럼 움직여 기지 내부의 방어 병력들을 쓸어버리기 시작했다.

기지 내부에는 100여 명의 방어 병력들이 주요 시설을 방어하기 위해 상주하고 있었는데, 강태산은 청룡대원들이 안전하게 진입할 수 있도록 적들의 존재를 말살시켜 나갔다.

피바람.

또다시 푸르고 시린 한월의 도기가 천지에 난무했다.

유령을 맞이한 방어 병력들은 총 한 번 쏘지 못하고 피를 흘리며 쓰러져 갔다.

싸움이 아니라 도살이다.

강태산이 전진하는 곳마다 피가 튀었고 모든 병력을 사살하는데 걸린 시간은 불과 5분도 걸리지 않았다.

핵 기지에는 기지 사령관을 포함해서 20여 명의 과학자가 상주하고 있었다.

그들은 핵탄두를 비롯해서 미사일 발사 시스템의 상시 유지 보수 수행 임무와 비상사태 발생 시 미사일 발사를 위해 상주했는데, 전부 군 소속이었다.

강태산이 대원들과 함께 통제 시스템에 진입하자 과학자들의 얼굴이 노랗게 변했다.

핵 기지가 공격당하는 건 상상조차 해본 적이 없었다.

비상이 걸리며 상황실에 나와 있던 기지 사령관 닉커슨은 무장한 채 들어온 청룡대원들을 바라보며 얼굴을 무섭게 굳혔다.

오늘 백악관이 공격당했다는 뉴스가 호외로 터지면서 텔레비전은 중앙관저가 완벽하게 부서진 백악관을 계속 비추고 있었다.

CNN을 비롯해서 모든 언론의 앵커들이 피를 토하는 목소리로 현지 상황을 중계했는데 그 모습이 전장의 한복판에 서 있는 사람들처럼 보였다.

너무나 어이가 없어 텔레비전에서 시선을 뗄 수 없었다.

도대체 누가 미국의 심장인 백악관을 저렇게 엉망으로 만들어 버렸단 말인가.

하지만 그런 놀라움은 대통령인 니콜라스의 전화를 직접 받으면서 경악으로 변해갔다.

백악관을 공격했던 자들이 핵 기지를 공격할지 모르니 1급 경계령을 펼치라는 니콜라스의 명령은 그를 초긴장 상태로 만들기에 충분했다.

부랴부랴 핵 기지를 방어하기 위해 주변에 상주하고 있는 육군 사단 병력을 불러들였고, 기지 내 방어 병력들에게 완전 무장 상태로 대기하라는 지시를 내렸다.

지금까지 미국 본토가 적에게 직접적으로 공격을 당한 적은 단 한 번도 없었다.

이슬람 계열의 테러리스트가 간혹 테러를 시행해서 시민들이 다수 죽은 적은 있어도 군부대가 공격을 당한적은 없다.

더군다나 일반 군부대도 아니고 핵 기지를 공격한다는 것은 미국과 전쟁을 하겠다는 것과 다름없는 짓이었다.

하지만 백악관이 공격당하는 초유의 사태가 발생했고 대통령인 니콜라스가 이성을 잃은 목소리로 무슨 수를 쓰던 기지를 철저하게 방어하라는 명령을 내린 이상 만약의 사태에 만전을 기해야 했다.

짧은 시간에 최선을 다했다.

미친 듯이 소리치며 준비했기에 최단 시간 내에 사단 병력을 핵 기지 주변에 배치하는 데 성공할 수 있었다.

그러나 그런 노력은 단 한순간에 물거품으로 변하고 말았다.

귀신들이다. 상황실 문을 열어젖히며 당당하게 걸어 들어온 자들은 사람으로 보이지 않았다.

모니터를 보면서 몸을 덜덜 떨었다.

100여 명의 방어 병력이 총 한번 쏘지 못하고 죽어가는 장면은 공포 그 자체였다.

"동작 그만, 내 말에 따르면 목숨은 살려준다. 대신 함부로 움직이거나 엉뚱한 짓을 한다면 그 즉시 죽여 버리겠다."

강태산의 담담한 목소리에 닉커슨을 비롯해서 상황실에 있던 과학자들이 얼음처럼 몸을 굳혔다.

이상하게 빛나는 칼을 든 자.

그자의 눈빛은 마치 심연처럼 가라앉아 마치 유령을 보는 것 같았다.

"뭐라고, 버지니아가 당했단 말이요?"

"그렇습니다. 버지니아 핵 기지 방어 사단장이 지급으로 보고를 해왔습니다."

"언제… 언제 당했단 거요?"

"1시간 정도 경과된 것 같습니다. 사단장은 사태 파악을 위해 핵 기지와 계속 통신을 시도했지만 연락이 되지 않는답니다."

파괴된 오벌 룸 대신 지하 벙커로 자리를 옮긴 니콜라스에게 국무장관이 하얗게 질린 얼굴로 보고를 했다.

그의 말대로 1시간 전이라면 오후 3시가 조금 넘었을 때란 말이다.

헬파이어가 백악관을 부수고 떠난 것은 오전 10시가 채 되지 않았을 때였다.

니콜라스의 머리에 싸늘하게 웃음 짓던 헬파이어의 얼굴이 떠올랐다.

도저히 믿겨지지 않는다.

버지니아가 워싱턴과 아무리 가깝다 해도 그자가 핵 기지를 공격하기에는 터무니없이 시간이 부족했다.

그렇다면 조력자가 있다는 뜻이고 미리 철저하게 준비했다는 걸 의미한다.

국무장관의 보고에 벙커를 가득 채우고 있던 보좌관과 군의 수뇌부들이 술렁거렸다.

핵 기지가 공격을 당했다는 보고를 직접 들었으나 그들은 믿지 못하는 얼굴들이었다.

"당장, 버지니아 핵 기지와 연락을 취해보시오!"

"그게… 지금 계속해서 연락을 취하고 있지만 아무도 전화를 받지 않습니다."

"그럼 정말 핵 기지가 점령당했단 거요, 뭐요!"

"아무래도 그럴 가능성이 큽니다. 대통령님 전군에 비상을 걸고 수습책을 마련해야 됩니다."

"최대한 빨리 주 방위군을 출동시키시오. 공군 사령부에도 연락해서 놈들이 빠져나가지 못하도록 막고. 특수부대… 그렇지, 놈들을 때려잡을 특수부대도 투입하란 말이오."

"알겠습니다."

"언론은?"

"아직 언론은 모르고 있습니다. 사단장에게 철저히 통제하란 지시를 내려놨습니다."

"절대 이 사실이 알려지면 안 됩니다. 무슨 뜻인지 알겠소?"

"알고 있습니다."

"놈들이 미친 짓을 할 수 있는 확률은 얼마나 됩니까?"

"평상시 핵탄두는 이중 삼중으로 보안을 설치해 둔 보관 장소에 저장되어 있습니다. 더군다나 미사일 탑재에는 꽤 오랜 시간이 걸리고 미사일에 핵탄두가 탑재되더라도 정해진 암호가 없으면 미사일을 발사할 수 없습니다. 너무 심려하지 마십시오."

"만약 놈들이 핵탄두를 빼돌린다면?"

"귀신이라도 빠져나가지 못합니다. 놈들이 그런 시도를 한다면 핵 기지를 빠져나오는 즉시 뼈도 못 추리게 될 겁니다."

"절대 방심하면 안 되오. 그리고 최대한 빠른 시간 내에 특수부대를 투입시키시오. 그곳에는 핵탄두를 미사일에 탑재할 수 있는 과학자들이 있잖소. 놈들이 그들을 위협해서 단 한 기라도 발사한다면 우리는 모두 죽은 목숨이오. 그러니 어떡하든 그 전에 해결해야 하오."

"대통령님, 다른 곳도 아니고 핵 기지입니다. 공격을 했을 때 놈들이 핵탄두 저장소를 폭파한다면 큰일이 납니다."

"이런 제길… 그럼 어쩌자는 말이오!"

"우리 과학자들을 믿어야지요. 그들은 죽는 한이 있더라도 놈들의 요구에 응하지 않을 것입니다."

"하아… 이런 미친놈들을… 지금 항모전단의 위치는 어떻게 됩니까?"

"내일 오후면 대한해협으로 진입할 수 있습니다."

"서두르라고 하시오. 만약의 사태에 대비해야 합니다. 놈들이 단 한 기라도 발사하면 무조건 한반도를 초토화시키시오. 핵 잠수함에 있는 핵무기로 서울과 주요 도시들을 타격해서 완전히 무너뜨리란 말이오."

"…대통령님, 그건……."

"우리는 세계 최강 국가의 자존심을 잃으면 안 되오. 놈들이 한 짓 이상으로 보복을 해야 됩니다. 나는 절대 이 사태를 그냥 넘기지 않을 것이오."

니콜라스는 이를 악물었다.

일어나서는 안 되는 사태였으나 그는 최후의 순간 대한민국을 지구상에서 지울 생각까지 했다.

미국을 상대로 도발을 한 한국의 행동은 절대 용서할 수 없는 것이었다.

전 세계가 미국의 보복에 비난을 퍼붓는다 해도 미국의 자존심을 짓밟은 한국을 철저하게 응징해야 한다.

그것이 미국이 세계를 관장하는 방식이다.

국방장관의 임무까지 떠안은 국무장관이 정신없이 각종 조치를 내리며 방위 사령관들과 회의를 하는 동안 시간은 하염없이 흘러갔다.

지금 버지니아 핵 기지에는 중무장한 수많은 병력들이 물 샐 틈 없는 경계를 펼쳤고, 공중에는 수십 대의 최신예 전투기들이 비행하며 만약의 사태에 대비하고 있었다.

초조하게 흘러가는 시간.

긴급 파견된 네고시어터들이 협상을 위해 접근했으나 핵 기지는 침묵으로 일관한 채 일절 그 어떤 접촉도 허락하지 않았다.

벌써 하이에나 같은 언론들은 이상한 낌새를 눈치채고 버지니아로 몰려드는 중이었다.

백악관 지하 벙커는 각종 전문가들이 자리를 채운 채 상황을 해결하기 위해 몸부림을 쳤으나 뾰족한 방도를 강구하지 못했다.

다른 곳이라면 피해를 감내해서라도 네이비 씰을 비롯한 최정예 특공대를 투입해서 공격을 감행했겠지만 점령을 당한 곳은 오백여 기의 핵탄두가 저장된 핵 기지였다.

니콜라스는 처참한 심경으로 의자에 앉아 넋을 놓은 채 하염없이 거대한 상황 모니터를 지켜봤다.

버지니아 핵 기지의 모습이 생생하게 펼쳐진 모니터에는 수많은 병력 속에 둘러싸인 황폐한 암석 산이 모습을 드러내고 있었다.

휴우…….

자신도 모르게 한숨이 흘러나왔다.

미국의 위대한 영광과 발전을 위해 노력해 온 자신에게 이런 일이 발생한 것이 도저히 납득되지 않았다.

박무현이 정권을 잡은 후 수시로 말을 듣지 않기 시작했을 때 강력한 조치를 취해야 했다.

말을 듣지 않는 자를 처단하는 건 그리 어려운 일이 아니었음에도 망설였던 것이 이런 일을 만든 빌미가 되었다는 생각에 강한 후회감이 밀려왔다.

이번 일만 무사히 넘어간다면 절대 그냥 두지 않을 것이다.

자신이 받은 고통, 그리고 미국의 당한 자존심의 상처는 백 배 천배로 돌려준다.

반드시… 반드시 말이다.

그런 생각을 하며 눈을 감았다.

오랜 시간 긴장 속에 파묻혀 있다 보니 자신도 모르게 육체가 늘어지기 시작하며 몸이 노곤해졌다.

벌써 시간은 새벽 2시를 넘어서고 있었다.

핵 기지를 공격받은 것이 3시였으니 11시간이 경과한 상태였다.

"악, 발사됐습니다! 미사일이… 미사일이 발사됐습니다!"

갑작스럽게 상황실에 울려 퍼진 모니터 요원의 비명에 여기저기서 웅성거리며 회의를 하던 사람들의 행동이 일시에 멈췄다.

잠깐 눈을 감았던 니콜라스가 자리에서 벌떡 일어선 것은 국무장관과 방위 사령관이 미친 듯이 대형 모니터의 앞으로 뛰어갈 때였다.

요원의 외침에 정신이 멍해졌다.

발사라니… 미사일이 발사되다니…….

너무 놀라 말이 나오지 않았다. 절대 발사되지 않을 거라더니 이게 무슨 개소리란 말인가.

자신도 모르게 허둥지둥 앞으로 달려 나가 요원들이 바라보는 모니터의 앞에 섰다.

위성으로 버지니아 핵 기지를 잡고 있던 모니터에서는 악마의 불빛을 길게 뿜어내며 연이어 미사일이 발사되고 있었다.

"이 미친놈들이 기어코… 어디야, 목표 지점이 어디냐고!"

니콜라스의 비명 소리에 통제관들의 손놀림이 바빠졌다.

미사일의 궤적을 추적해서 목표 지점을 확인하는 프로그램이 빠르게 화면의 상단으로 솟구쳐 올라가며 눈을 어지럽히기 시작했다.

하지만 미사일의 발사는 한두 기가 아니었다.

"첫 번째 미사일 목표 지점, 확인되었습니다. 애리조나입니다. 다른 한 기는 캘리포니아를 향하고 있습니다."

"허억!"

"뉴멕시코 쪽과 텍사스 쪽으로도 날아가고 있습니다.!"

"으… 어딘가, 놈들이 원하는 곳이!"

"정확한 지점은 시간이 지나봐야 알 수 있습니다. 지금 상태로는 정확한 위치를 잡아낼 수 없습니다."

방위사령관의 질문에 대답하는 통제관의 얼굴이 사색으로 변해갔다. 자신의 말대로 미사일의 정확한 타격 지점은 궤도가 정점까지 도착한 후 낙하를 시작할 때 알아낼 수 있었다.

화면으로 확인한 미사일만 하더라도 8기.

침입자들은 4개의 도시를 향해 각각 2기씩 미사일을 쐈다.

악마의 불길을 담고 날아간 곳에는 5천만 명이 넘는 사람들이 산다.

만약 미사일에 핵탄두가 장착된 채 폭탄이 도시에 떨어진다면 사망자는 추정이 불가능할 정도로 늘어날 것이다.

"도착 예정 시간은?"

"가장 가까운 텍사스가 10분, 가장 먼 캘리포니아는 20분입니다."

"서부에 배치되어 있는 MD 시스템은 어찌 되었나?"

"가동 준비 완료했습니다. 보유 중인 최신예 사드와 개량형 고스트가 모두 대기 중입니다."

"어떡하든 막아야 한다. 어떡하든!"

방위사령관의 얼굴도 사색으로 변한 지 오래였다.

그는 땀으로 범벅된 손을 꽉 쥔 채 화면을 노려보고 있었는데, 긴장으로 인해선지 몸을 벌벌 떨어대는 중이었다.

그러나 긴장을 한 것은 그만이 아니었다.

대통령인 니콜라스를 비롯해서 백악관 벙커에 있는 사람들은 전부 하얗게 질린 얼굴로 화면만 바라볼 뿐이었다.

얼마나 많은 사람들이 무력함을 느끼고 있을까.

각 주의 방위사령부는 물론이고 항공사령부와 디펜스 센터의 모든 인력들이 이 장면을 지켜보고 있을 것이다.

미국 서부에는 일시에 200여 기의 미사일이 발사될 수 있는 MD 시스템이 구축되어 있었다.

미국 본토를 공격하는 미사일을 격추시키기 위해 천문학적인 돈을 들여 구축한 첨단 미사일 방어 시스템이었다.

그러나 현재 미국 전역에서 화면을 지켜보는 군사 전문가들은 절망감으로 인해 무릎 사이로 고개를 파묻었다.

요격 가능 확률이 너무 낮다.

미사일 비행시간이 너무 짧고 운이 좋아 요격에 성공한다 하더라도 자칫 도시 위에서 폭발한다면 수많은 생명이 목숨을 잃게 될 것이다.

침묵의 시간.

미사일의 궤적에 맞춰 동부 지역에서 200여 기의 미사일이 날아오르는 것이 화면을 가득 채웠다.

요격미사일들은 한 번의 발사에 그치지 않고 5분 후에 또다시 발사되었다.

요격에 실패할 경우를 대비해서 추가적으로 발사한 미사일이었다.

그러나 악마의 숨결을 담고 날아오른 버지니아의 불꽃은 요격미사일의 숲을 뚫고 유유히 전진해서 자신의 목적지에 무사히 도착했다.

제약된 조건, 제약된 시간은 요격미사일의 정확도를 형편없이 떨어뜨리고 말았다.

"악! 요격 실패했습니다. 텍사스에 미사일들이 낙하를 시작했습니다."

"위치!"

"화이트 샌드입니다."

통제관의 보고를 받은 방위사령관의 입이 떡 벌어졌다.

사막이다. 다행스럽게 놈들은 도시가 아니라 사막을 타격 지점으로 삼았다.

방위사령관은 요격에 실패했음에도 다리에 힘이 풀려 스르륵 자리에 주저앉고 말았다.

비록 요격에는 실패했지만 사막에 터졌으니 인명 피해는 최소한으로 막을 수 있을 것이다.

지금 마음 같아서는 핵 기지를 장악한 침입자들에게 절이라도 하고 싶은 심정이었다.

쿠구궁!

지축을 울리는 폭발음. 그리고 버섯처럼 피어오르는 뭉게구름.

화이트 샌드의 한복판에서 두 개의 거대한 뭉게구름이 피어올랐다.

도시에 폭발하지 않은 것이 다행이었지만 그렇다고 좋아할 일도 아니었다.

모하비 사막과 소노라 사막에 각각 떨어진 두 개의 핵폭탄은 30㎞ 안에 있는 모든 생명을 소멸시켜 버리고도 남는다.

얼마나 많은 사람들이 죽었는지 알 수 없다. 사막에도 꽤 많은 사람들이 터전을 잡고 살아가기 때문이다.

그럼에도 최악의 사태를 막은 사람들의 얼굴에서 생기가 돌기 시작했다.

4군데의 사막에 핵폭탄이 터졌지만 침입자들은 정확하게 사막의 정중앙을 목표로 했기 때문에 희생 범위를 최소화시킬 수 있었다.

불행 중 다행이란 건 이럴 때 쓰는 말임이 분명했다.

통제관의 입에서 비명 소리가 다시 터진 것은 사막에 터진 핵폭탄의 위험에서 사람들을 대피시키기 위해 모든 사람들이 안간힘을 쓰고 있을 때였다.

"사령관님, 미사일이 다시 발사되기 시작했습니다. 이번에는 토마호크가 아닙니다. ICBM SS—31입니다."

"뭐라고!"

통제관의 보고에 방위사령관의 몸이 후들거렸다.

ICBM. 대륙간탄도미사일을 의미하는 것이었다.

방위사령관의 얼굴이 흑색으로 변한 것은 쏘아진 미사일의 정체가 ICBM이었기 때문이었다.

만약 ICBM이 러시아나, 중국을 향했다면 조만간 미국은 불바다로 변하게 된다.

러시아나 중국은 핵무기로 공격받았을 경우 자동적인 대응 시스템이 완벽하게 구축된 나라였다. 그 말은 곧, ICBM이 국경을 넘어서는 순간 그들이 미국을 향해 곧장 핵 공격을 감행한다는 걸 의미했다.

버지니아 기지를 장악한 자들이 만약 그것을 원했다면 미국은 파멸에서 벗어날 방법이 없었다.

그럼에도 최선을 다해야 한다.

미국이 한 게 아니라 테러리스트들이 한 짓이라는 걸 알리고 그들이 보복을 하지 않도록 미친 듯이 매달려야 한다.

"어느 쪽이냐, 어디로 쏜 거야?"

"일본 쪽입니다."

"일본?"

방위사령관의 몸이 움찔했다.

러시아나 중국 쪽이 아니라 일본이라는 것이 천만다행이었지만 그럼에도 의심이 남기 때문이었다.

왜 일본을?

역사적으로 끊임없었던 두 나라의 적대감이 일본에 대한 공격으로 나타난 것일까?

그럴지도 모른다.

하지만 지금 이 시점에서 일본을 공격하다니…….

골똘히 생각하던 사령관의 입에서 비명이 터져 나온 것은 머릿속을 쾅 하고 때리는 충격을 받았기 때문이었다.

"항모, 현재 항모의 위치는 어디에 있나?"

"현재 위치, 태평양입니다. 일본 동쪽으로 100㎞ 지점입니다."

보고를 받은 방위사령관의 다리가 힘이 풀리며 휘청거렸다.

놈들이 노리는 것은 일본이 아니라… 아이젠하워와 루즈벨트가 분명했다.

방위사령관이 허망한 눈으로 화면을 바라보았다.

니콜라스는 이쪽에서 떠드는 대화 내용을 듣고 난 후 자리에 털썩 주저앉으며 짐승처럼 처절한 신음을 흘려냈다.

화면에서는 거대한 불꽃들이 연이어 발사되고 있었다.

본토를 공격했던 것보다 훨씬 많은 숫자였다.

"도대체… 몇 기나 발사된 거냐?"

"총… 30기가 발사되었습니다."

아이젠하워의 항모전단 사령관 피터슨은 느긋한 일요일을 맞았다.

조금 늦게 잠에서 깬 그는 세면을 한 후 가볍게 아침 식사를 마치고 여유 있게 선상으로 올라가 태평양의 푸른 바다를 감상하며 산책을 했다.

이번 임무가 주는 흥분은 군인으로서 최고의 즐거움이었다.

세계 최강을 자랑하는 항공모함전단을 이끌면서 총 한 번 쏴보지 못하고 빈총으로 왔다갔다 해온 세월이 벌써 3년이었다.

아이젠하워는 호넷 전투기와 프라울러 전자전기, 호크아이 조기경보기 등 항공기 80여 대가 탑재되어 있었고 9,200t급 스톡데일과 윌리엄 P. 로런스함 등 4대의 이지스함과 9,800t급 순양함인 2대의 모바일베이함, 제21구축함전대 등과 함께 강습단을 구성한다.

더군다나 전술 무기인 2대의 핵잠과 항공모함을 지키기 위해 5대의 원잠이 따라붙고 있어 웬만한 국가 정도는 단숨에 초토화시킬 수 있는 능력이 있었다.

대한해협으로 진출하라는 지시를 받았을 때 피터슨은 또 기동 훈련을 하라는 줄 알고 시큰둥한 표정을 지었다.

북한의 도발에 대비한다는 미명 아래 한국으로부터 돈을 뜯어내기 위해 매년 시행되는 기동 훈련은 병정놀이에 불과해서 그가 가장 싫어하는 짓이었다.

하지만 아이젠하워뿐만 아니라 루즈벨트 전단이 동행한다는 소식과 이번 출병이 한국을 공격하기 위함이라는 사실을 알게 되자 온몸이 흥분으로 덜덜 떨려왔다.

군인은 군인다워야 한다.

막강한 군사력을 지녔음에도 매번 연습용 미사일만 쏘다가 돌아가는, 병신 같은 짓은 더 이상하고 싶지 않았다.

지니고 있는 모든 정보망을 통해 확인한 결과 이번 출병 원인이 한국과의 스파이 전쟁 때문임을 알게 되었다.

자신도 모르게 어이가 없어 저절로 웃음이 흘러나왔다.

요즘 들어 한국이 눈부시게 경제성장을 이뤄 일본마저 추월했다는 소리가 들리더니, 그 작자들 눈에는 뵈는 게 없는 모양이었다.

더군다나 박무현 정권이 탄생한 이후 사사건건 미국과 대립하며 자신들의 이익을 찾겠다고 덤벼들어 곤란한 일이 한두 가지가 아니라고 들었다.

개는 개고, 주인은 주인이다.

개가 주인이 될 수 없다는 건 천고의 진리인데, 개가 조금 잘살게 되었다고 덤벼든다면 세상 이치가 무너지게 된다. 그때 가장 필요한 건 몽둥이질이다.

미국은 온건하고 너그러운 나라였다. 미국이 더 이상 견디지 못하고 이렇게 공격을 한다는 것은 그만큼 한국이란 개가 참을 수 없을 정도로 짖었기 때문일 것이다.

사령실로 올라와 부관이 타준 커피를 마셨다.

눈부신 아침 햇살이 너무나 아름다웠다.

해군이 되어 바다를 누비는 이유 중의 하나가 바로 이런 것 때문이었다. 두 개의 하늘을 이고 산다는 것은 인간으로 누릴 수 있는 가장 큰 행운이었으니 태양을 품고 있는 바다가 너무나 좋다.

오늘따라 커피의 향이 더욱 부드러웠고 진했다.

일이 터지기 시작한 것은 그가 커피의 향에 빠진 채 아침의 여유를 만끽할 때였다.

백악관의 침몰.

갑작스럽게 터진 충격적인 사실에 항공모함 전단 전체가 순식간에 혼란에 빠져들었다.

본토의 국민들도 놀랐겠지만 이역만리 바다에 떨어져 있는 항모전단의 승무원들에게도 백악관이 무너졌다는 건 엄청난 충격이었다.

그러나 그것은 아무것도 아니었다.

피터슨은 한 통의 전문을 받고 오후 내내 침묵 속에 사로잡했다.

버지니아 핵 기지가 침입자들에게 점령당했다는 사실은 오직 그만 알고 있어야 하는 국가 일급비밀이었기에 아무에게도 말할 수가 없었다.

갈수록 태산이라더니 점점 가관으로 변해갔다.

정보기관과 상부에서는 두 개의 사건이 모두 한국의 특수부대 짓이라는 사실을 알려왔다.

거기에 덧붙여 대통령의 특별 지시라며 언제 어느 때라도 핵잠 공격을 시행할 수 있도록 만반의 준비를 하라는 내용까지 포함되었다.

처음에는 개를 길들이는 것쯤으로 생각했는데, 이젠 그게 아니라 잔인하게 찢어 죽여야 될 정도로 상황이 바뀌고 있었다.

뭐든 상관없었다. 어차피 피를 볼 거라면 찢어 죽이든 삶아먹든 결과는 마찬가지일 테니 말이다.

하루가 참 길었다.

한국과의 거리는 점점 가까워졌지만 정보는 제한되어 들어왔기 때문에 답답한 마음은 점점 커져갔다.

밤이 되었어도 쉽게 잠이 오지 않았다.

부관이 사령관실을 박차고 들어온 것은 새벽 3시가 넘었을 때였다.

그는 통제실 무선전화를 들고 있었는데 얼굴이 허옇게 질려 있었다.

"사령관님, 대통령님 전화입니다."

피터슨은 침대에서 벌떡 일어나 부관이 전해준 전화기를 건네받았다.

새벽에 온 대통령의 전화. 그의 직감은 부관이 전해준 게 전화기가 아니라 폭탄처럼 느껴졌다.

"대통령님, 전화 받았습니다."

―사령관, 내 말 잘 들으시오. 함대를 향해 핵미사일이 발사되었소. 모두 합해 30기요.

"그게 무슨……?"

―버지니아 기지를 장악한 테러리스트들이 아이젠하워와 루즈벨트를 공격했단 말이오. 그러니 전력을 다해 공격을 막아야 하오.

"막기만 합니까?"

―무슨 뜻이오?

"공격을 당하면 보복을 해야 하지 않겠습니까. 우리가 보유한 핵잠만 가지고도 한국을 박살 낼 수 있습니다."

―이보시오. 미국을 완전히 끝장내고 싶은 게요? 지금 놈들이 텍사스를 비롯해서 4개 주에 핵미사일을 날려 본토가 난장판이 되었소. 사막에 터뜨렸기 때문에 다행이지, 도시에 터뜨렸다면 미국 전체가 쓰러질 뻔했단 말이오. 그런데 한국을 공격하겠다니, 당신 제정신이오? 한국을 공격하면 놈들이 미국 전체를 쓸어버릴 텐데 그래도 괜찮다는 거요, 뭐요!

"후… 제 생각이 짧았습니다. 죄송합니다."

―지금은 참고 견뎌야 할 때요. 그러니 마음을 가라앉히고

항모나 잘 지키시오. 부탁하오!

속사포처럼 할 말만 끝내고 대통령이 전화를 끊었다.

갑작스러운 충격에 정신이 명해졌던 피터슨이 미친 듯이 사령실을 향해 뛰기 시작했다.

대통령이 지금 이 상황에서 농담을 할 리 없으니 항모가 핵 공격의 타깃이 되었다는 건 분명한 사실일 것이다.

정말 더러운 상황에 빠져들었다.

두 개의 항모전단에 타고 있는 승조원의 숫자는 3만 명에 육박했다.

사령실에 들어가 통제 레이더를 확인하자 한 무더기의 별빛 들이 번쩍거리며 다가오는 것이 눈으로 들어왔다.

"거리 얼마야!"

"6,700km 남았습니다."

"도착 시간은?"

"25분 후로 추정됩니다."

"날릴 수 있는 모든 미사일은 다 준비하도록. 하픈도 개방 해. 우리는 최선을 다해야 한다."

"알겠습니다."

"함재기 모두 이륙시켜. 1차 요격은 함재기가 맡는다. 루즈벨 트와는 연락이 되었나?"

"연락되었습니다. 사령관님의 명령을 기다리고 있습니다."

기동전단의 총사령은 피터슨이었다.

루즈벨트의 사령관 루커 역시 그와 같은 계급이었으나 합동

작전을 펼치면서 지휘권은 그에게 주어진 상태였다.

"루즈벨트에게 똑같은 명령은 내려라. 함재기를 당장 이륙시키라고 전해!"

부관의 복창하는 목소리가 떨리고 있었다.

대륙간탄도미사일을 함재기로 잡는다는 건 불가능에 가까운 일이다.

그럼에도 지금의 상황은 어쩔 수가 없다.

함재기에 장착된 미사일들이 실패한다면 조종사들은 함재기로 직접 미사일을 막아야 할 정도로 위급한 상황이었다.

피터슨의 명령에 항모에서 함재기들이 솟구쳐 오르기 시작했다.

총 160기의 A—132와 F—22가 발진하며 굉음을 울려댔다.

그런 후 곧장 동쪽으로 기수를 잡고 날아갔다.

악마의 불꽃이 날아오고 있는 그곳으로 말이다.

*　　　*　　　*

탄도미사일은 로켓의 추진력으로 대기권을 뚫고 나가며 끊임없이 좌표와 자세를 체크하는데, 여기에 쓰이는 것이 자이로스코프 항법 장치로, 항공기나 우주선에 쓰이는 물건이지만 미사일에도 쓰인다.

우주 밖은 공기가 없기 때문에 미사일은 재돌입 비행체에 붙어 있는 작은 자세 제어용 로켓들을 이용하여 자세나 방향을 바로 잡는다.

초고도까지 올라간 미사일은 다시 지구 중력에 이끌려 땅으로 떨어지는데, 이때 중력의 힘에 의해 속도는 점점 가속된다.

대륙간탄도미사일의 속도가 마하 15 이상을 기록하는 것에는 이런 이유가 있기 때문이다.

거기다가 핵탄두를 실은 재돌입 비행체는 다시 고도를 낮추기 직전에 미끼가 되는 금속 구슬이나 알루미늄 가루 등을 뿌리기 때문에 적 레이더는 이 중에 어느 것이 진짜 탄도미사일의 재돌입 비행체인지 파악하기 어려워져 더더욱 요격하기 힘들어진다.

아이젠하워 F—22 이글스 편대장인 니콜라스는 동쪽 하늘을 바라보며 질끈 눈을 감았다.

항모에서 이륙한 후 최고 속도인 마하 2.5까지 끌어 올려 순식간에 100㎞를 비행한 후 편대원들을 향해 진형을 구축하도록 명령을 내렸다.

이글스 편대의 전후좌우에는 160기의 전투기들이 넓게 진형을 구축한 채 동쪽에서 날아오는 핵미사일과 요격 각도를 맞춘 상태로 길게 늘어서 있었다.

F—22에는 사이드 와인더 공대공미사일 4발과 암람 공대공미사일 6발이 실려 있지만, 이런 상황에서 요격 거리가 3㎞에 불과하고 추적 속도마저 느린 사이드 와인더는 무용지물이나 다름없었다.

그렇기에 오직 니콜라스가 믿는 것은 암람뿐이었다.

F—22는 250㎞ 밖의 적을 탐지하는 다기능위상배열(AESA) 레이더를 갖추고 있어 요격 거리가 80㎞에 달하고 추적 속도 역시 마하 5를 상회하는 암람이라면 핵미사일을 요격할 가능성이 있었다.

물론 희박하다.

그야말로 낙타가 바늘구멍을 통과할 만큼 거의 불가능에 가까운 희망임에도 니콜라스는 자신의 주변에서 말없이 기다리는 동료들을 믿고 싶었다.

핵미사일이 레이더에 잡히는 순간부터 사격 개시까지 그에게 주어진 시간은 단 5초에 불과했다.

그 짧은 시간 안에 암람을 발사한 후 미사일을 향해 돌진할 준비를 해야 한다.

암람이 실패했을 경우 그는 비행기 동체로라도 미사일을 막아볼 생각이었다.

잠시 눈을 감자 사랑하는 아내와 아이들의 모습이 떠올랐다.

이렇게 마지막이 될 줄은 꿈에도 생각하지 못했다.

집을 떠나오면서 돌아올 때 아들이 좋아하는 로봇을 사주겠다고 약속했는데 이젠 그 약속을 지키지 못할 것 같았다.

눈을 뜨고 헤드폰을 향해 입을 열었다.

그는 군인이었고 조국을 위해 할 일이 아직 남아 있었다.

"전 대원은 들으라. 곧 미사일이 도착한다. 마지막까지 최선을 다해 요격해 주기 바란다. 이상!"

헤드폰을 끄고 다시 한 번 눈을 감았다가 이를 악물었다.

레이더에는 막 진입한 점멸들이 껌벅거리며 무서운 속도로 돌진해 오고 있었다.

니콜라스는 이미 장전되어 있던 암람 발사 장치의 안전핀을 풀었다.

그런 후 발사 버튼을 힘껏 눌렀다.

장관이다.

160기의 전투기에서 날아가는 암람 미사일의 궤적이 마치 불꽃놀이처럼 그의 눈에 펼쳐졌다.

과연 저 불꽃들은 얼마나 많은 숫자의 악마들을 잠재울 수 있을까?

불꽃들은 금방 그의 시선에서 사라졌고 대신 한 덩이의 무리가 되어 레이더에 나타났다.

양쪽에서 움직이던 미사일은 순식간에 조우했다가 헤어졌다.

그리고 남은 것은 오직 하나.

엄청난 속도로 내리꽂는 악마의 숨결뿐이었다.

처참한 결과.

그렇게 많은 미사일을 쏟아붓고도 떨어뜨린 건 오직 한 기뿐이었다.

극히 불가능한 작전이라 예상은 했지만 어떻게 이럴 수 있단 말인가.

니콜라스는 레이더에 나타나는 핵미사일을 바라보며 붉게

충혈된 눈으로 입술을 깨물었다.

그러고는 헤드폰을 개방했다.

"전 대원은 들어라. 요격은 실패했다. 핵미사일이 항모전단에 떨어지면 수만 명의 목숨이 사라진다. 강요는 하지 않겠다. 나와 함께 갈 사람은 따라나서라!"

말을 끝낸 니콜라스는 암람 발사를 위해 죽였던 속도를 전속력으로 끌어 올렸다.

그의 뒤로는 오십여 기의 전투기들이 상향 15도 각도를 유지한 채 미친 듯이 따라붙고 있었다.

간다, 지옥의 불길이여. 내 몸을 불태워 너를 잠재울 수만 있다면 그렇게 하리라.

니콜라스의 애마 마운틴 호스가 그의 마음을 아는 듯 마지막 생명을 태우는 것처럼 울부짖었다.

마하 2.5가 넘어가고 있었다.

핵미사일 따라잡기 위해서는 예상된 진행 경로를 가로막는 것이 관건이었다.

불가능한 짓이란 건 안다. 그럼에도 목숨을 바치고자 하는 것은 나의 죽음으로 동료를 구하겠다는 신념이 있기 때문이다.

이제 핵미사일은 육안으로도 보이기 시작할 만큼 가까워졌다.

그런데 뭔가 이상하다.

핵미사일의 고도는 그가 예상했던 것보다 훨씬 높아 아무리기를 써도 몸으로 가로막는 것이 불가능했다.

니콜라스의 귀로 동료 조종사들의 한숨 소리와 한탄이 마구 섞여 들려왔다.

죽음마저 무릅쓰고 핵미사일을 몸으로 막으려 했던 그들은 항모 방향으로 사라져 가는 핵미사일을 바라보며 허탈함을 감추지 못했다.

니콜라스의 시계는 더없이 느리게 흘러갔다.

버지니아 핵 기지를 장악한 놈들이 발사한 30기의 대륙간탄도미사일은 2개의 항모전단을 노리고 있는 게 분명하다는 국무장관의 보고를 받고 그는 두 눈을 질끈 감고 말았다.

사실일 것이다.

수많은 군사 전문가들의 예측이었으니 틀렸을 가능성은 거의 없다.

초조함에 젖어버린 심장은 미칠 듯이 뛰고 있었다.

미국에는 14개의 항모전단이 있기에 두 개의 항모전단을 잃는다고 해서 치명적인 타격을 받는 건 아니다.

그러나 지금 벌어지고 있는 것은 손실의 문제가 아니라 수만 명의 목숨과 직결된 일이었다.

항모전단을 한국으로 파병시킨 것은 바로 자신이었다.

자신의 무모한 파병으로 인해 3만 명의 목숨이 덧없이 사라진다면 어찌해야 된단 말인가.

한국에 대한 보복과 응징은 지금 이 상황에서 아무것도 아니었다.

항공모함의 화력이 아무리 강해도 대기권에서 불벼락이 되어 쏟아지는 탄도미사일을 막는 것은 불가능에 가깝다는 보고를 들은 적이 있었다.

그럼에도 무사하기를 간절히 바랐다.

만약 그들이 살아 돌아올 수만 있다면 무슨 짓이라도 할 수 있을 것 같았다.

"대통령님, 피터슨 함장에게서 전화가 왔습니다. 함재기들을 전부 이륙시켜 1차 요격을 시행한 후 살아남은 핵미사일들은 함정의 모든 미사일과 화력으로 잡겠답니다."

"확률은 얼마나 되오?"

"…죄송하지만 전문가들은 10% 이내로 보고 있습니다."

"그렇구려."

국무장관의 보고에 니콜라스는 다시 두 눈을 감았다.

이제 10분 정도가 지나면 항모전단은 산산이 부서져 태평양의 원혼으로 떠돌게 될지도 모른다.

그토록 느리게 흘러가던 시간은 함재기가 이륙했다는 소리와 함께 무서운 속도로 흐르기 시작했다.

통제관의 입에서 상황 브리핑이 흘러나온 것은 니콜라스가 긴장에 못 이겨 자리에서 벌떡 일어났을 때였다.

"함재기가 요격 위치에 도달했습니다. 총 161기이며 기수 각도는 13.5도입니다. 함재기에서 암람이 발사되었습니다. 핵미사일의 속도는 현재 마하 18로 추정됩니다. 요격 거리 30㎞, 20㎞,

10㎞, 악! 실패했습니다. 요격 실패했습니다. 핵미사일이 30기 중 29기가 빠져나갔습니다.”

통제관의 브리핑에 지하 벙커가 잔인한 침묵 속으로 빠져들었다.

단 1기. 요격에 성공한 것은 단 1기에 불과했으니 핵미사일은 항모전단을 향해 고스란히 쏟아지게 될 것이다.

무서운 침묵을 깨고 통제관의 브리핑이 다시 시작되었다.

그의 목소리는 떨리고 있었는데 그 역시 이 상황이 주는 압박감과 두려움을 견디지 못하는 것 같았다.

“항모까지의 도착 거리 100㎞. 곧 항모에서 대응 미사일을 발사합니다. 어, 이상합니다. 고도가 떨어지지 않고 있습니다. 핵미사일의 경로가 예상과 다릅니다. 이대로라면 항모를 그대로 통과할 것 같습니다.”

“무슨 소리오!”

참지 못한 니콜라스가 정적에 사로잡힌 벙커의 침묵을 깨고 소리를 질렀다.

이해할 수 없는 일.

통제관의 브리핑은 긴장에 빠져 있던 그의 인내심을 깨뜨리고 말았다.

“대통령님, 핵미사일은 항모전단을 지나쳤습니다. 그들의 목표는 항모전단이 아닙니다. 핵미사일이 일본을 향하고 있습니다.”

“정말이오?”

"그렇습니다. 확실합니다!"

통제관의 보고에 사색이 되어 있던 사람들이 순식간에 환호를 질러대며 서로를 부둥켜안았다.

악마의 불길은 그들의 예상을 벗어나 더 먼 곳으로 향하고 있었던 것이다.

이지스함 충무공함에 오른 동해함대 사령관 김유택은 독도 근해에서 긴장된 눈으로 무언가를 기다리고 있었다.

그는 작년에 동해함대 사령관에 오른 사람으로서 강직한 성품과 청렴으로 후배들의 귀감이 되는 군인이었다.

그가 이해할 수 없는 명령을 받은 것은 어제 오후의 일이었다.

해군사령부는 충무공함을 포함한 동해함대 전체를 독도 인근으로 집결시키라는 명령을 지급으로 보내왔던 것이다.

그것만이라면 기동 훈련의 일환이라고 생각할 수 있었다.

요즘은 뜸하지만 워낙 일본이 독도 영유권을 수시로 주장했기 때문에 이전에도 독도까지의 진군은 여러 번 있었던 일이기 때문이다.

문제는 동해함대에 현대중공업을 포함해서 삼성, 두산중공업 등 우리나라 유수 기업의 수중 인양 크레인이 20여 대나 따라붙었다는 것이었다.

비문으로 추가 명령이 내려왔을 때 그의 강직한 얼굴은 놀람으로 인해 바짝 일그러질 수밖에 없었다.

독도로 함대를 집결시키라는 상부의 명령이 어떤 이유 때문인지 뒤늦게 안 그는 한숨도 자지 못한 채 뜬눈으로 밤을 새웠다.

세계는 지금 태평양으로 온 시선이 집중된 상태였다.

강대국의 정보기관과 군사령부는 미국에서 쏘아진 대륙간탄도미사일이 일본으로 향한 것을 캐치한 후 초긴장 상태에서 사태 추이를 지켜보는 중이었다.

김유택은 초조한 기색으로 멀리서 피어오르는 석양을 지켜보았다.

바다의 석양은 아름답다.

피처럼 붉었고 하늘과 바다를 가로지르며 구름을 물들여 바라보는 사람의 심장을 옭아맨다.

통제실에 앉아 담배를 빼어 물었다.

30년 넘게 피웠던 담배를 간신히 끊은 지 일 년이 넘었으나 그는 부관의 담뱃갑을 빼앗아 주저 없이 담배를 꺼냈다.

불을 붙이고 담배 연기를 목구멍 깊숙이 빨아들였다.

한 모금 빨아들이자 머리가 띵하게 아파왔고, 정신이 멍해졌다.

그러나 김유택은 계속해서 연기를 들이마시며 전화기를 무섭게 노려보기만 할 뿐이었다.

위이잉.

무전기가 울린 것은 김유택이 꽁초로 변한 담배를 재떨이에 비벼 껐을 때였다.

평상시 같았으면 부관이 받았겠지만 김유택은 망설이지 않고 즉각 자리에서 일어나 무전기로 다가갔다.

"동해 함대 사령관입니다."

─나, 해군참모총장이오.

"총장님 어떻게 됐습니까?"

─항모의 요격을 모두 빠져나왔습니다. 지금은 일본의 MD망을 뚫고 있습니다.

"그럼 금방 도착하겠군요."

─그렇소.

"무사합니까?"

─다섯 기를 잃었습니다. 하지만 나머지는 무사히 도착할 테니 이제 준비해 주시오.

"알겠습니다."

─만약을 대비해서 모두 도착할 때까지 움직이면 안 됩니다. 자칫 잘못해서 폭발이라도 일어난다면 동해함대 전체가 괴멸될 수도 있단 말입니다.

"염려하지 마십시오. 절대 경거망동하는 일은 없을 겁니다."

─사령관님, 최선을 다해주시오. 부탁하오.

김유택은 해군참모총장이 전화를 끊자 자리에서 벌떡 일어났다.

일본을 넘어오고 있다면 곧 함대의 레이더에도 잡히기 시작할 것이다.

아니나 다를까, 불과 5분도 지나지 않았을 때 함대 레이더에 불빛이 번쩍이며 함정에 비상 사이렌이 울려 퍼지기 시작했다.

김유택은 통제실에서 벗어나 함미로 달려 나갔다.

충무공함은 최대한 빨리 독도를 벗어나기 위해 함수를 남쪽으로 향해놓은 상태였기 때문에 핵미사일이 날아오는 것을 눈으로 직접 보기 위해서는 함미가 훨씬 편했다.

김유택이 달리자 충무공의 함장과 부관들이 동시에 그의 뒤를 따랐다.

역사적인 현장을 반드시 봐야 한다.

무려 25기의 핵미사일이 새하얀 긴 궤적을 뿌리며 대한해협으로 날아오고 있었다.

목표는 포항에서 동쪽으로 50㎞ 떨어진 바다.

폭발 신관이 제거된 핵미사일이 광대한 태평양을 건너 수많은 요격을 뚫고 대한민국의 품으로 당당하게 들어오는 중이었다.

* * *

"뭐라고? 일본을 빠져나가?"

"예, 미사일은 일본의 MD시스템을 통과해서 동해로 들어갔습니다."

"그럼 일본도 목표가 아니었단 말이잖소!"

"그렇습니다. 놈들은 핵미사일을 동해에 처박았습니다. 폭발이 일어나지 않은 걸 보니 사전에 신관을 제거한 것 같습니다."

"그게 무슨?"

"현재, 한국의 동해함대와 수중 인양 장비들이 핵미사일이 떨어진 곳을 향해 전력으로 달려가는 중입니다."

"이 미친놈들이… 결국 핵탄두를 탈취하는 게 목적이었단 말이지……?"

니콜라스가 국무장관의 보고를 받은 후 분노로 몸을 덜덜 떨어대기 시작했다.

너무 화가 나서 견딜 수가 없었다.

버지니아 핵 기지를 장악한 놈들에게 꼼짝하지 못한 채 꼬박 이틀 동안 농락당하고 있다는 이 더러운 사실이 못 견디게 괴롭고 분했다.

더군다나 핵탄두가 탈취되다니, 정말 혀를 깨물어 죽고 싶은 심정이었다.

"대통령님, 무려 25기의 핵탄두가 넘어갔습니다. 아직 정확하게 파악되지 않았습니다만 ICBM에 장착되었다면 최소 3메가톤급 이상으로 추정됩니다. 놈들이 사막에 터뜨린·탄두들과는 근본적으로 다른 위력의 핵탄두입니다."

"음……."

저절로 신음이 터져 나왔다.

국무장관의 보고대로 3메가톤급 이상의 핵탄두가 한국으로 넘어갔다면 이건 호랑이 등에 날개를 달아준 것과 다름이 없었다.

한국은 오래전부터 인공위성을 직접 쏘아 올릴 정도로 로켓 기술이 발달된 나라였다.

미국의 반대와 지속적인 감시로 인해 군사적 용도의 미사일 개발은 하고 있지 않지만 대기권 밖으로 위성을 쏘아 올릴 만큼 항공 우주 기술이 뛰어나기 때문에 언제든 ICBM 개발이 가능했다.

아니, 어쩌면 놈들은 이미 가지고 있을지도 모른다.

금년 들어 2기의 인공위성을 새로 쏘아 올리는 작업을 추진하는 중이었고, 무슨 일인지 작년에 계획되었던 무궁화 1, 2호의 발사가 연기되어 10일 후에 시행되는 것으로 알려졌으니 만약 놈들이 대기권 재돌입기술만 로켓 추진체에 가미시킨다면 곧바로 ICBM으로 전환될지도 모른다.

정말 무서운 것은 그런 ICBM에 3메가톤이 넘는 핵탄두가 장착되는 것이었다.

버지니아를 장악한 침입자들은 텍사스를 비롯해서 네 개의 사막지대에 100kt의 소형 핵탄두가 장착된 미사일을 폭파시켰다.

그것만으로도 모하비와 소노라 사막 등은 죽음의 땅으로 변하고 말았다.

그런데 3메가톤의 핵탄두라니······.

만약 3메가톤의 핵탄두가 한국의 우주항공기술과 접목되어 ICBM으로 변해 동시에 미국을 공격해 온다면 아메리카 대륙 전역은 개미 새끼 하나 살아남지 못하는 불모지로 변해 버릴 것이다.

"대통령님, 한국은 핵탄두를 반환하지 않을 것입니다."

"그렇겠지."

"만약 한국 놈들이 로켓 기술을 변형시켜서 정말로 ICBM을 만들어낸다면 그땐 아무것도 할 수 없습니다. 놈들이 미사일을 보유하지 못한 지금 우리는 무조건 한국을 쳐야 합니다."

국무장관의 눈은 시퍼렇게 변해 있었다.

연이어서 발생한 사건들.

미국의 자존심을 송두리째 뽑아버린 이 일련의 사태들을 겪으면서 그의 분노는 머릿속을 새하얗게 태우고 있었다.

그러나 국무장관의 이야기를 들은 니콜라스의 표정은 싸늘하게 식어갔다.

"장관의 말은 충분히 동의하지만 거기에는 문제가 있소. 버지니아에 들어 있는 놈들을 해결하지 못하는 한 우리는 아무것도 할 수 없단 말이오. 섣불리 한국을 공격했다가 놈들이 본토 전역에 미사일을 날리면 어쩔 생각이오!"

"ICBM 30기는 버지니아가 가지고 있던 전부였습니다. MRBM은 15기중 8기를 썼으니 단 7기만 남았을 뿐입니다. 더군다나 1기는 고장으로 수리 중에 있었다고 합니다. 그러니 지금 공격을 해야 합니다. 대통령님, 한국에게 시간을 주면 안 됩니다!"

"이보시오. 미국을 불구덩이 속으로 빠뜨릴 생각이오?"

"우리는 불구덩이 속으로 빠지겠지만 한국은 세상에서 지워질 것입니다. 우리가 당하는 피해는 감수해야 합니다. 만약 여기서 우리가 물러선다면 전 세계가 우리를 얕볼 것입니다. 우리가 버지니아를 공격하지 않았던 것은 보관된 핵탄두가 잘못될 수도 있었기 때문입니다. 하지만 지금은 다릅니다. 한국에 대한 핵 공격이 시작되는 순간 미사일을 날리지 못하도록 버지니아를 동시에 공격하면 우리 쪽 피해를 최소화할 수 있습니다."

국무장관이 니콜라스를 향해 불타는 듯 강렬한 시선을 보내왔다.

맞는 말이다.

지금까지 세계 경찰을 자처하며 국제적인 분쟁에 주도적으로 나서서 질서를 잡아왔다.

물론 입맛에 맞춰 상황을 이끌었고 필요한 군사 비용은 세계 각국에 부담률을 정해 받아냈지만 그 누구도 미국에게 반발을 하지 못했다.

미국이 지니고 있는 군사력과 경제력을 상대로 섣불리 도발을 한다는 건 국가의 위기를 자초하는 일이기 때문이다.

지금 국무장관이 말하고 있는 것은 그 위상에 관한 것이었다.

만약 한국이 저지른 만행을 그냥 덮고 넘어간다면 러시아와 중국은 물론이고 핵을 가진 모든 국가가 미국을 향해 한판 붙자며 덤벼들지도 몰랐다.

무슨 뜻인지 알기에 국무장관의 뜨거운 시선을 비껴내지 못했다.

자칫 미국의 안전에 치명적인 타격을 받을 수 있겠지만 이대로 당한다는 건 지금까지 벌였던 세계 경찰로서의 위상을 완벽하게 포기하는 것과 다름이 없다.

그랬기에 니콜라스는 스르륵 눈을 감았다.

쉽게 결정할 수 없는 일.

버지니아에 있는 자들이 나머지 핵미사일을 주요 도시에 퍼붓는다면 얼마나 많은 국민이 생명을 잃을지 추측조차 되지 않았다.

그렇다고 놈들의 협박에 져서 30기의 핵탄두를 고스란히 빼앗기고 병신 국가가 되어 뒷전으로 물러난다는 것은 상상할 수도 없는 치욕이었다.

지하 벙커를 가득 채운 미국의 핵심 브레인들이 니콜라스의 눈감은 모습을 긴장된 시선으로 지켜보았다.

그의 결정에 따라 한국은 수천만의 생명이 목숨을 잃게 된다.

니콜라스의 침묵은 꽤 오래갔지만 결국 어느 순간이 되자 거짓말처럼 깨졌다.

"좋소. 지금부터 미국은 한국을 응징합니다. 일본 근처에 있는 핵잠이 먼저 공격하고 애리조나, 텍사스, LA 핵 기지에서 각각 3메가톤짜리 10발의 ICBM을 쏘시오. 이 기회에 한국과의 질긴 인연을 끝냅시다."

"알겠습니다."

"그리고 한국을 공격함과 동시에 버지니아 기지도 공격하시오. 우리, 최선의 선택을 합시다. 방위사령관에게 연락해서 버지니아 기지의 초토화 작전을 시행하라고 알리시오."

"현명한 판단이십니다. 곧 준비하겠습니다."

니콜라스의 지시에 국무장관이 딱딱하게 굳은 음성으로 대답한 후 후속 조치를 위해 자리를 떴다.

대통령의 결정을 기다리던 과학자들과 군 관계자들의 행동이 그에 맞춰 부산하게 움직이기 시작했다.

하나의 국가를 세상에서 지운다는 것.

그것의 의미는 단순한 국지전과 근본부터 성격이 다른 것이었다.

그러나 벙커 안에 있던 자들의 움직임을 순식간에 멈추게 만든 것은 거대한 화면을 타고 들어온 강태산의 음성이었다.

"니콜라스, 선물은 잘 받았나?"

"으… 이 미친놈, 너는 악마가 틀림없다. 감히 핵폭탄을 터뜨려 수많은 사람을 죽음 속으로 몰아넣다니……."

"도시에 터뜨릴 수도 있었으나 사막에 터뜨렸다. 우리 대원들이 자비심을 베풀어야 한다며 사정하지 않았다면 나는 당신이 있는 워싱턴과 뉴욕 등 대도시에 핵미사일을 날렸을 것이다. 그런데 그런 것도 모르고 웃기는 소리를 하는구만."

"사막에 떨어졌어도 벌써 엄청난 사상자가 집계되고 있다. 미국을 상대로 감히 이런 짓을 하고도 무사할 줄 알았더냐? 우리는 절대 한국을 용서하지 않을 것이다!"

"크크크… 뭔가 꼼수를 부리는 모양이군."

강태산이 이를 드러내며 웃자 니콜라스의 몸이 움찔했다.

상대의 도발에 흥분해서 하지 않아야 할 말을 하고 말았다. 놈은 악마답게 자신의 몇 마디 말을 듣고 즉각 눈을 오므렸는데 그 얼굴이 두려울 정도로 차가웠다.

자신은 일국의 대통령이었다.

상대가 수없이 많은 사람들을 눈 하나 깜짝 않고 죽이는 악마였으나 절대 물러서면 안 된다.

"헬파이어, 버지니아에 저장된 미사일은 이제 얼마 남지 않았다. 나는 방금 전 너희들이 동해로 날린 핵탄두를 돌려달라고 한국 정부에게 요청한 상태다. 한국 정부가 우리 요청을 거부한다면 미합중국은 정의의 이름으로 한국이란 나라를 지구상에서 지워 버릴 생각이다. 물론 우리도 피해를 입겠지. 너희들이 남아 있는 미사일을 날린다면 말이야. 하지만 우리는 그것을 감수할 생각이다!"

"이봐, 니콜라스. 정의라는 개떡 같은 소리 함부로 지껄이지 마라. 이번일은 모두 너희로부터 비롯된 것 아니냐?"

"책임을 우리 쪽에 떠넘기고 싶은 모양이구나."

"책임을 떠넘겨? 누구한테? CIA는 나의 존재를 밝히기 위해 내가 모시고 있던 분을 납치해서 고문 끝에 죽였다. 내가 세계 곳곳에 깔려 있는 CIA를 때려잡은 것은 그런 이유가 있기 때문이었어. 그런데 너희들은 CIA의 요원들이 죽었다는 이유로 두 개의 항모전단을 한국으로 보내더군. 손톱 끝을 바늘에 찔렸다고 너희들은 상대방의 가슴에 대못을 박으려 했단 말이다. 말

해봐라, 그것이 너희들에게는 정의냐!"

"그래, 맞다. 우리에게는 그것이 정의다. 역사적으로 약소국이 정의가 된 적은 한 번도 없었다. 비록 조금 잘못된 일이라도 세계 최강국인 미국이 개입되면 정의가 되는 게 현실이다. 너희 한국도 그것을 잘 알기에 지금까지 미국의 발바닥을 핥으며 살아온 것 아니냐."

"크크크… 듣자 하니 정말 가관일세. 씨발 놈이 죽을라고……."

강태산이 다시 한 번 기괴한 웃음을 터뜨렸다. 그의 목소리는 더없이 탁하게 변해 있었는데 금방이라도 화면을 뚫고 나와 니콜라스의 목을 치고 싶어 하는 표정이었다.

니콜라스가 마지막 고함을 지른 것은 강태산의 표정이 그만큼 살벌했기 때문이었다.

"네 얼굴 지겹다. 조금만 기다려라. 곧 버지니아를 불바다로 만들어줄테니."

"여기가 버지니아로 보이는 모양이지?"

"그게… 무슨 소리냐?"

"니콜라스, 내가 분명히 말했을 텐데? 나는 너희 같은 평범한 사람이 아니라 대한민국의 수호신이다. 사람들은 나를 유령이라 부르기도 하고 귀신이라고 부르기도 하지. 두 가지 다 비슷한 말이지만 나를 수식하기에는 더없이 정확한 말이기도 하다. 여기가 어딘 것 같나?"

강태산이 천천히 화면에서 모습을 비켜내자 공포에 질려 있는 사람의 모습이 비춰졌다.

그리고 그 사람의 모습 뒤로 화면 속에서 거대한 크기의 미사일들이 금방이라도 솟구칠 것처럼 장전된 채 하늘을 향해 우뚝 서 있는 것이 보였다.

니콜라스는 공포에 질려 얼굴이 허옇게 변한 사람이 누군지 너무나 잘 알고 있었다.

바로 그의 절친한 대학 동창이자 애틀랜타 핵 기지의 사령관을 맡고 있는 헤밀턴이었다.

"네가… 네가 어떻게 애틀랜타에……?"

"몇 번을 말해도 믿지 않는구만. 백악관에서 보여준 것 가지고는 부족했던 모양이구나. 이봐, 니콜라스. 나는 말이다. 핵 기지가 있는 애틀랜타, 텍사스, 뉴올리언스, 애리조나, 콜로라도는 물론이고 어디라도 갈 수 있는 능력이 있다. 지금 여기 애틀랜타에는 30기의 MRBM이 발사 준비를 마친 상태다. 핵탄두는 3메가톤짜리를 썼으니 사막에 떨어진 것보다 훨씬 재밌는 일이 생길 거야. 한국을 응징하겠다고 했지? 어디 해봐. 내가… 한국이 당한 것 이상으로 너희 미국을 철저히 때려 부숴줄 테니까."

"으……."

"어때, 고? 아니면 스톱?"

"헬파이어… 잠깐만 기다리게. 국무장관, 국무장관 어디 있나!"

강태산이 붉은색 단추를 향해 손을 가져가자 니콜라스가 멀리 떨어져 있던 국무장관을 미친 듯이 불렀다.

국무장관도 대통령과 비슷한 얼굴을 하고 있었는데 금방이라도 죽을 것처럼 숨을 헐떡이는 중이었다.

"빨리… 빨리 공격을 취소하시오. 당장!"

"알겠습니다."

국무장관이 백 미터 달리기 선수처럼 뛰어가자 니콜라스의 입이 다급하게 화면을 향해 열렸다.

"이봐, 헬파이어. 대화로 해결하세. 무모한 결정을 내리면 우린 공멸하게 되네."

"그래서?"

"방금 봤겠지만 한국에 대한 공격을 모두 취소했네. 그러니 제발……."

"쯧쯧쯧… 그것만 가지고는 안 되지. 미국이 한 행동에 대해서 책임을 져야 할 것 아니냐."

"한국에 취해졌던 모든 경제제재를 풀고 CIA에 의해 죽음을 당한 사람들에 대한 보상을 준비하겠네. 그리고 다시는 이런 일이 발생하지 않도록 최선의 노력을 다할 테니 여기서 그만하면 안 되겠나?"

"대한민국으로 넘어간 핵탄두는?"

"없었던 일로 하겠네. 한국으로 핵탄두가 넘어갔다는 사실 자체를 아예 언급하지 않으면 되겠지?"

"시원해서 좋군. 이제야 대화가 제대로 되는구만. 그럼 마지막으로 한 가지만 더 해."

"뭔가?"

"대한민국의 박무현 대통령에게 전화해서 정중히 사과하도록. 그러면 당신의 머리를 겨냥하고 있는 미사일을 내려주지."

제2장
대한민국의 겨울

청룡대원들이 모두 떠난 후에도 강태산은 보름 동안 미국의 전역을 휩쓸고 다녔다.

　국가는 개인의 협박에 굴하지 않는 특성이 있다.

　잔인한 테러리스트가 국민들을 인질로 잡고 돈을 요구할 때 국가가 원론적인 대응으로 일관하며 그들의 요구를 받아들이지 않는 것도 그런 특성이 작용하기 때문이다.

　국가는 개인보다 집단의 이익을 우선으로 한다.

　애틀랜타 핵 기지에서 미사일을 장전한 강태산의 협박에 미국은 결국 2개의 항모전단을 본국으로 후퇴시켰고, 한국에 대한 공격을 포기했다.

　하지만 미국의 분노를 멈추게 만들기 위해서는 조금 더 확실하고 강력한 무언가가 필요했다. 그랬기에 강태산은 귀국을 미루고 미국을 압박하기 시작한 것이었다.

미국 전역을 돌면서 핵 기지를 차례대로 장악한 후 미사일을 장전시키는 장면을 대통령 니콜라스에게 고스란히 생중계로 보여주었다.

애틀랜타에 이어 펜실베이니아, 오클랜드 등 보름 동안 열다섯 개의 핵 기지를 무력화시켰고, 몇 군데에서는 핵탄두를 제거한 미사일을 또다시 사막으로 발사했다.

니콜라스는 강태산이 매일 다른 핵 기지를 장악하고 미사일을 장전한 후 협박을 하자 나중에는 아예 포기한 얼굴로 그저 넋을 놓은 채 지켜볼 뿐이었다.

처음에는 강태산의 침입을 막기 위해 별짓을 다했다.

핵 기지 주변은 물론이고 기지 내부에도 네이비 씰 등 세계 최강이라는 특전요원들을 배치해서 침투를 막으려 노력했으나, 강태산은 번번이 철통 같은 경계망을 뚫고 들어가 미사일과 핵탄두를 손아귀에 넣은 채 가소롭다는 웃음을 흘려냈다.

애틀랜타를 시작으로 10개의 핵 기지가 강태산에게 당할 동안 무려 500명에 가까운 특전요원들이 목숨을 잃었다.

세계 최강의 능력을 가졌다는 특전요원들은 제대로 총조차 쏘지 못하고 한 줌의 이슬이 되어 쓰러져 갔다.

그 후부터 아예 특수부대를 배치하는 걸 포기해 버렸다.

싸움조차 되지 않는 전쟁을 계속 치러 아까운 특전요원들의 목숨을 희생시킨다는 건 바보 같은 짓이나 다름없었다.

미국의 대통령이라는 자존심.

처음 대통령 수락 연설을 할 때 그는 영광된 조국을 만들겠다며 누구에게도 고개 숙이지 않는 강력한 지도자가 될 것을 다짐했었다.

애틀랜타를 장악한 강태산의 협박에 굴복해서 항모전단과 한국에 대한 공격을 취소했으나 기회만 주어진다면 반드시 당한 수모를 갚겠다며 이를 갈았다.

가슴속에 품은 비수.

복수는 천년을 하루같이 기다려야 한다고 들었다.

지금은 헬파이어의 존재로 인해 한국을 공격하지 못하지만 저놈의 손에서 핵 기지의 안전이 확보되는 순간 한국을 잿더미로 만들어 버릴 생각이었다.

그러나 세상은 전혀 예상치 못한 일들이 발생한다.

강태산에 의해 세계 최강이라고 불리는 군대가 처참하게 무너지는 것을 지켜보면서 모든 욕심과 자존심의 상처, 그리고 분노까지 하나씩 쓰레기통으로 사라져 갔다.

계속 부인하고 싶었지만 놈은 유령이 분명했다.

사람이 어떻게 유령이 됐는지 알 수 없다. 상식적으로 이해되지 않는 일이었고 눈으로 직접 보면서도 믿겨지지 않았으니 어찌 믿을 텐가.

강태산의 행동은 언제나 그와 지하 벙커를 가득 채운 브레인들의 머릿속에 공포심을 심어주기에 충분한 것들이었다.

일인군단.

아니, 어쩌면 그런 표현은 강태산의 위력을 과소평가하는 것인지도 모른다.

혼자 힘으로 수많은 핵 기지들을 제 집 드나들 듯 넘나드는 강태산의 위력은 핵폭탄을 포함해서 미국이 보유하고 있는 어떠한 군사력보다 더 무서웠고 공포스러운 것이었다.

─니콜라스, 매일 보니 이젠 반갑구려. 그래 저녁은 드셨소?

"…헬파이어, 오늘은 어딘가?"

─여긴 유타요. 컴퓨터로 확인해 보니까 여기에는 핵탄두가 1,300기가 있습디다. 참 많이도 만들었어. 내가 방문한 핵 기지에 있던 것만 합해도 15,000개가 넘으니까 알려진 것보다 훨씬 많구만. 핵탄두가 무슨 비상식량이라도 되는 겁니까? 무슨 지랄한다고 이렇게 많이 만든 거요?

"이전 정권부터 보유하고 있던 것이었네. 새로 만든 것은 극소수에 불과해."

─그러면서 다른 나라들은 핵폭탄을 갖지 못하게 협박이나 하고 말이야. 미국이 하는 짓을 보면 정말 양아치가 따로 없어. 안 그렇소?!

"이보게, 헬파이어. 언제까지 할 생각인가?"

─그건 내가 묻고 싶은 말이요. 니콜라스, 말해보시오. 내가 언제까지 했으면 좋겠소?

"이젠 그만해도 되네. 우린 너와 싸울 생각이 전혀 없으니 제발 그만 돌아가다오. 내가 대통령직에 있는 한, 아니, 후임 대통령이 집권한다 해도 미국이 한국을 공격하는 일은 절대 없을 것이다. 약속하마."

―크크크… 정말이오?

강태산의 기괴한 웃음에 니콜라스의 표정이 잔뜩 어두워졌다.

이틀 전 저놈은 지금처럼 이상한 웃음을 짓다가 두 기의 미사일을 네바다 사막에 터뜨렸는데, 그때의 폭발로 100여 명이 목숨을 잃었다.

악마다. 인간으로서 자비라고는 눈곱만치도 찾아볼 수 없으니 놈은 악마가 분명했다.

그랬기에 니콜라스의 목소리는 급해질 수밖에 없었다.

"헬파이어, 너의 행동으로 이미 수많은 사람들이 죽었다. 내가 어떻게 하면 좋겠느냐. 무릎을 꿇고 빌라면 그렇게 하마. 그러니 제발 그 버튼만큼은 누르지 마라."

―국민을 생각하는 마음이 눈물겹구만. 그런데 난 왜 그 모습을 보니까 이 버튼을 자꾸 누르고 싶어지지?

"아니다, 아니야. 내가 잘못했다. 아무 말도 안 할 테니 제발……"

―좋군, 자세가 점점 마음에 들어.

장난기가 가득했던 강태산이 한월을 들고 자리에서 일어나며 싸늘한 표정을 지었다.

그의 목소리는 어느새 무거워져 있었고 니콜라스를 바라보는 시선 역시 차갑게 가라앉았는데, 그의 몸에서는 엄청난 카리스마가 줄기줄기 피어오르고 있었다.

—니콜라스, 내가 보름 동안 이 모습을 계속 보여준 것은 당신의 오판을 사전에 막기 위함이었소. 미국이 최강이라는 오만은 아주 지독할 정도로 뿌리 깊더군. 겸손한 마음으로 미국을 이끄시오. 그렇지 않으면 미국이란 나라는 내 손에 의해 세상에서 지워질 테니 말이오. 이렇게!

화면에 비추던 강태산의 모습이 갑자기 푹 하고 사라져 버렸다.

그러나 그냥 사라진 것이 아니었다.

대형 화면에 보이는 유타 핵 기지의 통제실이 철저하게 망가지기 시작하고 있었다.

파괴하는 자는 보이지 않는데 건물과 컴퓨터, 그리고 통제 시스템이 저절로 무너졌고, 멀리서 비춰지던 핵미사일이 반 동강으로 변하며 발사대에서 쓰러지는 장면은 그야말로 경악에 가까운 것이었다.

두려움에 떨리는 시선.

지하 벙커에 있던 사람들은 모두 몸을 벌벌 떨면서 박살이 나고 있는 유타 기지를 두려운 눈으로 바라봤다.

그들의 마음속에 담긴 것은 오직 하나.

한국에는 귀신이 산다. 그것도 사람의 살을 뜯어먹으며 무엇이든 파괴해 버리는 악마가 살고 있었다.

*   *   *

오랜 여행이었다.

여행? 그래, 여행이라고 말하자.

인천국제공항에서 내려 출국장을 나서자 언제부터 와서 기다렸던지 은정과 은영이 손을 흔들면서 뛰어왔다.

"오빠야!"

"왜 나왔어? 추운데."

"보고 싶어서. 울 오빠 고생 많았지?"

은영이 주둥이를 쭈욱 내밀면서 앵앵거리는 소리를 냈다.

저 딴에는 애교를 부린 건데, 주둥이를 너무 내밀어서 마치 오리처럼 보였다.

그 모습이 귀여워 웃어주자 이번에는 팔짱을 끼면서 덤볐다. 한 달 반 동안 집을 비운 오빠가 너무나 반가운 모양이었다.

"우와, 우리 오빠 이제 보니 팔이 차돌 같네. 몸도 그렇고. 여행 가서 운동 많이 했나 봐?"

"원래 좋았거든요. 네가 몰라서 그렇지."

"헐… 이래서 함부로 칭찬하는 게 아니라니까."

"이모는 집에 계셔?"

"아니."

"안 계신다고? 어디 가셨는데?"

"논산 가셨다. 친척 오빠가 내일 결혼식을 한대. 그래서 오늘밤 거기서 주무시고 내일 오신단다."

"현수는?"

"현수도 봉사 활동 간다고 시골 갔어."

"그럼 너희들밖에 없는 거야?"

"응."

"그럼 밥은?"

강태산이 눈을 동그랗게 뜨고 묻자 은영의 눈꼬리가 잔뜩 올라갔다.

"이보세요. 지금까지 한 말 어디로 들은 겁니까? 엄마하고 현수가 집에 없다니까요? 그리고 우리나라에서 가장 예쁜 동생들이 오빠를 마중 나왔다고요. 뭔가 착 생각나는 거 없어?"

"외식하자고?"

"이 양반, 이제 머리가 돌아가시는구만."

은영이 아주 예쁘게 고개를 끄덕이며 강태산의 엉덩이를 툭툭 쳤다.

나름대로 말귀를 알아들은 게 기특하다는 표정이 그녀의 얼굴에 잔뜩 담겨 있었다.

강태산이 황당한 얼굴로 바라보자 이번에는 은정이 나섰다.

"오빠야, 난 아무거나 좋다. 그런데 오늘은 얼큰한 감자탕이 땡겨."

"아이고, 얘들이 아주 작정을 하고 나왔군. 오빠가 무려 한 달 반 만에 집으로 돌아왔는데 따뜻하게 밥해주고 싶은 마음은 안 들디?"

"히힛, 오빠야. 다음에는 꼭 해줄게. 그러니까 오늘은 감자탕 사주라."

"그렇게 먹고 싶어?"

"응, 오늘은 감자탕 꼭 먹어야 돼. 너무 먹고 싶어."

"그렇다면 할 수 없지. 가자. 감자탕 먹으러."

강태산이 깨끗하게 포기하고 캐리어를 끌며 걸어 나가자 두 자매가 잽싸게 따라붙었다.

게이트 밖에는 공항버스들이 줄줄이 늘어서 있었다.

하지만 강태산은 버스를 지나쳐 택시가 있는 곳으로 향했다.

은영이 시비를 걸어온 것은 강태산의 행동이 너무나 자연스러웠기 때문일 것이다.

"이러니까 장가를 못 가지. 내가 뭐랬어, 돈 좀 아끼고 살라니까?"

"바보야. 택시 타는 게 더 싸다. 세 명이 한 차에 타니까 오히려 비용 절감이 된단 말이지."

"그런가?"

은영이 고개를 갸우뚱대는 걸 보며 강태산이 빠르게 택시 트렁크에 캐리어를 실었다.

저녁 무렵이었지만 신공항고속도로는 교통 흐름이 원활해서 신촌에 도착하기까지 불과 30분밖에 걸리지 않았다.

식구들이 자주 가는 단골집에 도착해서 강태산이 감자탕을 시키자 옆에 있던 은정이 불쑥 나서며 소주를 추가시켰다.

그녀는 공항에서 여기까지 오면서 간간히 뭔가를 생각하고 있었는데 자주 얼굴을 찡그리는 것이 고민에 찬 모습이었다.

"은정아, 시집도 안 간 처녀가 상습적으로 소주 시키는 거 아니다."

"오빠야, 나 오늘은 술도 마셔야 돼."

"왜?"

"그냥… 오빠를 오랜만에 봐서 그런가? 술이 땡기네."

"고민 있냐?"

"고민은 무슨……."

은정이 대답을 흐리자 기다렸다는 듯 은영이 나섰다.

"언니, 요새 회사에서 코피 터지고 있단다. 강태산 때문에."

"그놈이 왜?"

"그 사람이 언니한테 광고 찍는다는 계약까지 해놓고 사라져 버려서 난리가 났대요. 촬영 일자까지 정해서 잔뜩 준비해 놨는데 나타나지 않았다고 하네. 그래서 언니가 지금까지 상사들한테 매일 당하고 있는 중이야."

"촬영 약속까지 해놓고 아무런 연락도 없이 사라진 거야?"

"그렇다는구만."

"거 나쁜 놈이네."

"나쁜 놈이지? 오빠야, 한 잔 받아라. 정말 반갑다, 우리 오빠!"

감자탕이 끓지도 않았는데 은정이 강태산을 향해 잔을 주면서 소주를 따랐다.

그러더니 자신의 잔을 내밀어 따르라는 시늉을 했다.

강태산은 동생들 잔에 차례대로 술을 따른 후 은정을 바라봤다.

흐린 얼굴.

그동안 은정은 자신 때문에 회사에서 엄청난 압박을 받았던지 오랜만에 만났음에도 흐려진 얼굴을 숨기지 못했다.

"우리 건배할까?"

"좋지."

은영이 먼저 잔을 들었고 은정이 그 뒤를 따랐다.

강태산은 동생들과 잔을 부딪치고 단숨에 목구멍으로 술을 털어 넣었다.

미국에서의 작전은 하루하루가 긴장의 연속이었고 시간과의 싸움이었기에 다른 생각을 할 겨를이 없었다.

은정과의 약속을 까맣게 잊어버린 건 존경하는 정 의장의 죽음과 위기에 빠진 대한민국을 구하기 위해 정신없이 움직였기 때문이었지, 은정과의 약속을 하찮게 여겼기 때문이 아니었다.

변명할 거리는 많았으나 변명이 되지 않는다.

그로 인해 은정이 고통을 받았을 걸 생각하자 미안한 마음과 안타까움이 동시에 몰려들었다.

"은정아, 걱정하지 마. 그놈도 무슨 사정이 있었겠지. 내가 봤을 때 그놈은 약속을 쉽게 어기는 놈이 아니야. 그러니까 조만간 연락이 올 거다."

"알아, 그런데 걱정이야."

"뭐가?"

"얼핏 들으니까 그 사람 체육관에도 나타나지 않는 것 같아.

지금 방송에서는 그것 때문에 난리가 났어."

"그래?"

"무슨 일 생긴 건 아닌지 걱정이 돼. 이제 시합이 두 달 정도 밖에 남지 않았잖아. 아마 그 사람, 나타나도 광고는 찍지 못할 거야."

"그렇겠네."

*　　　*　　　*

김만덕은 아직도 어두컴컴한 길목을 건너 터덜터덜 체육관 으로 들어섰다.

아침 7시가 다 된 시간에 출근을 했으니 늦장을 부려도 너 무 많이 부렸다.

원래는 6시가 되기 전에 출근해서 체육관 문을 열어야 했으 나 요즘 들어 왠지 자꾸 무기력하다는 생각이 들어 이불을 박 차고 일어나지 못했다.

당연한 일이다. 시합을 앞둔 상태에서 강태산의 행방불명은 그를 지치게 만들기 충분했다.

이른 아침이라 그런지 체육관 주변에는 기자들의 모습이 보 이지 않았다.

강태산이 행방불명된 지 한 달 반 정도 지나가자 그토록 끈 질겼던 기자들도 이젠 지친 모양이었다.

문을 열고 들어서자 벌써 운동을 하는 관원들이 여럿 보였다.

이 시간에 나오는 건 주로 회사원들이 대부분이었는데 선수 활동이 목적이 아니라 체력 관리를 하려는 사람들이었다.

링 주변을 건너 사무실로 걸어갈 때 정필영이 인사를 해왔다.

정필영은 6개월 전 영입한 트레이너로서 새파란 26살 청춘이었다. 놈은 선수로 뛰다가 왼쪽 발목 골절 때문에 은퇴를 하고 트레이너로 전향했다.

만덕체육관에는 10명의 트레이너가 일을 한다.

강태산의 존재로 인해 만덕체육관은 국내에서 가장 큰 체육관으로 성장했기 때문에 10명의 트레이너로도 일손이 부족한 실정이었다.

"형님, 나오셨습니까?"

"그래, 오늘 당번이냐?"

"예. 그런데요… 사무실에 태산이 형님이 오셨어요."

"뭐라고!"

질문한 것이 아니란 건 그의 행동을 보면 알 수 있었다.

김만덕은 정필영의 말을 듣자마자 미친 듯 사무실을 향해 뛰어갔는데, 육중한 곰이 흥분한 상태에서 먹이를 포획하기 위해 달리는 것과 비슷했다.

쾅!

사무실 문을 박차고 들어선 김만덕은 세상에서 가장 편한 자세로 소파에 누워 있는 강태산을 확인한 후 몸을 날렸다.

그대로 있다가는 육중한 몸에 어디 한 군데 부러질 정도로 김만덕의 태클은 강력했다.

그러나 그대로 당할 강태산이 아니었다.

절묘한 타이밍에 덤블링으로 빠져나온 강태산은 소파와 깊고 깊은 키스를 나누는 김만덕의 볼품없는 모습을 보며 인상을 찡그렸다.

"인마, 인사가 너무 과격한 거 아냐?"

"이 웬수. 형이 루팡이냐? 왜 뺙 하면 사라지는 건데!"

"많이 기다렸어?"

"도대체 정신이 있는 거야? 없는 거야? 시합을 앞두고 이렇게 사라지면 남은 사람들은 어떡하냐… 형, 정말 해도 해도 너무 하다."

"바쁜 일이 있어서 어쩔 수 없었어."

"손가락은 부러졌냐. 전화 한 통 해주면 어디가 덧나? 무슨 일이 생긴 건지 알아야 대처를 할 거 아냐!"

"관장님은 잘 계시지?"

"얼씨구? 잘 계시겠냐. 형 기다리다 쓰러지셨다."

"어디 아프셔?"

"말이 그렇다는 거지. 그런데 왜 왔냐. 사라진 김에 아주 푹 쉬다 오지 않고."

"그만해라. 오늘부터 훈련할 거니까."

"웃기시네. 시합 쫑 났다. 그러니까 훈련 안 해도 돼."

"뭔 소리야?"

"아버지가 이틀 전에 톰슨 회장한테 전화했어. 형이 훈련하다가 부상을 당해서 시합을 하기 어렵다고 했다."

"이유는?"

"두 달밖에 남지 않았는데 형이 코빼기도 안 보였잖아. 그래서 아버지가 고민 끝에 결정한 거야."

"톰슨은 뭐라디?"

"오늘 전화 준다고 했다. 시합 취소까지 걸리적거리는 게 꽤 많은 모양이더라."

"시합은 취소하지 않는다."

"취소해야 해. 이제 시합은 두 달도 남지 않았어. 난 마지막 시합에서 송장치레하고 싶지 않다."

"인마, 시합 취소가 되면 이 체육관 다 날려야 한다. 그래도 괜찮겠어?"

"체육관을 왜 날려?"

"톰슨이 어떤 사람인데 김 관장님 말 한마디에 얼씨구나 하고 시합을 취소해 주겠냐. 시합 취소하면 UFC가 받는 손해가 얼만지 알기나 해?"

"…그래서?"

"방금 말했잖아. 우리 모두 알거지가 될 거다."

"다쳐서 시합을 취소했는데 그런 경우가 어디 있냐. 말도 안 되는 소리 하지 마!"

"다쳐서 시합을 취소하려면 의사의 소견서가 필요한데 다치지도 않은 내가 그걸 어떻게 준비하냐. 더군다나 톰슨은 이번 일을 대충 넘어가지 않을 거다."

"그럼?"

"분명히 자신의 손해에 상응하는 어떤 걸 원하겠지. 그 사람은 장사꾼이니까. 만덕아, 김 관장님 어디 계시냐?"

"지금쯤 출발하셨겠네. 8시쯤 나오시거든."

"그럼 넌 훈련 준비나 해. 오랜만에 몸 좀 풀게."

톰슨은 부리나케 들어오는 제프리 조던을 바라보며 푸근한 웃음을 지었다.

내용의 심각성이 컸지만 그는 이럴 때마다 더욱더 여유를 부리며 미소를 잃지 않았다.

"어서 오시오. 차는 안 막혔소?"

"예, 아직 러시아워가 아니라서요."

"그래, 알아봤습니까?"

"아무래도 강태산이 다쳤다는 건 사실이 아닌 것 같습니다."

"그럼 뭐요?"

"그쪽 정보원에 따르면 강태산은 지금까지 훈련장에 나타나지 않았다고 합니다."

"혹시 다른 곳에서 훈련하다가 다친 건 아니오?"

"아닙니다. 김 관장을 비롯해서 모든 코치진이 체육관을 벗어나지 않았답니다. 강태산이 행방불명된 이유를 체육관 관계자들도 몰랐다고 합니다. 제 생각에 이번 결정은 김 관장 단독 판단인 것 같습니다. 선수가 훈련도 안 된 상태에서 링에 오를 수는 없다고 판단한 게 틀림없습니다."

"설마 그랬을까. 우리를 물로 봤을 리도 없고……."

톰슨이 미소를 더욱 진하게 만들며 양 손가락을 껴서 입으로 가져갔다.

뭔가 생각할 때 그가 자주 하는 행동이었다.

부상으로 인한 시합 포기는 UFC에서 종종 나타나는 경우였다.

그런 경우는 철저한 조사가 이루어지고 합당한 이유와 증거가 확보되었을 때만 선수에게 페널티를 물지 않는다.

톰슨이 고민에 빠져든 것은 여러 가지 정황으로 봤을 때 김 관장의 행동이 이해되지 않았기 때문이었다.

부상이 아니라면 강태산 측은 막대한 변상을 물어야 하는데, 김 관장의 저의가 불분명했다.

계약 위반에 따른 변상을 감수하고서라도 시합을 포기하려는 이유가 있는 걸까?

아니면, 강태산의 인기를 배경으로 어물쩍 넘어갈 수 있다고 판단한 것일까?

어떤 경우라도 톰슨 입장에서는 껄끄러울 수밖에 없었다.

말로는 격투기를 은퇴하겠다고 떠들어댔지만 강태산은 어쩌면 UFC와 적대 관계에 있는 CWF로 옮겨갈지 모른다.

CWF는 사우디아라비아의 석유 재벌 알함리가 12년 전에 세운 격투기 단체로 막대한 자본력을 앞세워 유능한 선수들을 잡기 위해 무차별적인 스카우트를 벌이는 중이었다.

더군다나 CWF 측에서 김 관장에게 수시로 사람을 보내고 있다는 사실이 언론을 통해 알려지면서 그런 의심을 더욱 진해질 수밖에 없었다.

쓴웃음이 흘러나왔다.

김 관장은 세계가 알아주는 트레이너이니만큼 이런 상황을 꿰뚫고 있는 것이 분명했다.

"조던, 카니언을 만나봤나?"

"그놈은 거품을 물면서 화를 내더군요. 강태산이 시합을 연기하려는 건 자신이 두렵기 때문이라며 당장 인터뷰를 해서 놈이 도망치지 못하도록 하겠답니다."

"그래서?"

"그냥 웃고 나왔습니다. 제가 놈의 행동을 막을 수는 없으니까요."

조던의 대답에 톰슨의 얼굴이 슬쩍 일그러졌다가 펴졌다.

역시 노련한 여우다.

"왜 카니언을 막지 않았죠?"

"먼저 회장님의 의견을 들어야 했으니까요. 우리 쪽의 입장이 정해지지 않은 이상 섣불리 움직여서는 안 된다고 판단했습니다."

"조던, 당신 생각은 어떻소. 강태산이 부상을 당한 게 아니고 훈련량이 부족해서 연기하려는 것이라면 이 시합을 강행할 필요가 있겠소?"

"저는 강행해야 된다고 생각합니다."

"왜 그렇소?"

"어차피 강태산은 이번 경기를 끝으로 UFC를 은퇴하겠다고 선언했잖습니까. 은퇴를 선언한 놈에게 배려할 이유는 없습니다. 그가 진짜 격투기에 염증을 느꼈든 세간에 알려진 것처럼 CWF 측으로 전향하든 마찬가집니다. 어차피 은퇴한다면 우리 식구로 남아 돈을 벌게 해줄 카니언에게 얌전하게 포장해서 통째로 주는 것이 맞는 것이라고 생각합니다."

"냉정한 분석이군요."

"세상은 약육강식의 원리가 철저하게 작용되는 곳이니까요."

"좋소, 조던. 강태산에 관한 것은 당신에게 맡기겠소. 놈이 부상을 당하지 않았다면 무조건 경기에 나오도록 만드시오. 위약금으로 대충 계산해 보니까 천만 달러 정도는 받아낼 수 있겠더군. 내가 알기로 강태산은 버는 대로 족족 써버려서 돈이 없다고 들었소. 어차피 갈 거면 냉정하게 갑시다. 감옥에 간다 하면 어쩔 수 없이 싸우지 않겠소?"

정현탁 국장은 최유진이 사무실로 출근하자마자 그녀를 자신의 사무실로 불러들였다.

그의 앞에 놓인 노트북에는 카니언의 얼굴이 대문짝하게 나와 있었는데, 그 옆으로 인터뷰한 내용들이 담겨 있었다.

"최 기자, 이거 봤어?"

"이게 뭔데요?"

"카니언이 어제 저녁 인터뷰한 내용이다. 여기에 보면 강태산 측이 부상을 이유로 시합을 연기해 달라고 했단다."

"그럴 리가요. UFC 쪽에서는 아무런 발표도 없었잖아요?"

"이놈은 강태산을 맹렬하게 비난하고 있어. 강태산이 부상 운운하면서 시합을 연기하려고 하는 건 지금 와서 보니까 자신이 너무 두렵기 때문이라는 거야. 아무래도 그냥 해본 소리는 아닌 것 같다는 예감이 들어."

"그렇다면 국장님은 정말 강태산 선수 쪽에서 시합 연기를 요청했다는 건가요?"

"강태산은 아직도 나타나지 않았나?"

"예."

"지금 카니언의 인터뷰 때문에 미국 언론도 난리가 난 상태다. 뭐가 됐든 오늘쯤 결판이 날 것 같아. 정신 바짝 차리고 대기하고 있어."

"알겠습니다. 만덕체육관에 가 있을 테니 상황 변화가 있으면 전화 주세요."

최유진은 고개를 숙여 인사를 하고 정 국장의 방에서 빠져나왔다.

정 국장의 말이 사실이라면 이번 타이틀전을 위해 TF팀까지 꾸려서 준비하고 있는 TCN 측은 엄청난 타격을 받게 된다.

차에 시동을 걸고 만덕체육관을 향해 액셀러레이터를 밟았다.

시합이 정해지고 난 후 그녀는 거의 체육관에서 살다시피 했지만 강태산은 한 번도 나타나지 않았다.

수많은 기자들은 물론이고 심지어 김 관장과 김만덕도 강태산의 행적을 알지 못했다.

전화는 늘 꺼져 있었고 살고 있는 집도 오랜 시간 비워진 채 방치되어 있었다.

기자들의 후각은 더없이 예민했다.

카니언의 인터뷰가 인터넷에 올라오자마자 기자들의 발길은 뜸해졌던 만덕체육관으로 향했다.

최유진이 체육관에 도착했을 땐 이미 50여 명의 기자가 몰려들어 있었는데, 무엇 때문인지 관원들과 실랑이를 벌이는 중이었다.

천천히 다가가 들은 내용은 간단했다.

기자들은 카니언의 인터뷰를 확인하고 김 관장에게 사실 여부를 들어야겠다는 것이었고, 체육관 측에서는 그런 기자들을 향해 기다려 달라며 몸으로 가로막고 있는 중이었다.

최유진은 뒤쪽에서 몸싸움을 구경하다가 뭔가 이상한 낌새를 눈치챘다.

오늘따라 체육관 쪽에서는 다른 날과 달리 십여 명이 나와 출입문을 가로막고 있었는데 뭔가 분위기가 이상했다.

이윽고 체육관 쪽에서 소란이 일어나더니 굳게 닫혀 있던 문이 활짝 열렸다.

문을 열고 나오는 사람들.

맨 앞에 선 사람은 김 관장과 김만덕이었고, 그 뒤로 익숙한 얼굴이 보였다.

시끌벅적했던 기자들이 그 얼굴을 보고 동시에 입을 닫았다.

미치도록 찾아 헤매던 얼굴의 주인공, 바로 강태산이 그들을 향해 다가오고 있었던 것이다.

강태산을 확인한 기자들의 손에서 카메라의 셔터가 정신없이 눌려지기 시작했다.

난장판이 따로 없었다.

어딘가를 향해 전화를 거는 사람, 고래고래 소리를 지르는 사람, 좋은 자리를 차지하기 위해 육탄으로 돌격하는 사람들.

강태산의 갑작스러운 등장은 기자들에게 그만큼 충격적이었다.

천천히 걸어 체육관 앞에 설치된 연단으로 강태산이 올라갔다.

강태산은 서두르지 않고 연단에 서서 기자들이 조용해지기를 기다렸다.

멀리서 정신없이 뛰어오는 사람들과 차량들의 움직임이 보였다.

현장에 있던 기자들에게 전화를 받은 사람들이 강태산을 보기 위해 뒤늦게 달려오고 있는 중이었다.

강태산은 기자들이 자신의 침묵으로 인해 조용해지자 그제야 입을 열었다.

그의 목소리는 부드러웠으나 더없이 묵직했다.

"기자 여러분, 제가 개인적인 사정으로 인해 자리를 비운 동안 여러 가지 일들이 있었던 것으로 압니다. 일각에서는 제가 부상으로 시합을 할 수 없다는 말까지 돌고 있다더군요. 하지만 그런 것들은 전부 근거 없는 소문임을 알려 드립니다. 저는 정상적인 컨디션에서 훈련을 하고 있으며 건강한 모습으로 정해진 날짜에 반드시 옥타곤에 오를 것입니다. 제 별명을 기억해 주시기 바랍니다. 저는 야차입니다. 야차는 누군가가 두려워 도망치지 않습니다."

                    *   *   *

그해, 대한민국의 겨울은 유난히 추웠다.

수출 의존도가 절대적으로 높았던 대한민국은 주요 교역국인 미국과 중국, 일본이 한꺼번에 경제제재를 가해오자 급속도로 경제 침체에 빠져들었다.

그들이 원하는 것은 오직 하나.

박무현 정부가 사활을 걸고 추진하는 남북 경협의 후퇴뿐이었다.

하지만 대통령을 비롯한 정부는 주변 강대국의 압박에도 굴하지 않고 결연하게 남북 경협을 추진해 나갔다.

개성은 물론이고 신의주를 비롯한 5개의 공단은 남한의 기술력과 북한의 노동력이 결합되면서 급물살을 타고 있는 중이었다.

경제협력이 이대로 지속된다면 100년 넘도록 닫혀져 있던 철책선을 걷어내는 건 시간문제일 뿐이었다.

경제제재.

대한민국처럼 기술력은 뛰어나지만 자원이 빈약한 나라는 수출이 막히면 경제 자체가 휘청거릴 수밖에 없다.

남북 경협을 못마땅하게 여긴 주변 강대국들이 경제제재를 가해온 것은 그런 약점을 너무나 잘 알기 때문이었다.

추운 날씨 못지않게 대한민국 국민들에게 삭풍보다 더 무서운 칼바람이 몰아닥쳤다.

많은 기업들이 도산에 빠져들었고 수많은 국민들이 실직의 길로 내몰렸다.

언론에서는 남북 경협의 지속적 추진이 가져온 불행에 대해 언급하며 정부 정책의 비현실성을 강력히 비판했다.

언론의 주장은 남북 경협의 철수가 아니라 주변 강대국과의 외교적 마찰을 최소화시키지 못한 정부의 능력 부족을 질타한 것이었다.

쉽지는 않았겠지만 주변 강대국을 설득하며 완만한 드라이브를 걸었어야 하는 것 아니냐는 게 언론의 주장이었다.

국민들은 계속되는 언론의 질타를 보면서도 대놓고 정부를 욕하지 않았다.

민족의 염원인 통일을 이루기 위해서는 어느 정도의 손해를 감수해야 된다는 걸 미리 알고 있었기 때문이었다.

다른 자들의 눈치를 보면서 추진하는 남북 경협은 지금처럼 스피드하게 진행하는 것이 가장 좋은 방법이다. 언론의 질타는 어찌 보면 이런 상황에 대한 분노의 탈출구에 불과한 것이었다.

풀리지 않은 문제에 도착한 이상 해법이 쉽게 나올 리 만무했다.

재밌는 건 대한민국 국민들의 반응이었다.

경제가 침체에 빠져들고 있었으나 국민들은 후회하거나 절망 속에서 허우적거리지 않았다.

과거 대한민국의 국민들은 이보다 더한 것들도 숱하게 겪어온 경험이 있었다.

30여 년에 달하는 독재정치, IMF 사태, 국제금융 위기, 부동산 거품이 꺼지면서 겪었던 잃어버린 10년 등 대한민국 경제 자체를 완전히 무너뜨렸을 만큼 엄청난 사건들이 있었다. 그럼에도 대한민국은 그 역경들을 이겨내고 또다시 경제 대국으로 우뚝 서는 저력을 보여 왔다.

미국을 비롯한 주변 강대국의 압박을 받고 있지만 지금의 상황은 그때에 비한다면 충분히 견딜 만한 고통이었다.

문제는 사회적인 분위기였다.

인내의 한도는 정해진 것이 아니었으니 사회의 분위기는 점점 어두워져 갔고, 국민들의 자신감과 자존감 역시 천천히 불안 속으로 빠져들고 있었다.

거기에 미국에서 발생한 핵폭발 사건은 전 세계를 충격 속으로 몰아넣기에 충분했다.

웬일인지 언론 자유를 우선 정책으로 삼아오던 정부에서 의례적으로 철저하게 언론 통제를 했으나 세계 최강의 인터넷 망이 구축된 대한민국의 국민들은 사건이 벌어진 지 불과 하루 만에 사건의 진상을 파악하고 술렁거렸다.

세계 최강 미국에서 벌어진 초유의 사태.

과연 누가 그들에게 핵 공격을 가했단 말인가.

수많은 의문점이 속출했고 미국의 보복에 초미의 관심이 모아졌다.

미국은 자신들이 당한 피해에 대해서 반드시 보복한다는 정책을 고수해 왔기 때문에 범인의 정체가 밝혀지는 순간, 세계는 다시 한 번 아비규환으로 빠져들 가능성이 컸다.

세계는 긴장했다.

다른 것도 아니고 핵 공격을 당했다는 건 보복의 강도가 핵 공격이 된다는 것이기 때문이었다. 미국은 현재 핵 공격을 받은 지역을 1급 재난 지역으로 선포하고 복구에 온 정신을 집중시키는 한편 다른 한쪽으로는 범인을 밝혀내서 보복을 하겠다며 공공연하게 떠드는 중이었다.

심지어 스파이 전쟁이라 불리는 CIA 사건조차 은밀하게 떠돌았지만 30기의 대륙간탄도미사일이 일본을 넘어 대한해협에 떨어졌다는 건 알려지지 않았다.

일급 기밀.

ICBM이 쏘아졌다는 것은 자칫 세계대전을 촉발할 수 있다는 위험이기 때문에 각국이 스스로 언론 통제를 시행했고, 대한민국 정부는 인터넷 검색에 아예 ICBM에 관한 모든 문구를 필터링을 해버려 국민들의 귀를 원천 봉쇄했다.

정치의 비밀은 국민을 속이는 것이라는 말이 있다.

각국의 정부가 자국의 국민을 속이기 위해 애를 쓰는 건 국민을 속이는 것이 현재의 상황을 더 악화시키지 않을 거라는 확신 때문이었다.

강태산의 시합에 대한민국 국민들이 무섭게 집중한 것도 의도적인 정부의 종용이 작동하면서 벌어진 것이다.

모든 언론으로부터 강태산이 나타나 훈련을 시작했다는 보도가 터져 나오면서 사람들의 모든 이목은 타이틀전에 집중되었다.

경제 침체로 인해 떨어졌던 국민들의 심장 소리가 강태산의 시합이 다가오면서 점점 커지고 있었다.

*　　　*　　　*

훈련을 마친 강태산은 땀으로 범벅이 된 몸을 씻고 옷을 갈아입었다.

강도 높은 훈련을 5시간이나 했지만 그의 육체는 여전히 생생했고 탄탄했다.

현천기공이 구성에 이르면서 몸 안에 있던 모든 노폐물이 완전히 빠져나갔다.

불순물이 빠져나간 순수한 육체는 상상하지 못할 정도로 강했고 외부의 충격을 흡수하는 능력도 엄청난 변화를 보였다.

체육관을 나서자 어두컴컴한 골목길을 온통 밝히고 있는 카메라의 불빛들이 나타났다.

기자들은 그의 모습을 한 컷이라도 더 찍기 위한 일념으로 하루 종일, 이 순간을 기다리고 있었다.

강태산은 체육관을 나서 기자들에게 여러 가지 포즈를 취해 주며 사진을 찍을 수 있도록 도와주었다.

먹고살기 위해 노력하는 사람들에게 이 정도의 성의는 베풀어야 한다.

기자들은 사진을 찍고 나면 더 이상 강태산을 귀찮게 하지 않았다.

똑같은 질문의 반복이 시합을 앞둔 챔피언에게 얼마나 어리석은 짓인지 그들도 잘 알기 때문이었다.

강태산은 길을 비켜주는 기자들의 틈을 지나 가방을 둘러맨 채 천천히 걸어 나갔다.

모든 장면이 기자들에게는 그림이고 영상이다.

그가 걸어가는 뒷모습을 찍기 위해 몸살을 앓던 기자들은 강태산이 차에 올라타자 언제 그랬냐는 듯 물러섰다.

부드럽게 핸들을 조작해서 골목길을 빠져나왔다.

그런 후 큰길가에 들어서기 전 우측으로 핸들을 돌려 샛길로 한참 진행하다 공터에 차를 세웠다.

―그대의 아름다운 미소와······.

손에 든 핸드폰에서 부드럽고 달콤한 여자 가수의 노랫소리가 흘러나왔다.

이 노래는 은정이 가장 좋아하는 것이었다.

―여보세요?

"음악 소리 좋네요. 김수연의 '아름다운 그대'죠?"

—…맞아요.

"아직도 만덕체육관 앞에 있나요?"

—그걸… 어떻게……?

"나오다가 봤습니다."

—아…….

강태산이 대답하자 은정이 자그마한 탄성을 흘렸다.

예전에도 그랬던 기억이 났기 때문일까?

"오늘 시간이 어떠세요. 우리 볼일이 있지 않습니까?"

—저야 고맙지만… 그런데 괜찮으세요?

"뭐가요?"

—시합을 앞두고 계시잖아요.

"괜찮으니까 만납시다. 신촌에 블루윙이라는 호프집이 있어요. 아시죠?"

—네, 알아요.

"거기서 30분 후에 봅시다."

은정은 자신의 어려움을 쉽게 말하지 못했다.

전 국민의 뜨거운 관심을 받고 있는 중요한 일전을 앞둔 사람에게 광고 이야기를 꺼낸다는 건 차마 못할 짓이었기 때문이었다.

그녀가 말하지 못한 걸 강태산이 먼저 꺼냈다.

은정은 시합이 끝난 후 해도 괜찮다며 극구 사양을 했지만 강태산은 그녀의 말을 듣지 않고 촬영 일자를 먼저 잡았다.

얼굴을 붉히는 은정의 모습은 소녀를 닮아 있었다.

해가 되는 일을 하는 것에 대한 미안함과 부끄러움을 숨기지 못하고 그녀는 얼굴을 숙인 채 강태산을 바라보지 못했다.

커피 광고는 승용차와는 다르게 강태산 단독 샷이었다.

거기다 제한된 공간에서의 촬영이었고 시합을 앞두었다는 특수성이 있었기에 촬영은 예상보다 빠르게 진행되었다.

그럼에도 광고의 품질은 전혀 떨어지지 않았다.

커피 잔을 든 채 창문 너머 도시의 불빛을 바라보는 강태산의 모습은 강인함 속에서 부드러움과 여유로움을 한껏 담아내고 있었다.

또 한 번의 대박.

30초짜리 광고가 대한민국의 여심을 홀려 버렸다.

젊은 여성들은 강태산이 출연한 커피 광고를 자신의 핸드폰에 보관하며 하루 종일 돌려 볼 정도였으니 그야말로 신드롬이라 부를 만했다.

                    *   *   *

"저놈, 제정신이냐?"

"왜?"

"시합이 얼마나 남았다고 광고를 찍어. 더군다나 훈련 시작한 지 얼마 안 된 놈이!"

김윤석이 입에 거품을 물면서 떠들었다.

강태산의 행방불명에 누구보다 안타까워하면서 기다린 사람이 그였다.

웰터급의 최강자 카니언과의 결전을 앞두고 불현듯 사라져 버린 강태산을 향해 언론은 무수한 추측을 보도했었다.

그 추측 보도에는 여자와의 밀월여행 등 말도 안 되는 것들도 있었으나, 가장 설득력을 얻은 것은 두려움으로 인한 도피였다.

워낙 체격 차이가 컸고 카니언이란 존재가 넘을 수 없는 벽처럼 느껴져 스스로 절망감에 빠져 도피를 한 것이 아니냐는 추측이었다.

김윤석은 그런 보도를 볼 때마다 기사를 쓴 기자를 향해 욕설을 퍼부었다.

물론 그 역시 카니언과의 일전이 결정되었을 때 안 된다고 소리를 지른 사람이었다.

체급의 차이를 극복하고 강태산이 카니언을 이긴다는 건 불가능한 일이라 생각했기 때문이었다.

하지만 막상 언론이 그런 내용으로 보도하자 참을 수 없는 분노를 느꼈다.

강태산은 그의 우상이자 영웅이었다.

영웅은 절대 비겁하지 않아야 했고 두려움도 없는 철혈의 심장을 가진 전사여야 했다.

그는 강태산이 그런 전사임을 의심치 않았다.

그럼에도 강태산이 시합을 얼마 남기지 않은 상태에서 광고를 찍은 것은 정말 이해되지 않는 일이었다.

재밌는 것은 동생인 김환석의 반응이었다.

"자신 있으니까 그런 거 아니겠어. 저놈 알잖아. 불사조처럼 일어나는 거 한두 번 봤냐, 형. 괜찮을 테니까 걱정하지 마."

"에잇, 나도 모르겠다. 도대체 무슨 생각인지 알 수가 없어. 뉴스를 보니까 카니언은 시합이 결정되고 난 후부터 엄청난 강도의 훈련을 하고 있단다. 가뜩이나 불리한 놈이 광고나 찍고 있으니 한심한 일 아니냐?"

"쩝, 사정이 있었겠지. 그나저나 저놈 정말 잘생겼다. 내가 여자라도 반하겠어."

"인마, 저건 조명발의 극치야. 저게 사람 얼굴이냐?"

"크크크… 그건 그래. 요즘 촬영 기술이 정말 대단하단 말이지."

"요즘 여자애들이 저 광고 때문에 난리란다. 오죽하면 뉴스에까지 나오겠냐."

"여고생들은 강태산 브로마이드 안 가지고 있으면 간첩이래. 거기다 여대생들은 어떻고. 여대생들은 자기 애인 이름을 강태산이라고 저장한다고 하더라."

"다행이다, 아줌마들은 없어서."

"없긴 왜 없어. 아줌마들 로망이 강태산과 하루 동안 데이트하는 거라는데."

"얼씨구, 남편은 팽개치고?"

"그럴 정도로 인기가 있다는 거지. 뭘 그렇게 흥분하서."

김환석은 형의 반응에 유쾌하게 웃었다.

김윤석은 자기 마누라가 그런 소리를 한 것처럼 소리를 버럭 질렀는데 상당히 기분 나빠 하는 얼굴이었다.

하지만 그것도 장난이다.

영웅은 영웅이었고, 여자들의 반응은 그에 따른 부산물에 불과한 것이다.

"그나저나 이제 한 달밖에 남지 않았네. 아휴, 왜 이렇게 시간이 안 가냐."

"형, 우리 표 무를까? 아무리 생각해도 워낙 뒤라서 잘 보이지도 않을 것 같단 말이야."

"그건 그런데 이럴 때 아니면 언제 강태산의 경기를 직접 보냐. 더군다나 은퇴한대잖아. 그러니까 무조건 봐야지. 그게 어떻게 구해진 표인데 물러. 말도 안 되는 소릴 하고 있어!"

"그렇지?"

김환석이 고개를 갸우뚱거렸다.

인터넷 발매가 시작되는 시간에 맞춰 두 형제는 아들과 딸까지 동원해서 미친 듯이 클릭을 했다.

VIP석은 이미 사전 발매가 완료되어 인터넷 발매가 된 것은 일반석뿐이었다.

그럼에도 사이트는 전쟁터였다.

다행스럽게 두 자리가 얻어걸렸는데 동과 서로 떨어져 있었고 좌석은 2층 스탠드 가장 뒤쪽이었다.

당첨되었다는 기쁨도 잠시, 고민에 빠질 수밖에 없었다.

옥타곤에서 싸우는 사람 얼굴조차 확인되지 않을 정도로 멀리 떨어진 좌석임에도 입장료는 무려 20만 원이 훌쩍 넘었다.

그랬기에 두 형제는 시간이 날 때마다 고민에 빠져들었다.

그러나 항상 결론은 똑같았다.

무조건 간다.

강태산이 싸우는 장면을 정확하게는 볼 수 없어도 직접 가서 소리를 지르며 응원을 해야 한다는 것이 두 형제가 내린 결론이었다.

이번 시합에 그들이 거는 기대는 상상 이상으로 대단했다.

불리하다는 것은 안다.

그럼에도 그들은 물론이고 대한민국 국민들이 전율을 품에 안고 시합이 벌어지는 그 순간을 간절하게 기다리는 것은 강태산이 그동안 보여준 투지 때문이었다.

앞으로 한 달.

그 한 달 동안 대한민국의 겨울이 뜨겁게 타올랐다.

강태산의 경기가 다가올수록 그 열기는 대한민국 전체를 태울 것처럼 뜨겁게 달아오르고 있었다.

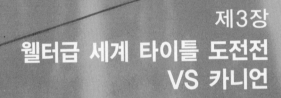

제3장
웰터급 세계 타이틀 도전전
VS 카니언

"강태산 동향은 어떻소?"

"한국 언론을 계속해서 체크하고 있는데, 그는 평균 6시간 정도 훈련하는 것으로 알려져 있습니다."

"6시간? 카니언은 하루 종일 훈련에 매달린다고 하지 않았소?"

"그렇습니다. 카니언이 독하게 마음먹은 것 같습니다. 공식적인 자리에서 도전한 강태산에게 그는 엄청난 적의를 가지고 있습니다. 잘못하면 그놈은 강태산을 죽일지도 모릅니다."

제프리 조단이 대답하면서 싱긋 웃자 톰슨도 따라서 유쾌하게 웃었다.

카니언의 피지컬은 웰터급에서도 최상이었다.

더군다나 그의 압박 기술은 호랑이가 사냥감을 노리는 것처럼 은밀하고 정교했으며 단발에 경기를 끝내 버리는 강력한 펀치력과 킥력을 보유하고 있었다.

역대 웰터급의 최강자로 손꼽히는 강력한 챔피언 카니언의 또 다른 장점은 바로 상대방의 목줄을 잔인하게 물어뜯는 독심이 있다는 것이었다.

그의 심리전에 말려들어 허무하게 경기를 망친 상대가 한둘이 아니었다.

탁월한 언론 플레이와 면상에서 퍼붓는 독설에 평정심을 잃어버린 선수들은 제대로 주먹 한 번 내보지 못하고 카니언의 카운터에 정신을 잃곤 했다.

톰슨이 웃은 것은 조던의 말처럼 카니언의 도발에 강태산이 말려들지도 모른다는 생각이 들었기 때문이었다.

강태산은 지금까지 카니언처럼 지독하게 언론 플레이와 인신 공격을 퍼붓는 자들을 만난 적이 없었다.

이성을 잃은 선수가 쉽게 경기에서 패하는 이유는 냉철한 판단력에 의존하지 않고 감정에 치우쳐 무모한 공격을 하기 때문이다.

물론 강태산의 경기 스타일로 봤을 때 그런 가능성이 커보이지는 않았지만 카니언의 도발이 어느 정도 먹힐 거란 예상은 들었다.

"강태산은 최근에 광고까지 찍었다면서요?"

"예, 커피 광고를 찍었는데 한국에서는 신드롬을 일으키고 있는 모양입니다. 워낙 강태산의 얼굴이 잘생기다 보니 여자들한테 엄청난 인기를 얻고 있습니다."

"그거야 한국에서뿐만이 아니잖소. 내가 알기로는 그레이스도 강태산에게 데이트 신청을 했다고 들었는데?"

"소문일 뿐입니다."

톰슨의 질문에 제프리 조던이 슬쩍 인상을 찌푸렸다.

말도 안 되는 소리다.

강태산이 현재 격투기계를 대표하는 챔피언이었으나 그레이스는 할리우드를 석권하고 있는 최고의 여배우였다.

그녀는 타임지가 세상에서 가장 아름다운 여인으로 뽑은 연예인 순위에서 당당하게 1위를 차지한 여자였다.

그러나 톰슨은 찡그려진 조던의 얼굴을 향해 쓴웃음을 흘려냈다.

"소문이 아니오. 내가 직접 그레이스의 매니저에게 들은 얘기요. 저번 맥도웰과의 시합이 끝나고 그레이스가 직접 강태산에게 식사를 같이하자는 제의를 했다더군."

"그걸 데이트 신청이라고 할 수 있겠습니까?"

조던은 쉽게 인정하지 않았다.

팬심 때문일까? 아니면 동양인에 대한 편견 때문일까?

어떤 이유든 조던은 그레이스가 강태산에게 데이트 신청을 했다는 사실을 인정하지 않고 있었다.

그런 조던을 향해 톰슨의 입이 다시 열렸다.

그를 바라보는 톰슨의 얼굴에는 밝은 웃음이 담겨 있었다.

"하긴, 그놈은 한국의 영화배우와 사귄다더군요?"

"누구 말입니까?"

"김가을이라고 들어봤소?"

"그 여자라면 알고 있습니다. 저번에 칸 영화제에도 참석했을 정도로 한국에서는 아주 유명한 여잡니다. 그런데 그놈이 지금 그 여자와 데이트를 한다고요?"

"내 친한 친구가 JYN의 연예국장과 꽤 깊은 인연이 있는데, 술자리에서 들었다고 합디다. 이번 달에도 강태산은 그 여자와 2번 데이트를 했다더군요."

"시합이 한 달밖에 남지 않았는데 여자와 데이트나 하면서 시간을 낭비하다니… 놈이 미친 모양입니다."

"그래서 난 베팅 금액을 더 올릴 생각이오."

"보스, 지금도 카니언 쪽으로 기울어 있는 상태입니다. 여기서 더 베팅해 봤자 먹을 게 별로 없습니다."

"내 말을 잘못 알아들은 모양이구려. 난 카니언에게 베팅하는 것이 아니라 강태산에게 할 생각이오."

"정말이십니까!"

"그렇소."

"왜 그런 생각을 하신 건지 물어도 되겠습니까?"

"내가 시합 때마다 한 경기를 골라 베팅에 참여해 온 것은 스스로에게 더 큰 흥미와 긴장을 주기 위함입니다. 이번 시합은 당연히 카니언이 유리하오. 테크닉과 스피드, 체력을 모두 합한다 해도 원천적인 피지컬의 차이를 극복하기가 어렵기 때문이오. 더군다나 강태산은 뒤늦게 훈련을 시작한 데다 광고는 물론이고 여자까지 껴 있으니 누가 보더라도 카니언의 상대로 부족할 수밖에 없소. UFC의 입장에서는 카니언이 이겨주는 게 최상의 그림이고, 나에게도 그렇다오. 그럼에도 내가 강태산에 게 베팅을 하는 건 그동안 UFC를 위해 열심히 싸워준 전사에 대한 예의요. 그리고 또 하나, 그에게는 사람의 심장을 긁어버리는 묘한 기운이 있기 때문이오. 나는 그 기운이 어떻게 작용하는지 확인하고 싶소. 그러니 조던, 조셉에게 내가 강태산 쪽으로 10만 달러를 베팅하겠다고 전하시오!"

*   *   *

강태산은 천천히 걸어 과천에 있는 페가수스타운에 들어섰다.

페가수스타운은 5년 전에 지어진 고급 빌라촌이었는데, 유수한 사업가와 스포츠 스타, 연예인들이 여러 명 사는 곳으로 유명했다.

잠시 걸음을 멈춘 강태산의 눈이 흔들렸다.

페가수스타운은 마치 천국을 보는 것처럼 화려했고 아름다웠다.

무려 1,500세대가 들어섰다고 하니 빌라촌 자체가 하나의 도시처럼 여겨질 정도로 거대했다. 빌라는 층수가 낮기 때문에 같은 세대의 아파트 단지에 비해 그 면적이 다섯 배는 더 넓다.

한영건설이 정부 청사가 떠난 거대한 공터에 지은 페가수스 타운은 그 자체로 관광지가 될 만큼 거대하고 화려해서 영화나 드라마의 촬영지로도 잘 알려져 있었다.

강태산은 자신을 감싸면서 다가온 화려한 불빛들을 맞으며 짙게 가라앉은 눈으로 빌라촌을 바라보았다.

이곳이 대한민국 최상위 인간들이 모여 산다는 소릴 들은 적이 있었지만 상상 이상의 사치스러움을 확인하자 저절로 거부 반응이 생겨났다.

오늘 그가 이곳에 온 것은 김가을의 계속되는 전화 때문이었다.

그녀를 만난 것은 미국에서 돌아왔을 때와 보름 전에 만난 게 전부였다.

그것도 2번째 만남은 훈련을 시작하고 나서였기 때문에 같이 있던 시간은 2시간뿐이었으니 한 달 반 동안이나 떨어져 있던 김가을에는 턱없이 부족한 배려였다.

김가을이 전화로 시간을 내달라며 떼를 쓰기 시작한 것은 일주일 전, 그가 곧 합숙 훈련에 들어간다는 소릴 들은 후부터였다.

합숙 훈련에 들어가면 시합 때까지 못 볼 테니까 마지막으로 얼굴을 보여달라는 게 그녀의 이유였다.

그 이면에 담긴 것은 당연히 서운함이었다.

누구보다 아름다운 그녀를 외롭게 만드는 강태산의 행동은 아무리 좋게 생각하려 해도 이해할 수 없는 것이었다.

가볍게 저녁이나 먹으려 했으나 김가을은 자신의 집으로 오라고 생떼를 부렸다.

바깥에는 사람들의 이목 때문에 제대로 데이트를 할 수 없다면서 그녀는 자신의 집으로 강태산을 초대한 것이다.

그냥 들어가는 것이 별로 내키지 않아서 오는 길에 장미꽃을 한 다발 샀다.

여자의 집에는 처음 가기 때문에 뭘 어떻게 해야 할지 몰랐다.

딩동.

문에 달린 초인종을 누르자 잠시 후 달칵 소리와 함께 김가을의 낭랑한 목소리가 들려왔다.

"잠깐만요. 얼른 나갈게요."

여자가 달려오는 소리는 다람쥐가 뛰어오는 것처럼 경쾌했다.

문이 열리며 김가을의 얼굴이 나타났다.

강태산을 확인한 그녀는 기쁨을 숨기지 못하며 더없이 밝은 웃음을 짓고 있었다.

"오느라고 힘들었죠?"

"당연히 힘들었죠. 다리도 아프고 허리도 쑤셔서 죽을 지경이에요. 오늘 김 코치한테 너무 많이 맞았거든요."

"또 엄살이네요, 태산 씨. 요새 나만 보면 일부러 엄살 부리는 거 알아요?"

"그런가? 만약 그렇다면 가을 씨가 너무 아름다워서겠죠."

"키킥… 난 이런 멘트 너무 좋아. 또 해봐요."

"와, 냄새가 너무 좋은데요. 도대체 뭘 하길래 이렇게 맛있는 냄새가 나는 겁니까?"

"나름대로 태산 씨 좋아하는 거 준비해 봤어요. 기대하세요."

김가을이 두 손을 잡고 아래로 내린 채 몸을 배배 꼬았다.

나름대로 애교를 부리는 거다. 자연스럽지 않았으나 오히려 그 모습이 미치도록 귀여웠다.

그랬기에 강태산은 빤히 바라보다가 그녀의 어깨를 양손으로 가만히 붙잡았다.

김가을의 몸이 순식간에 긴장 모드로 바뀌었다.

남자의 손.

그것도 양쪽 어깨를 잡은 두 손의 굳건함은 키스 모드와 가장 근접한 것이었기에 당황 속에서도 김가을은 몸을 굳힌 채 강태산을 바라보았다.

하지만 그녀의 기대는 강태산의 웃음과 함께 순식간에 산산조각 나버렸다.

"그런데 아무도 없네요. 요리를 준비해 준 아줌마는 어디 갔어요?"

"흥, 이건 전부 나 혼자 준비한 거예요. 태산 씨 맛있는 거 해주려고 내가 하루 종일 얼마나 동동거리며 뛰어다녔는데, 그런 소릴 해요? 서운하게."

"그럼 집에 아무도 없어요?"

김가을이 입술을 삐죽이며 샐쭉한 표정을 짓자 강태산이 은근한 시선으로 그녀의 얼굴을 바라봤다.

뭔가를 갈구하는 시선. 남자의 시선이 뜨겁게 변할 때가 여자에게는 가장 위험한 순간이다.

김가을이 다시 긴장 모드로 변한 것은 강태산의 음성에서 묻어나오는 억양이 충분히 끈적끈적했기 때문이었다.

"…네. 그런데 왜 그런 눈으로 봐요, 겁나게……."

"왜 그랬어요. 내가 늑대로 변하면 어쩌려고요."

"태산 씨도 늑대로 변신이 가능해요? 난 맨날 우직하게 앉아 있어서 양의 탈을 쓴 우직한 소인 줄 알았어요."

"윽, 소는 너무했다."

"태산 씨 눈은 소를 닮았어요. 어떤 때 보면 너무 순수해서 나쁜 짓은 전혀 못할 것 같아요."

"나도 남자거든요. 사람이 없으면 어떻게 변할지 몰라요."

"제발 그랬으면 좋겠네요. 아마, 우리 엄마가 알면 깜짝 놀랠 거예요. 착한 딸이 남자가 늑대로 변하기를 학수고대하고 있으니… 이 사실을 알면 우리 엄마는 자다가도 벌떡 일어날걸요?"

"하여간, 가을 씨한테는 농담도 못 하겠어요. 배우라서 그런가, 어떻게 그리 말을 잘해요?"

"어머… 나 농담한 거 아닌데……."

"알았으니까 이거나 받아요. 오다가 살 게 마땅치 않아서 가을 씨 닮은 꽃을 샀어요."

"예쁘긴 하지만 나와는 다른 꽃이에요. 저는 가시가 없거든요. 만져봐요, 가시가 있나 없나."

여자는 사랑에 빠지면 애교와 아양이 저절로 생기는 모양이다.

김가을은 눈을 반쯤 내리깔고 고개를 좌측으로 45도쯤 기울인 채 나 잡아먹으라는 듯 살포시 미소를 짓고 있었다.

참 이럴 때는 뭐라 말해야 될지 난감하다.

다행스럽게 식당 쪽에서 아까부터 뭔가 끓고 있던 것이 불끈 생각났다.

"…주방에서 뭐 끓는 것 같은데요."

"아이고, 그걸 왜 지금 얘기해요! 저기 소파에 가서 앉아 있어요. 금방 준비해서 부를게요."

*   *   *

김가을의 음식 솜씨는 예상과는 너무나도 다르게 뛰어났다.

해물탕을 비롯해서 불고기와 계란완자 등 식탁을 가득 채운 음식들은 음식점에서도 쉽게 찾아보지 못할 만큼 정갈했고 맛있었다.

얼굴이 예쁘면 손맛이 덜하다는 어른들의 말씀은 김가을에게 통하지 않는 것이었다.

어떨 때 보면 신은 참 불공평하다.

김가을같이 아름다운 여자에게 고운 성품과 더불어 이토록 뛰어난 음식 솜씨를 같이 주었으니 신은 그녀를 편애한 것이 분명했다.

"우와, 너무 맛있어요."

강태산이 해물탕을 먹으며 연신 감탄사를 터뜨렸다.

그냥 하는 소리가 아니다. 국물을 떠먹을 때마다 강태산은 음식이 주는 달콤함에 취해 어쩔 줄 몰라 했다.

"가을 씨, 혹시 요리 학원에 다녀요?"

"어머, 그거 비밀인데 어떻게 알았어요?"

"정말 요리 학원을 다닌다고요? 영화배우가?"

"칫, 영화배우는 요리 학원 다니면 안 되나요?"

"가을 씨 같은 톱스타가 사람들과 어울려야 하는 요리 학원에 다니는 게 쉬운 일은 아니잖아요."

"알아요, 하지만 그래도 배우고 싶었어요. 누군가에게 맛있는 음식을 해주려면 그 방법밖에 없더라고요."

그녀의 눈이 아련하게 강태산을 바라보고 있었다.

언제부터 배운 걸까.

뭐, 언제가 되었든 분명한 것은 그녀에게 탁월한 손맛이 있다는 것이고 사랑하는 사람을 향한 정성이 마음속에 가득 차 있다는 것이다.

두 사람은 밥을 먹으면서 많은 이야기들을 주고받았다.

시합을 위해 훈련하는 과정들이나 영화 쪽에 관한 이야기는 가급적 꺼내지 않았다.

그들이 주로 묻고 대답한 것은 두 사람이 살아오면서 간직하고 있었던 추억에 관한 것들이었다.

누구에게나 추억은 아름답고 아련해서 그 감정을 말하는 것만으로도 기분 좋은 울림이 만들어진다.

김가을이 꺼내 온 포도주와 안주가 그런 두 사람의 감정을 더욱 충만하게 만들어주었다.

끝없이 부딪치는 시선, 그리고 감정.

그 시선과 감정의 교류가 지속될수록 두 사람의 거리는 점점 가까워졌다.

끝없이 이어질 것 같았던 두 사람의 대화가 멈춘 것은 거실에 놓여 있던 벽시계가 11시를 가리켰을 때였다.

"가을 씨, 늦었어요. 이제 가야 할 것 같네요."

"간다구요?"

"내일부터 합숙 훈련이라고 했잖아요."

"…그래도."

일어서는 강태산을 따라 자리에서 일어나며 김가을이 말을 우물거렸다.

그녀의 눈에 잔뜩 들어 있는 것은 아쉬움이었다.

하지만 그녀는 곧 그 아쉬움을 숨기고 강태산을 빤히 쳐다보며 도발적으로 입을 열었다.

"자고 가요."

"네?"

"여기서 자나 집에서 자나 마찬가지잖아요."

"내가 아까 말했을 텐데요. 여자와 둘이 있으면 늑대로 변한다고."

"그러라고 잡는 거예요. 도대체 태산 씨, 나한테 왜 그러는 거죠? 내가 정말 그렇게 매력 없어요?"

"가을 씨는 세상 그 누구보다 매력 있는 여잡니다."

"그런데 왜… 왜 날 만지지 않는 거죠? 정말… 여자인 제가 이렇게 부끄러운 이야기를 꼭 해야겠어요?"

"나도 가을 씨를 안고 싶습니다. 하지만 지금은 때가 아닙니다. 나중에 당신의 마음이 확인되면 그때……."

"무슨 마음을 확인한다는 거예요… 나는 지금도 당신을 사랑해요. 그러니까 가지 말아요."

"내가 물을 이야기는 사랑에 관한 것이 아닙니다. 자세한 건 시합이 끝나고 난 후 다시 이야기하겠습니다."

"난 도대체 무슨 소린지 모르겠어요."

"시간이 지나면 내가 한 말이 무슨 뜻인지 알게 될 겁니다."

강태산이 말을 끝내고 침묵을 지키자 눈조차 깜박이지 않고 바라보던 그녀의 시선이 무너져 내렸다. 무슨 뜻인지 알 수 없었으나 상대의 시선에서 더 이상 물으면 안 된다는 것을 직감으로 느꼈기 때문이었다.

그랬기에 그녀는 강태산의 시선을 피한 채 조용하게 입을 열었다.

"알았어요. 대신 선물은 주고 가세요."

"무슨 선물을……?"

"난 지금부터 눈을 감을 거니까 따뜻하고 달콤한 선물 주고 가세요. 이것마저 거부하면 나 정말 화낼 거예요!"

　　　　*　　　　*　　　　*

　카니언은 5톤 트럭에 쓰이는 타이어를 끌고 비탈길을 뛰어 올라갔다.

　대형 화물차용 타이어는 아니었지만 승용차보다 훨씬 커서 20㎏에 육박할 정도로 무거웠다.

　더군다나 직선으로 1㎞에 달하는 비탈길이었으니 그 정도의 무게를 허리에 매달고 달린다는 건 평범한 사람은 불가능에 가까운 일인 것이다.

　탱크.

　맞다, 카니언의 움직임은 마치 탱크를 보는 것 같았다.

　20㎏에 달하는 타이어를 매달고도 그는 거친 숨을 몰아쉬며 전력으로 달리고 있었는데, 그 속도가 상상 이상으로 빨랐다.

　시뻘겋게 달아오른 얼굴에서 굵은 땀방울이 쉴 새 없이 쏟아졌고 흘러나오는 뜨거운 콧김은 황소의 것인 양 매우 거칠었다.

　그는 이런 체력 훈련을 하루에 10차례씩 지속했다.

　격투기는 마라톤 같은 지구력 싸움이 아니다.

　순간적인 접전을 통해 상대의 허점을 파고들어 일격을 가하는 능력과 파괴력이 승부를 좌우한다.

　그러나 고수들의 경기는 그렇지 않은 경우가 많다.

세계 최고 레벨의 선수들은 뛰어난 공격력 못지않게 철통같은 방어력을 지니고 있어서 단박에 승부가 결정되는 경우가 드물기 때문이다.

그렇기에 적을 끊임없이 압박할 수 있는 체력이 절대적으로 필요했다.

지금 카니언이 뜨거운 땀방울을 쏟으며 타이어를 매고 비탈길을 달리는 것은 5라운드 동안 잠시도 쉬지 않고 전투를 벌일 수 있는 체력을 기르기 위함이다.

벌써 6개월째.

카니언은 강태산과의 경기가 결정되기 전부터 차기 시합에 대비해서 훈련을 하고 있었는데, 하루 8시간 이상의 강도 높은 훈련이었다.

지금처럼 새벽에 시작되는 체력 훈련은 하루 종일 그가 소화해 내는 훈련 중에서 기본에 해당하는 것이었다.

그의 최대 무기는 복싱과 주짓수였다.

무려 80회에 달하는 아마추어 복싱 경력이 있었고 격투기에 입문하기 전 3년 동안 브라질 쇼군도장에서 악마의 주짓수를 연마했다.

상대는 떨어져도 죽고, 붙어도 죽는다.

외곽을 도는 상대는 그의 면도날 같은 펀치 세례를 견디지 못했고, 펀치를 피해서 접근했을 때는 더욱 지독한 지옥에 들어서야 했다.

정상에 오른 카니언이 거친 호흡을 견뎌내며 달려오던 속도 그대로 바닥에 쓰러지자 기다리고 있던 전담 트레이너 빅쇼가 물병을 들고 다가왔다.

대머리 사나이 빅쇼는 카니언 못지않은 체구를 가지고 있었는데, 물병을 전해준 후 오른손에 들고 있던 스톱워치를 카니언이 볼 수 있도록 내밀었다.

"오케이, 10분 40초. 카니언, 점점 빨라지고 있어. 이대로라면 마의 벽이라고 불리는 10분도 끊을 수 있겠다."

"헉헉, 아직 충분하지 않아. 이제 얼마 안 남았는데 아직 10분도 못 끊다니… 한심한 일이야."

"욕심이 많구나, 카니언. 저번 월터와의 시합 때는 13분 벽도 못 깼어. 이 정도면 엄청나게 빨라진 거야."

"상대가 강태산이다. 그놈의 스피드는 월터와 비교조차 되지 않을 만큼 빨라."

"그렇긴 하지."

빅쇼가 순순히 카니언의 말에 고개를 끄덕여 수긍의 표시를 보냈다.

라이트급에서 뛰던 강태산의 스피드는 웰터급과 비교조차 되지 않을 만큼 빠르기 때문에 똑같이 생각했다가는 큰코다치기 딱 좋다. 그러나 빅쇼의 얼굴에는 웃음이 가득 담겨 있었다.

"카니언, 난 네가 자랑스럽다. 언론과 인터뷰할 때는 강태산을 우습게 말하더니, 너는 정말 최선을 다하고 있잖아. 이 정도의 훈련량이면 미들급 챔피언 블랙독과 싸워도 될 정도야."

"크크크, 블랙독이라… 그렇지, 그놈과도 싸우고 싶군. 이번 시합이 끝나고 나면 나도 강태산처럼 미친 짓을 해볼까?"

"안 될 것도 없겠지. 선수 생명을 건다면 무슨 짓을 못 하겠어."

"불안해?"

"아무래도 체급 차이가 나니까… 너와 블랙독의 싸움은 강태산이 너와 싸우는 것하고 비슷한 거다."

"알아. 하지만 막상 붙는다면 블랙독도 나처럼 잔뜩 긴장하게 될 거야."

물병을 입으로 가져가 벌컥벌컥 마셔 버린 카니언이 멀리 보이는 푸른 하늘을 향해 시선을 고정시켰다.

고백이라면 고백이다.

강태산과의 시합이 결정된 후 그는 지금까지 해왔던 그 어떤 시합보다 긴장감을 가지고 훈련에 임해왔다.

언론이나 방송과의 접촉이 있을 때마다 강태산을 내리 깎으며 단숨에 숨통을 끊어버리겠다고 공언했지만, 막상 훈련에 돌입했을 때는 그야말로 미친 듯이 전력을 다했다.

강태산.

라이트급의 황제이자 무적의 챔피언. 단 한 번의 패배도 없었고 모든 경기를 KO로 끝냈을 만큼 막강한 공격력과 맹수 같은 투지를 가진 놈이었다.

그놈이 보여준 모든 경기는 가슴을 뜨겁게 만드는 치열함이 있었다.

돌진의 정수.

놈이 펼치는 근접 전투의 정석은 놀라울 만큼 눈부시면서도 예술처럼 아름다운 것이었다.

진다는 생각을 가진 적이 없으나 충분히 긴장할 만한 상대였다.

비록 놈의 훈련량이 부족하고 여자를 만나러 다니는 등 엉뚱한 짓을 한다는 것이 알려졌지만, 그럼에도 절대 방심할 수 없었다.

놈은 시차 적응조차 하지 않은 상태에서도 무차별적으로 상대를 쓰러뜨리는 불가사의한 능력을 계속 보여줬기 때문이었다.

그랬기에 이를 악물고 훈련에 매진하며 하루하루를 보냈다.

이제 남은 시간은 불과 이십 일.

오 일 후면 놈과 일전이 벌어지는 서울로 향한다.

UFC를 들썩이게 만들었던 별은 더 이상 화려한 빛을 뿜어내지 못하고 허무하게 떨어지게 될 것이다. 바로 자신의 주먹에 의해서 말이다.

*　　　*　　　*

"최 기자, 준비됐어?"

"지금 출발할 거예요."

"카니언 도착 시간이 3시지?"

"예."

"서둘러. 반드시 인터뷰를 따야 해."

"최선을 다할게요."

"그렇게 말하지 마라. 나 심장 떨어진다. 최선은 필요 없어. 무조건 따와야 해."

정현탁 국장이 버럭 소리를 질렀다.

요즘 들어 정현탁은 신경이 날카롭게 곤두서 있었다.

시합이 보름 앞으로 다가오면서 그는 강태산과 관련된 특집 방송을 기획하느라 눈코 뜰 새 없이 바빴고, 각종 광고와 홍보까지 신경 쓰느라 몸이 열 개라도 부족한 실정이었다.

강태산이 합숙 훈련에 들어가 코빼기도 보이지 않는 지금 카니언의 출연은 가뭄의 단비와 같은 것이었다.

TCN이 강태산의 마지막 경기 주관 방송사가 된 것은 천운이라고 볼 수 있었다.

더 이상 슈퍼스타의 경기를 중계할 수 없다면 이번 기회에 TCN이 가지고 있는 모든 역량을 쏟아부어야 한다.

힘없이 돌아서는 최유진을 향해 국장실에 잔뜩 있던 스태프들이 동정의 눈초리를 보냈다.

어디서부터 잘못 엮어진 걸까.

국장은 강태산과 관련된 것이라면 그것이 뭐가 되든 최유진에게 모든 것을 일임했다.

아마, 최유진은 미치고 펄쩍 뛸 정도로 힘들 것이다.

강태산이란 존재는 언론에 쉽게 노출되지 않는 것으로 유명했고 가끔 가다 하는 인터뷰는 대부분 형식적이었기에 슈퍼스타의 가십거리를 원하는 독자들의 구미를 맞추는 건 불가능에 가까웠다.

한편으로는 내가 아니었기에 다행스럽기도 했지만 국장에게 수시로 닦달당하는 최유진을 볼 때마다 안쓰러움을 숨기지 못했다.

그나마 최유진이었으니 망정이지, 다른 사람이었다면 벌써 때려치웠을지 모른다.

어떤 인연이 있었는지 모르겠지만 최유진은 강태산에 관한 특종을 수시로 물어와 사람들을 놀래키곤 했기 때문이었다.

국장실에서 나온 최유진은 카메라맨을 대동하고 공항으로 향했다.

한 대가 아니라 세 대였기 때문에 봉고차에는 사람들이 가득 찼다.

대통령을 취재하는 것도 아니고 격투기 선수를 취재하는데 국장은 3대의 카메라를 배정시키며 생생한 그림을 만들어 오라고 주문했다.

인천국제공항에 도착해서 게이트를 열고 로비로 들어서자 먼저 도착한 기자들이 좋은 자리를 잡은 채 죽 늘어서 있는 것이 보였다.

하여간 기자들은 하이에나를 닮았다.

먹이가 있는 곳이라면 어디든 쫓아다니며 배가 부를 때까지 물어뜯는다.

최유진도 부리나케 앵글이 괜찮은 장소에 카메라를 배치하고 기자들 틈으로 파고들었다. 카니언이 도착하려면 두 시간이 남았기 때문에 아직까지는 앞자리가 듬성듬성 비어 있었다.

슬쩍 고개를 돌리자 김숙영이 손을 들어 알은척을 해왔다.

여전히 아름답고 섹시하다. 그녀는 주변의 남자 기자들과 웃으며 떠들다가 최유진을 발견했는지 가볍게 인사만 한 후 다시 대화에 빠져들었다.

투피스 정장을 입었으나 로비 바닥에 아주 예쁘게 자리를 잡고 주저앉았다.

서서 기다리기에는 시간이 너무 많이 남았기 때문이다.

눈을 감고 생각에 잠겼다.

국장이 원하는 인터뷰는 이렇게 많은 사람들 속에서 공식적으로 하는 것이 아니다.

그렇다면 카니언이 공식 인터뷰를 마치고 숙소로 들어가기 전 따로 기회를 봐야 한다는 것인데 결코 쉽지 않은 일이었다.

공항에 카메라맨을 둘만 배치하고 봉고차에 베테랑인 김 주임을 남겨놓은 것은 만약의 사태를 대비하기 위함이었다.

무조건 따라가야 한다.

죽이 되든 밥이 되든 무조건 따라붙어 카니언과 단독 인터뷰를 만들어볼 생각이었다.

이런저런 생각을 하고 있을 때 어느새 다가온 김숙영이 말을 붙여왔다.

"요즘 강태산 선수 만났니?"

"합숙 중이잖아. 그 사람 합숙 중에는 절대 얼굴 보여주지 않는 거 몰라?"

"알지, 그래도 너한테만은 아닌 것 같던데……."

김숙영이 슬쩍 말꼬리를 흐리며 최유진의 표정을 살폈다.

미끼를 던진 거다.

다른 사람과 다르다는 특별함을 넌지시 던져서 최유진의 반응을 살피는 건 기자들의 기본적인 습관이다.

하지만 최유진은 입꼬리를 추켜올리며 냉소를 지었다.

"인연이 있다면 나보다 네가 더 있잖아. 만리장성을 쌓은 여자가 그런 소리를 하면 되겠어?"

"무슨 소리니?"

"그건 네가 더 잘 알 텐데?"

"넘겨짚은 거냐. 아니면 누구한테 들은 거냐?"

"들었어."

"누구한테?"

"강태산 선수가 그러더라. 네가 하도 열정적으로 대시해서 몇 번 잤다고."

"그… 미친놈이……!"

김숙영이 몸을 부들부들 떨었다.

다른 사람도 아니고 최유진에게 섹스했다는 소리까지 했다는 건 강태산이 자신을 완전히 무시하고 있다는 이야기였다.

사귄다면 모를까 엔조이로 그쳤다는 것이 노출되면 그녀는 직장 생활은 물론이고 사회적으로도 커다란 타격을 입게 될 것이다.

그랬기에 그녀는 최유진을 노려보며 이를 악물었다.

"어디 가서 그런 소리 하기만 해. 고발할 테니까!"

"걱정 마라, 나 바빠. 그러니까 비켜줄래?"

시간이 지날수록 기자들의 숫자는 점점 많아져서 입국장은 완전히 장터로 변해 버렸다.

대충 세도 족히 100명은 넘는 숫자였다.

국내의 언론은 물론이고 외신들의 숫자도 상당했다.

카니언이 입국장의 게이트를 통해 나타난 것은 3시가 조금 넘었을 때였다.

십여 명의 스태프와 함께 걸어 나오는 카니언의 모습은 위압감을 느낄 정도로 당당했다.

카메라의 플래시가 정신없이 터졌고 카니언이 로비로 완전히 빠져나왔을 때 그를 중심으로 기자들이 진로를 차단했다.

"카니언 선수, 오느라 수고 많았습니다. 컨디션은 어떻습니까?"

"좋습니다. 강태산을 쓰러뜨리기에 충분하고도 남을 정도로 최고의 컨디션입니다."

"이번 경기를 어떻게 생각하십니까?"

"나는 웰터급에서 무적을 자랑하는 챔피언이오. 이번 경기는 애와 어른의 경기라고 생각합니다. 강태산은 나에게 도전한 것을 뼈저리게 후회하게 될 것이오."

"강태산 선수 역시 한 번도 패하지 않은 막강한 도전자입니다. 너무 자신만만한 것 아닙니까?"

"어린애들이 노는 곳에서나 통했을 뿐이오. 나에게 그자는 하룻강아지나 다름없는 존재요."

"전문가들은 이번 경기가 KO로 승부가 날 거라고 예측하고 있습니다. 카니언 선수의 의견을 말씀해 주십시오."

"맞는 말입니다. 당연히 내가 KO로 이깁니다. 나는 그를 2라운드 이내에 쓰러뜨릴 생각이오."

카니언은 자신만만했다.

번들거리는 구릿빛 피부는 칼로도 잘리지 않을 것처럼 단단해 보였고, 예기를 가득 품은 그의 눈에서는 소름끼치는 살기가 새어 나오고 있었다.

최유진은 기자들의 질문과 카니언의 대답을 녹음하다가 손을 번쩍 들었다.

잠시 틈이 생긴 지금이 질문할 절호의 타이밍이었다.

"카니언 선수, 잘 아시겠지만 강태산 선수의 불꽃같은 인파이팅을 견뎌낸 선수는 아무도 없습니다. 그에 대한 비책은 마련해 두셨나요?"

"혹시 당신 이름이 최유진 기자 아니오?"

"…그렇습니다만……."

질문을 했던 최유진이 놀란 눈으로 말을 더듬거렸다.

카니언이 자신의 이름을 말할 줄은 꿈에도 생각하지 못한 일이었다.

"나는 당신이 강태산과 매우 친하다는 소리를 들었소. 어떤 사람은 당신이 그의 애인이라고 말하기도 하더군."

"말도 안 되는 소리예요!"

"어쨌든 상관없소, 최 기자. 강태산에게 가서 확실하게 전하시오. 놈의 인파이팅은 나에게 아무런 소용이 없으니 최대한 도망 다니라고 말이오. 덤비는 그 순간 강태산은 죽을 거요. 그놈에게 멀지 않은 곳에 지옥이 있음을 꼭 알려줬으면 좋겠소."

＊　　　＊　　　＊

카니언의 인터뷰는 금방 언론을 통해 빠르게 퍼져 나갔다.

그의 자신감에 대한민국 국민들의 반응은 제각각이었다.

처음부터 불리한 시합임을 알았기에 카니언의 당당한 인터뷰를 듣고 많은 사람들이 불안감을 감추지 못했다.

웰터급의 최강자.

강태산이 라이트급에서 이루었던 업적보다 카니언이 웰터급에서 진행하고 있는 커리어가 훨씬 더 뛰어나다.

그럼에도 강태산이 세계 최고의 인기를 얻고 있는 것은 그의 경기 스타일이 사람의 심장을 뜨겁게 만들 정도로 화끈하기 때문이었다.

탁자에 신문을 펴놓고 뚫어지게 바라보던 신영환이 불쑥 입을 열어 옆에 있던 정철호에게 말을 걸었다.

둘은 무역 회사인 신성기업에 다니고 있었는데 신영환이 정철호의 2년 선배다.

"네 생각은 어떠냐?"

"어려울 겁니다. 카니언, 이놈이 오죽 세야지요."

"그렇겠지?"

"강태산이 지금까지 승승장구해 왔지만 아무래도 이번에는 어려울 것 같아요."

"이 새끼, 몸 좀 봐라. 완전히 쇳덩이처럼 보이지 않냐?"

"오죽하면 별명이 아이언 맨이겠어요. 이번이 6차 방어전이죠?"

"신문에 보니까 7차 방어전이란다."

"저번에 텔레비전에서 저놈 경기 하이라이트를 보여주던데 정말 장난이 아니었어요. 펀치력도 대단했고, 무엇보다 잡히면 그냥 골로 가더라고요. 대부분 경기가 KO로 끝나던데요."

"KO로 끝내는 건 강태산 전매특허지. 지금까지 한 번도 판정으로 간 적이 없잖아."

"대신 접전이었잖습니까. 강태산 경기를 보면 한 번도 일방적으로 끝낸 경기가 없어요. 만약 카니언과 그렇게 시합한다면 무조건 질 겁니다."

정철호의 말에 신영환이 묵묵히 고개를 끄덕였다.

충분히 일리 있는 말이었다.

카니언의 파괴력은 강태산이 싸워온 라이트급 선수들과 레벨 면에서 비교조차 되지 않는다.

강태산이 그동안의 스타일대로 인파이팅을 고집한다면 승부는 초반에 결정될 가능성이 컸다. 그것도 카니언의 승리로 말이다.

"그래도 이 새끼 정말 기분 나빠. 상대를 완전히 깔아뭉개는 게 싸가지가 밥맛이다."

"카니언은 경기 전부터 상대방을 박살 내는 걸로 유명한 놈입니다."

"그래도 그렇지. 챔피언 정도 됐으면 인성이 뒷받침되어야지, 무슨 새끼가 지 꼴리는 대로 떠드냔 말이야."

"그게 다 작전이랍니다."

"무슨 작전?"

"상대방의 감정을 건드려서 이성을 잃게 만드는 것이죠."

"그럼 최유진이를 갖다 붙인 것도 그 일환인가?"

"글쎄요……."

"야, 정 대리. 가만히 생각해 보니까 정말 최유진이 강태산 애인일 가능성도 있겠더라. 나도 걔가 단독 인터뷰 한 거 여러 번 봤거든."

"기자가 인터뷰하는 게 이상한 겁니까?"

"다른 놈은 못 하는데 걔만 하니까 이상한 거지. 최유진은 소문도 참 많다. 예전에는 사주 아들과 썸씽이 떠돌더니 이제는 강태산이구만. 하긴 예쁘니까 그런 소문도 나는 거겠지."

"걘 아니라고 펄쩍 뛰었다 하잖아요. 근거도 없고요."

"원래 여자들은 일단 아니라고 내지른다. 어떤 미친년이 그럼 거기서 맞는 거라고 손을 번쩍 들겠냐?"

"하긴, 그렇지요. 그래도 나는 아니라고 봐요. 강태산 그놈은 여자에 대한 스캔들이 전무했잖습니까."

"왜 없어? 김가을 있잖아."

"그것도 소문에 불과해요. 텔레비전에서 떠들어주는 바람에 그렇게 된 거죠."

"그게 다 무슨 상관이냐. 나는 강태산이 여기저기 쑤시고 다녀도 좋으니까 기적처럼 카니언이나 잡아줬으면 좋겠다. 아후, 살 떨려. 씨발, 강태산은 지금 뭐 하고 있으려나……."

김 관장은 테이핑을 풀고 있는 강태산을 바라보다가 돌아서서 소파에 앉았다.

강태산의 전신은 땀으로 흠뻑 젖어 있었는데 그럼에도 전혀 지친 기색이 없었다.

정말 이상한 일이다.

예전부터 이해할 수 없을 만큼 강한 체력을 지녔다는 걸 알고 있었지만 이번에는 예전과 또 달랐다.

옥타곤에서 스파링 파트너를 바꿔가며 조금도 쉬지 않고 실전처럼 뛴 게 한 시간이 넘었는데도 강태산은 땀만 흘렸을 뿐, 호흡이 거칠어졌다가도 금방 안정을 되찾았다.

오랜 세월 경기장에서 살아온 경험으로 봤을 때 강태산의 상태는 1라운드를 마치고 금방 돌아온 것과 비슷했다.

처음에는 어이가 없었으나 시간이 지나면서 똑같은 일이 반복되자 이제는 익숙해져서 놀라지도 않는다.

그러나 훈련에 늦게 합류했기 때문에 커다란 불안감을 느꼈다.

오죽했으면 부상을 입었다는 거짓말까지 하면서 톰슨에게 경기를 연기해 달라는 요청까지 했겠는가.

UFC에서 철저한 조사가 들어온다는 건 알고 있었으나 함부로 위약금을 물릴 거란 생각을 하지 않았다.

그에게는 강태산이 은퇴하지 않을 수도 있다는 비장의 협박 수단이 있었기 때문이었다.

톰슨은 강태산이 은퇴하지 않는다면 무슨 짓이라도 할 놈이었다.

문제는 카니언과의 대전이었다.

체급에서 차이가 났고 카니언이 워낙 강적이다 보니 절대적으로 강태산이 불리하다는 전문가들의 논평이 끊임없이 쏟아져 나왔다.

시합이 점점 다가오면서 언론에서는 강태산과 관련된 뉴스들이 봇물처럼 터졌는데 그중 상당 부분이 이번 시합 자체가 너무 무모한 도전이라는 것이었다.

더군다나 카니언이 입국해서 자신만만하게 인터뷰를 하자 언론의 불안감은 더욱 커졌다.

국내 언론이 카니언의 편을 드는 것은 아니었다.

그들은 강태산이 이겨주기를 간절히 소망하면서도 절대적인 불리함에 대한 아쉬움을 숨기지 못할 뿐이었다.

"태산아, 앉아봐라."

"먼저 씻었으면 좋겠는데요."

"앉아봐, 인마. 할 말이 있어서 그래."

"뭔데 그럽니까?"

강태산은 고집을 부리지 않고 천천히 다가와 김 관장의 맞은 편에 앉았다.

그런 모습을 보며 김 관장이 얼굴을 찡그렸다.

놈은 언제부턴가 자신의 이야기라면 대부분 들어준다.

"이제 열흘 남았다. 아직 시간이 있어. 태산아, 마음을 바꾸면 안 되겠냐?"

"또 그 이야기군요. 관장님, 나를 못 믿습니까?"

"믿어. 믿는데, 믿을수록 더 불안해서 그래."

"카니언 인터뷰하는 거 보셨잖아요. 놈은 나를 아주 물로 보더군요. 지금까지 해온 대로 싸울 겁니다. 그래서 놈의 주둥이를 뭉개놓겠습니다."

"휴우……."

"웬 한숨을 흘리세요. 어디 우리가 이런 일 한두 번 겪었습니까?"

"맞아요, 아버지. 태산이 형을 믿자고요. 그렇게 강하다는 놈들 전부 때려 눕혔잖아요."

"그놈들하고는 달라. 상황이 바뀌면 전략도 바꿔야 하는 거다."

"그래도 어쩌겠어요. 지금까지 아웃복싱은 생각도 안 했는데, 이제 와서 전략을 바꾼다고 통하겠어요? 우린 그냥 직진하는 수밖에 없다고요."

어느새 다가와 두 사람의 이야기를 듣고 있던 김만덕이 끼어들면서 자신의 생각을 밝혔다.

그러자 강태산이 씨익 웃었다.

"만덕이가 오랜만에 옳은 소릴 하는구만. 만덕아, 우리 오랜만에 삼겹살 먹을까?"

"형, 훈련 중에는 기름기 있는 음식 먹는 거 아니야."

"누가 그래?"

"그건 격투기 선수라면 기본이다."

"인마, 선수들이 고기를 마음껏 먹지 못하는 건 체중 관리 때문이야. 그러니까 나는 괜찮다. 이번 시합은 웰터급에 맞춰서 싸우는 거니까 마음껏 먹어도 괜찮아."

"그래?"

"장소 잡아라. 그리고 최 기자도 불러."

"최 기자는 왜?"

"고생했잖아. 나랑 사귄다는 소문이 전국에 났으니까 마음고생 심했을 거다."

"크크크……."

"왜 그렇게 늑대처럼 웃어. 인마!"

"가만히 생각해 보니까 두 사람이 꽤 어울려서. 이왕 이렇게 된 거 최 기자랑 사귀는 건 어때? 형도 이젠 장가가야 하잖아. 은퇴하면 외롭다. 얼른 짝 구해놓는 게 좋아."

"난 결혼할 사람 있다."

"거짓말!"

"정말이야. 은퇴하고 적당한 때가 되면 결혼할 거다."

은정은 강태산의 광고가 무사하게 끝난 후 대박을 터뜨리자 회사로부터 보너스와 더불어 과장 승진이라는 선물을 받았다.

3년 반 만에 과장 승진을 했으니 초고속 승진이라고 볼 수 있었다.

회사는 기대하지 않았던 강태산의 광고를 연속으로 따내자 마치 보물단지 모시듯 그녀를 대했다.

강태산이 출연한 커피 광고는 텔레비전은 물론이고 인터넷 의 전면에 도배되다시피 했는데 대한민국 사람이라면 안 본 사 람이 없을 정도였다.

커피 회사의 매출이 거의 5배가 늘었을 만큼 강태산의 광고 효과는 엄청났는데, 그건 이전 승용차 광고 때와도 비슷했다.

하늘을 날아갈 것처럼 행복한 나날들이었다.

현재 대한민국을 넘어 세계 최고의 인기를 얻고 있는 강태산 이 무슨 이유로 그녀에게 광고 계약을 했는지 모르지만 그로 인해 은정은 요즘 상종가를 치고 있었다.

수많은 회사들이 그녀를 스카우트하기 위해 은밀하게 접촉 을 해왔다.

훨씬 많은 연봉과 직책을 제시하며 그녀를 모셔가기 위해 정 성에 정성을 기울였다.

회사에서 은정을 부랴부랴 진급시킨 건 이면에 그런 이유가 있었기 때문이었다.

강태산이란 황금 알을 낳는 거위를 수중에 넣고 있는 은정은 광고계에서는 미다스의 손이나 다름없었던 것이다.

은정은 오랜만에 월차를 내고 오전 내내 음식 장만을 했다.

광고 때문에 오빠에게 신경을 쓰지 못한 것이 마음에 걸려서 내내 찜찜했기에 작심을 하고 하루 휴가를 냈다.

오빠는 오랜 해외여행을 끝내고 집에 돌아왔는데, 그녀가 광고 때문에 거의 20일 동안 야근을 하느라 제대로 챙기지 못했다.

오빠, 강태산.

두 사람의 이름이 똑같다.

아니, 이름만이 아니다. 어느 순간마다 불쑥불쑥 오버랩이 될 정도로 비슷한 눈을 가져 가끔 혼동이 될 정도였다.

물론 전혀 다른 사람이었고 그녀가 사랑하는 사람은 오빠인 강태산뿐이었다.

그녀가 광고에 관한 모든 업무를 마치고 오랜만에 집으로 돌아왔을 때 오빠는 내년도 여행 스케줄과 신규 아이템 발굴 때문에 바쁘다며 집에 들어오지 않는다고 했다.

생이별이다.

최근 거의 세 달 동안 오빠를 본 것은 공항에서 마중하고 집에서 같이 지낸 5일뿐이었다.

바쁜 와중에도 수시로 오빠 얼굴이 생각났다.

보고 싶은 얼굴. 오빠의 얼굴이 생각날 때마다 봄꽃보다 더 화사한 웃음이 자신도 모르게 지어진다.

예쁘게 도시락을 싼 후 갈아입을 속옷과 양말을 챙겼다.

그런 후 오빠가 근무하는 사무실로 찾아갔다.

일부러 전화를 하지는 않은 건 놀라는 모습을 보고 싶었기 때문이다.

자신이 간절하게 그리워한 것처럼 오빠도 정성을 다해 싸온 도시락을 보면서 그녀를 반갑게 맞아줄 거라 기대했다.

미래여행사는 양재에 있었는데 15층 건물을 통째로 쓰고 있었다.

최근 들어 국내 3대 여행사로 성장했을 정도로 탄탄한 영업 망과 재무 구조를 가졌기 때문에 여행을 좋아하는 젊은이들에 게는 선호도가 높은 회사였다.

정문을 열고 건물로 들어서자 정복을 입은 수위가 다가왔다.

"누굴 찾아오셨습니까?"

"해외 영업부의 강태산 과장님을 찾아왔는데요."

"잠깐만 기다리세요."

수위가 고개를 갸우뚱하더니 자신의 자리로 돌아가 회사 조 직도를 확인한 후 은정에게 물었다.

"강태산 과장님이라고 하셨죠?"

"네."

"이상하네… 강태산이란 사람은 없는데요……"

"그럴 리가 없어요. 우리 오빠는 여기서 7년이 넘도록 일해 왔는걸요."

"그것참… 일단 올라가 보세요. 해외 영업부는 9층에 있으니까 거기 가서 알아보시는 게 좋겠네요."

"고맙습니다."

돌아서는 수위를 향해 은정이 고개를 숙여 인사를 한 후 엘리베이터로 향했다.

건물은 깨끗했고 최신식이었는데 엘리베이터는 양쪽으로 4개가 설치되어 버튼을 누르자 금방 문이 열렸다.

은정은 수위의 행동이 이상하다고 느꼈지만 금방 잊어버렸다.

이제 엘리베이터를 타고 9층에 도착하면 그토록 보고 싶던 오빠를 만나게 될 것이다.

어쩌면 짓궂은 남자 직원들이 오빠를 놀리면서 이토록 예쁜 애인이 있으면서 왜 소개를 안 했느냐고 떠들지도 모른다.

포근하고 부드럽게 웃을 것이다. 오빠와 관련된 사람들에게 더없이 착하고, 상냥하며 배려심 깊은 여자라는 인상을 남기고 싶었다.

9층에 도착해서 건물 안내도를 확인하고 우측으로 돌았다.

해외 영업부는 건물의 오른쪽 전체를 쓰고 있었는데 규모가 엄청났다.

천천히 다가가 문을 열자 마침 문 쪽으로 다가오던 여직원이 은정을 확인하고 상냥한 웃음을 지었다.

"어떤 일로 오셨죠?"

"저기… 사람을 찾아왔는데요."

"말씀하세요."

"강태산 과장님이 어디 계시죠?"

"강태산 과장님요? 그런 분은 여기에 안 계신데요?"

"안 계신다뇨?"

"해외 영업부에 강태산이란 분은 근무하지 않으세요."

"그럴 리가요. 분명히 여기에서 근무한다고 했는데요. 혹시 잘못 알고 계신 거 아닌가요?"

"아뇨, 저는 여기서 5년째 근무하고 있는걸요."

"아… 그럼 혹시 다른 부서에……."

"죄송하지만 미래여행사에는 강태산이란 분은 근무하지 않아요. 아무래도 뭔가 오해가 있는 것 같네요."

여직원의 확신에 찬 말에 은정의 얼굴이 하얗게 질렸다.

도대체 이게 무슨 일일까.

오빠는 여행사에 근무하는 것을 무척이나 자랑스러워했다.

여행을 사랑하기에 여행사를 선택했다며 이 일이 자신에게는 천직이라는 말도 했다.

일 년에 10번도 넘게 출장을 갔고 최근에는 유럽 전역을 돌아다니느라 한 달 반 동안이나 장기 출장도 다녀왔다. 그리고 지금은 차년도 업무 계획을 수립한다고 집에도 돌아오지 못했는데 이게 무슨 날벼락이란 말인가.

오빠, 어디에 있는 거야.

여기가 오빠 직장이 아니면 도대체 오빠는 어디서……

난… 꿈을 꾸고 있는 것 같아. 오빠, 나 혼란스러워. 그러니까 제발 전화 좀 받아!

                    *   *   *

오늘은 집에 가는 날이다.

합숙 훈련을 했지만 식구들이 걱정하지 않도록 일주일에 한 번은 집에 들어갔다.

앞으로 시합이 벌어지는 날까지 일주일밖에 남지 않았다.

결전의 시간이 다가올수록 체육관의 분위기는 점점 무거워졌다.

김 관장과 김만덕으로부터 시작된 침묵은 관원들의 웃음을 빼앗아갈 만큼 충분히 지독했다.

시합이 다가올수록 김 관장은 식사조차 제대로 하지 못했다.

다른 때와 다른 그의 행동은 김만덕에게로 전염되었는데 두 사람이 그토록 힘들어하는 것은 이 시합이 끝나면 더 이상 강태산을 보지 못한다는 이유 때문이었다.

그 마음을 너무나 잘 알지만 강태산은 그들을 위로해 주지 않았다.

어차피 해야 할 이별이라면 차갑고 냉정하게 떠나는 것이 가장 좋은 방법이다.

은정에게 전화가 왔다는 걸 안 것은 오전 훈련을 마치고 샤워까지 끝냈을 때였다.

훈련 중에는 핸드폰을 꺼내놓지 않기 때문에 거의 3시간 동안 가방에 있었는데, 샤워를 끝내고 확인한 핸드폰에는 은정에게 걸려온 전화가 무려 13통이나 찍혀 있었다.

저절로 입술 끝이 올라갔다.

은정은 평소에 전화를 거의 하지 않는 편이다.

자신을 사랑하면서도 전화를 피하는 건 연인에 대한 그녀만의 배려라는 생각이 들었다.

그런 은정이 이토록 많은 전화를 했다는 것은 뭔가 좋지 못한 일이 생겼다는 것을 알려준다.

잠깐 고민하다가 결심을 굳히고 전화를 하려는 순간 거짓말처럼 은정에게서 또다시 전화가 왔다.

"여보세요?"

—오빠, 어디야?

"……"

은정의 질문에 강태산은 대답을 하지 않았다.

목소리의 떨림이 평소와 근본적으로 다르다. 이런 음성은 잔뜩 흥분했거나 화가 났을 때 흘러나오는 것이었다.

강태산이 대답을 하지 않고 침묵을 지키자 수화기 너머에서 은정의 목소리가 뾰족하게 올라갔다.

—왜 대답을 안 해. 지금 어디냐니까?

"은정아, 왜 그러니?"

―빨랑 말해. 지금 어디 있어?

"일이 생겨서 조금 멀리 와 있다. 그런데 왜 그래?"

―오빠, 나한테 뭐 속인 거 없어?

"뭘 말이냐."

―있어, 없어. 그것만 말해!

"너, 혹시 회사 찾아간 거니?"

―그래, 찾아갔다.

"그렇구나."

자신의 예상이 적중하자 강태산의 얼굴에서 쓴웃음이 흘러나왔다.

그러고 보면 참 오래 버텼다.

세 가지의 얼굴로 살아온 세상에서 그나마 인간답게 산 것은 하숙생 신분으로 살았던 강태산뿐이었다.

CRSF의 강태산과 격투기 선수로서의 강태산은 존재가 없는 유령이다.

국정원에서 CRSF로 보직이 바뀌었을 때 강태산의 흔적은 초특급 시크릿으로 분류되었고 청룡의 수장 이후로는 파일을 세상에서 완전히 지워 버렸기 때문에 청룡은 세상에 아예 없는 사람이 된 지 오래였다.

그런 강태산을 최 국장은 그림자 인간이라고 놀려댔다.

강태산의 월급은 최 국장의 이름으로 개설된 계좌에 들어갔는데 얼마나 알뜰하게 살았는지 통장 잔고가 무려 5억이 넘었다.

인간이 아니라서 돈도 쓸 줄 모른다며 최 국장은 강태산을 만날 때마다 무거워 죽겠으니 돈 찾아가라며 닦달을 하곤 했다.

그것은 격투기 선수로서의 강태산도 마찬가지였다.

언론에서 그의 정보를 전혀 취득하지 못한 것은 모든 정보가 비밀로 숨어 있었기 때문이었다.

강태산은 처음 만덕체육관에 왔을 때부터 아예 주민등록번호를 기재하지 않았다.

시합 계약서는 물론이고 파이트머니와 광고 계약까지 김 관장 이름으로 다 처리했기 때문에 그에 관한 정보는 실질적으로 아무것도 남지 않았다.

두 개의 신분으로 개설된 전화는 그가 아지트로 마련해 놓은 오피스텔에 있다.

강태산이 가지고 다니는 것은 오직 하숙생 신분의 핸드폰이었는데, 오피스텔에 있는 전화기들을 착신 전환 해놨기 때문에 불편한 점은 전혀 없었다.

다시 말해 비밀 요원인 강태산과 격투기 선수로서의 강태산은 세상에 없는 사람들이란 뜻이다.

더군다나 얼굴까지 세 가지로 변장이 가능했으니 별도의 신분은 전혀 필요치 않았다.

문제는 하숙생 신분으로서의 강태산이었다.

다른 신분들은 얼굴을 바꾸는 순간 세상에서 완벽하게 사라졌지만 자신의 주민등록번호를 사용하는 하숙생만은 달랐다.

더군다나 가족처럼 지내는 식구들이 있었기에 직업이 필요했다.

하나의 몸으로 세 가지 일을 하기 위해서는 여행사라는 직업이 가장 효율적이었다.

언제든지 직장을 핑계로 해외여행을 떠날 수 있다는 이점은 다른 직업에서 찾아볼 수 없는 장점이었다.

하숙집 식구들이 회사에 찾아올 거란 생각은 한 번도 해본 적이 없다.

요즘은 휴대폰이 워낙 발달했기 때문에 자신을 급히 찾을 일이 있어도 언제든지 변명이 가능했다.

문제가 생길 수도 있을 거란 생각은 했다.

물론 은정이가 오늘 보인 행동처럼 말도 안 되는 일이 벌어질지도 모른다는 상상을 한 적이 있었다.

하지만 강태산은 크게 염려하지 않았다.

만약에 그런 날이 온다면 그것은 그가 하숙집을 떠나든가 아예 모든 것을 드러내고 자신의 정체를 밝힐 수밖에 없는 상황이 왔다는 걸 의미했다.

수화기 너머에서 들려오는 은정의 목소리는 너무 날이 서서 금방이라도 베일 것 같았다.

ㅡ지금 만나. 어딘지만 말해. 내가 갈 테니까.

"오늘은 집에 가는 날이었다. 하지만 네 목소리를 들으니 이제 갈 수 없겠구나."

ㅡ그게 무슨 뜻이야!

"그렇다는 거다. 사정이, 그리고 인연이… 은정아!"

―왜?

"당분간 나는 집에 들어가지 않을 거다. 그러니까 기다리지 마."

―오빠, 도대체 뭐야. 갑자기 집에 들어오지 않겠다니… 그건 또 무슨 소리야. 오빠 지금 나한테 화내는 거야?

"화내는 거 아니야."

―그럼 뭐야. 직장 다닌다고 거짓말한 게 들통나서 부끄러워 그래?

"바보 같은… 그런 건 아무것도 아니야. 어차피 너한테 조만간 말하려 했었어. 하지만 지금은 그 시기가 아니기 때문에 시간을 두려는 것뿐이야."

―무슨 시간을 둬!

"떠나야 할 시간. 이별의 순간. 그리고 사랑과 운명에 관한 여정. 그런 것들에 대해서 생각할 시간이 필요해."

―오빠!

"너무 힘들어하지 말고 기다려 줘. 나중에 내가 꼭 찾아갈 테니까 많이 울지 말고 침착하게. 알았지?"

*　　　*　　　*

이번 기자회견은 시합 5일 전 계체량 측정 날짜와 동시에 잡혀 있었다.

장소는 SF 돔 경기장에 마련된 특설 룸이었는데, 500명을 충분히 수용할 만큼 넓은 곳이었다.

하지만 그런 특설 룸도 밀려드는 기자들을 행사 진행 요원이 감당하지 못했다.

국내의 기자들은 물론이고 주요 외신들이 전부 몰려들었는데 그 숫자가 가뿐하게 500명을 통과해서 기자회견 특설 룸은 금방 미어터질 것처럼 인산인해를 이뤘다.

강태산이 먼저 나와 공식 계체량 장소에서 체중을 측정했다.

도전자의 입장이었기 때문에 그가 먼저 나왔는데 강태산이 특설 룸에 들어서자 수많은 기자들이 자리에서 벌떡 일어나 미칠 듯이 플래시를 터뜨렸다.

사실 강태산의 체중 측정은 의미가 없었다.

라이트급에서 뛰던 선수가 웰터급 체중에 맞춰 경기를 하는데 체중이 초과될 리 없기 때문이었다.

예상했던 대로 강태산은 웰터급 한계 체중인 77kg에서 4kg 부족한 73kg으로 계체량을 맞췄다.

체중을 맞추기 위해 사우나를 비롯한 땀을 빼는 어떤 행동도 일절 하지 않았고, 심지어 아침까지 든든히 먹었으니 강태산의 몸무게는 감량하고 전혀 상관없는 것이었다.

강태산이 공시 계체 행사를 마치고 한편으로 물러섰을 때 동쪽 문을 통해 카니언이 나타났다.

그는 강태산을 의식한 듯 표정을 굳히고 있었는데 마치 화가 잔뜩 난 물소를 보는 것 같았다.

기자들은 카니언이 나타나자 강태산이 나타났을 때와 똑같은 반응을 보이며 정신없이 플래시를 터뜨렸다.

카니언의 체중은 저스트 77㎏이었다.

보통 선수들은 계체량 일정에 맞추어 체중 조절을 하기 때문에 막상 시합이 벌어지는 날 옥타곤에 올라서는 카니언의 체중은 80㎏ 이상 될 것이 틀림없었다.

그렇게 되면 카니언과의 체중 차는 최소 7㎏ 이상 차이가 난다.

카니언이 계체량 측정을 끝내는 걸 확인한 톰슨 회장이 제프리 조던과 함께 중앙에 서서 양 선수를 불러 모았다.

정해진 스케줄대로 기자들에게 파이팅 포즈를 취해준 후 기자회견을 하기 위함이었다.

문제가 발생된 것은 파이팅 포즈를 위해 강태산이 다가와 주먹을 들었을 때였다.

"어이, 꼬마. 여자 좋아한다던데 어제도 뜨거운 밤을 보냈나? 도대체 몇 명하고 섹스를 하는 거냐? 저번에 최유진이란 기자를 만났는데 무척 섹시해 보이더라. 어때 걔는, 맛있냐?"

카니언이 강태산을 향해 이죽이며 비웃음을 보였다.

그의 미소는 보는 것만으로도 더럽고 추악해서 마주 보기가 역겨울 정도였다.

그랬기에 입 냄새를 풀풀 풍기는 카니언의 면상을 향해 강태산이 으르렁댔다.

놈이 일부러 도발한다는 걸 알지만 강태산은 전혀 참을 생각이 없었다.

"냄새 난다, 이 새끼야. 주둥이 치워!"

"뭐라고? 이 쥐새끼 같은 놈이!"

강태산의 도발에 카니언이 거침없이 양손으로 가슴을 밀쳤다.

체격이 차이 났고 갑작스러운 도발이었기 때문에 강태산이 휘청 뒤로 밀려났다가 겨우 균형을 잡았다.

강태산이 앞으로 튀어나간 건 카니언이 자신의 트레이너진에 의해 뒤로 물러설 때였다.

"내 몸에 한 번만 더 손을 대면 시합이고 뭐고 지금 바로 죽여 버릴 테다."

"해봐, 이 새끼야. 콱 모가지를 따주마."

기자회견장이 난장판으로 변했다.

두 선수가 벌이는 신경전을 말리느라 양쪽의 스태프와 심지어 톰슨 회장까지 중간에 껴서 손을 마구 휘저었다.

톰슨과 제프리 조던은 진행 요원들에게 양 선수를 뜯어말리게 지시를 하면서 인상을 찡그렸으나 소리를 지르는 등의 행동은 하지 않았다.

UFC 경기 중 라이벌 간의 대결에서는 이런 일이 왕왕 벌어진다.

흥분이 겨우 가라앉자 톰슨이 밝은 웃음을 지으며 장내를 진정시켰다.

그는 속으로 카니언이 예뻐 죽을 지경이었지만 내색하지는 않았다.

5일 후 벌어지는 웰터급 타이틀전은 현재 PPV가 2천만을 넘어섰는데 이건 UFC는 물론이고 복싱과 농구, 심지어 미식축구까지 모든 종목을 통틀어서 처음 있는 일이었다.

대중의 관심을 받을수록 PPV 숫자는 기하급수적으로 늘어난다.

오늘 벌어진 두 선수의 몸싸움은 경기 홍보 화면으로 바뀌어 앞으로 5일 동안 전 세계의 안방에 숱하게 방영될 것이다.

톰슨의 입이 열린 것은 양 선수는 물론이고 트레이너진과 기자들까지 이성을 되찾고 그를 바라봤을 때였다.

"정말 뜨겁습니다. 세계 최고의 선수들이 만나니까 시합이 벌어지기 전인데도 불꽃이 튀는군요. 안 그렇습니까?"

톰슨의 동의 요청에 특설 룸에 모여 있던 기자들이 여기저기서 대답을 해왔다.

그들의 대답은 사전에 짠 것이 아니었다.

그들이 톰슨의 질문에 화끈하게 대답한 것은 기자들 역시 두 선수가 벌인 몸싸움에 충분한 즐거움과 흥분을 느꼈기 때문이었다.

기자들의 반응에 톰슨의 웃음이 더욱 진해졌다.

"그럼 지금부터 양 선수를 모시고 기자회견을 시작하겠습니다. 오늘 이 자리는 공식적으로 마지막 행사입니다. 오늘이 지나면 두 선수의 얼굴을 공식적으로 보는 건 없다는 뜻입니다. 그러니 기자 여러분은 두 선수에게 궁금한 것이 있으면 기탄없이 질문해 주시기 바랍니다."

톰슨의 예상대로 기자회견장에서 난투 직전까지 갔던 두 선수의 몸싸움은 시합이 벌어지는 대한민국은 물론이고 지구촌 전체를 열광 속으로 몰아넣었다.

지상 최강의 사나이들이 벌이는 몸싸움은 가슴을 뜨겁게 만들 만큼 흥분되고 즐거운 것이었다.

전 세계의 모든 언론이 그들의 기자회견 장면을 여과 없이 보도했다.

국경도 없었고 이념도 없었다.

그저 스포츠로서 그리고 최강의 사나이들이 벌이는 전쟁을 바라보는 관조자로서 세계인들은 두 선수의 일거수일투족을 향해 열렬히 환호를 보낼 뿐이었다.

5일이란 시간은 길면서도 더없이 짧게 지나갔다.

모든 방송과 언론이 강태산의 일전에 온 정신을 집중시키는 동안 대한민국의 정치와 경제는 점점 기능을 멈추기 시작했다.

그리고 경기 당일이 되자 대한민국 전체가 움직임을 완전히 멈췄다.

정적에 사로잡힌 대한민국의 아침은 어색했고 신기했으며 놀라울 정도로 쾌청했다.

평상시 같았으면 차로 가득 찼을 도로는 너무 한산해서 마치 유령도시를 보는 것과 같았다.

사람도 마찬가지였다.

거리를 걷는 사람들은 보이지 않았는데, 그래서 그런지 낙엽을 쓸면서 지나가는 바람 소리가 더욱더 황량하게 들렸다.

*　　　*　　　*

"형, 나 떨린다."

"떨리긴 개뿔. 우리가 사람 많이 모인 곳에 한두 번 가봐?"

"사람 좀 봐라. 이건 뭐 콩나물시루가 따로 없네."

김환석은 SF 돔으로 몰려드는 사람들을 바라보며 입을 떡 벌린 채 놀라움을 숨기지 못했다.

김윤석도 큰소리를 쳤지만 그와 비슷한 표정을 짓고 있었다.

정말 어마어마한 인파였다.

두 사람이 경기장에 도착한 것은 한 시간 전이었다.

태어나서 처음으로 격투기 시합을 보기 위해 거금을 들여 표를 끊었으니 조금이라도 늦을까 봐 서둘러서 집을 나섰던 것이다.

오는 내내 가슴이 설레어 쿵쾅거리는 걸 간신히 참았다.

차를 가져가면 안 된다는 주변 사람들의 조언을 받고 버스를 이용했는데, 어쩐 일인지 도로에는 차량이 거의 보이지 않아 생각보다 훨씬 빨리 도착할 수 있었다.

그 이유를 알기까지에는 그리 오래 걸리지 않았다.

버스 기사의 이야기로는 도로뿐만 아니라 지하철도 지금은 텅텅 비어 있다고 했다.

강태산의 경기를 보기 위해 사람들이 아예 집밖으로 나오지 않았는데, 대부분의 상가도 오늘 오전에는 거의 다 문을 닫았다는 것이었다.

두 형제는 그 이야기를 듣고 고개를 끄덕였다.

그들 형제 역시 경기장에 가지 않았다면 맥주와 오징어를 준비해 놓고 집 안에 틀어박혀 경기가 시작되기를 눈알이 빠지도록 기다렸을 것이다.

두 형제만큼 사람들의 마음도 바쁜 모양이었다.

아직 경기가 시작되려면 1시간이나 남았는데 SF 돔으로 들어서는 주변 도로는 인파로 인해 빈틈을 찾아보기 어려웠다.

"형, 한잔할까?"

"어디서?"

"저기 봐라. 우리의 호프, 포장마차가 계시잖아."

"어이구, 눈도 좋네."

"갑시다. 딱 한 병만 마시자고."

"술 마셨다고 못 들어가게 하면 어쩌려고 그래?"

"그건 술에 떡 됐을 때 얘기지. 적당한 경기 전 반주 한 잔은 하느님도 적극 권장하시는 일이야. 그러니까 걱정하지 말고 갑시다."

"좋다, 까짓것. 아침 일찍 나왔더니 배도 출출하네. 우동에 소주 한 병이면 천국으로 가는데 뭐가 무섭겠어."

"캬캬… 당연한 말씀이십니다."

"환석아, 형하고 떨어져서 보는 거 겁 안 나냐?"

"겁은 무슨… 나이가 몇 갠데."

김윤석의 질문에 김환석이 질색을 했다.

그들의 좌석표는 동과 서로 완전히 분리되어 있었기 때문에 앞으로 최소 6시간은 떨어져 있어야 한다.

그랬기 때문인지 김환석은 질색을 하면서도 얼굴이 밝지 않았다.

"환석아, 응원은 같이해야 재밌잖아. 그렇지?"

"무슨 당연한 말씀을 그리 어렵게 하세요."

"얼른 먹고 들어가자. 재수가 좋으면 혼자 온 사람이 있을지 몰라. 자리 바꿀 수 있으면 그렇게 하자. 어때?"

"아이고, 왜 그 생각을 못 했을까!"

김만덕은 수건을 들고 강태산이 섀도복싱을 하는 장면을 유심히 바라보았다.

서당개 삼 년이면 풍월을 떠든다고 했듯 오랜 세월 강태산 옆에서 세계 최고 톱클래스 선수들의 경기를 지켜본 경험은 그의 눈을 매섭게 만들어주었다.

쐐액… 쉭… 쉭.

정말 대단하다.

저 인간의 능력은 도대체 어디가 끝인지 알 수가 없다.

기본 베이스로 깔고 있는 체력은 바닥이 어딘지 알 수 없을 만큼 대단했고 복싱 기술은 거의 예술적인 경지에까지 이르렀다.

지금 강태산의 주먹에서 흘러나오는 파공음이 그의 펀치력을 증명해 주고 있었다.

예리하다. 더군다나 목표를 타격하는 임팩트 능력은 발군 중의 발군이었다.

거리와 상관없이 정확하게 터지는 펀치는 각도의 제약을 받지 않을 만큼 유연하면서도 송곳처럼 날카로웠다.

그러나 강태산을 더욱 강하게 만드는 것은 무섭도록 빠르고 강력한 킥이 존재하기 때문이었다.

강태산의 로우킥과 하이킥 구사 비율은 거의 반반이다.

하지만 상황에 따라 킥의 구성이 탁월했고 언제든지 스핀킥과 니킥들이 적재적소에서 터지기 때문에 강태산의 전신은 흉기나 다름없었다.

드디어 20분에 달했던 강태산의 섀도복싱이 끝났다.

"형, 스트레이트의 마지막 각도가 조금 틀어지는 것 같던데 괜찮아?"

"문제없다. 힘이 들어가서 그래."

김만덕이 전해준 수건을 받아 얼굴을 닦은 강태산이 빙그레 웃었다.

펀치의 각도가 미세하게 바뀐 걸 알고 물어오는 김만덕이 대견했기 때문이었다.

"출발은 2시간 후에 하면 된다니까 푹 쉬어."

"기자들은?"

"똑같지 뭐. 우리 나오기를 학수고대하고 있는 중이야."

"그럼 들어가서 시합이나 볼까……."

강태산이 수건을 걸치고는 샤워실로 향했다.

오늘은 최대한 늦잠을 자며 게으름을 피웠는데, 시합이 벌어지는 날마다 그가 늘 하던 버릇이었다.

떠지는 눈을 애써 다시 감으며 8시가 다 되어서야 일어난 강태산은 대충 세면을 한 후 달리기와 섀도복싱을 시작했다.

훈련이라기보다는 몸을 풀기 위함이었다.

어차피 주사위는 던져진 지 오래였다. 시험은 벼락치기가 통하기도 하지만 목숨을 걸고 싸우는 전쟁에서 요행은 죽음으로 가는 지름길이다.

샤워를 마친 후 사무실로 들어와 텔레비전을 켜자 벌써 오프닝 이벤트가 마무리되면서 첫 시합으로 잡혀 있던 미들급 랭킹전이 시작되고 있었다.

그러고 보면 참으로 오랜 시간 격투기를 옆에 둔 채 살았다.

피폐된 삶.

그 삶을 벗어나기 위해 옥타곤에서 피를 흘렸던 시간들은 아쉬움과 후회로 가득 찬 것들이었다.

오늘 카니언과의 대결을 끝으로 격투기를 그만둔다.

그만두는 것은 격투기뿐만이 아니다.

오랜 세월 국가를 위해 싸워왔던 CRSF의 비밀 전투부대 청룡의 수장 자리도 내놓을 생각이었다.

이제 남은 생은 잔인한 피가 흐르는 땅에서 벗어나 사랑하는 사람과 행복하게 살고 싶었다.

할 만큼 했다. 적운구의 저주에서 벗어나지 못하고 원하지 않았던 삶을 살아온 것은 이 정도면 충분하다.

자신의 몸에 묻은 피와 혈향의 진득한 비린내는 시간이 지나면 점점 희미해져 언젠가는 피를 보지 않고도 편하게 잠들 수 있는 날이 오게 될 것이다.

김가을은 조금도 망설이지 않고 UFC 측에서 초청한 VIP석을 받아들였다.

강태산은 합숙 훈련을 해야 한다며 들어간 이후 지금까지 한 번도 얼굴을 보여주지 않았는데, 심지어 전화 한 통 없었다.

냉정한 남자다. 그리고 이해되지 않는 남자기도 했다.

그녀는 앞뒤가 꽉 막힌 보수주의자도 아니었고 결벽증 환자도 아니었다.

더군다나 강태산을 사랑해서 그가 요구를 해오면 언제든지 넘어가 줄 의향이 있었다.

그런데도 강태산은 아무런 액션을 취하지 않아 그녀를 미치게 만들었다.

결국 집에 초청해서 늦은 시간까지 잡아둔 것은 강태산과 깊은 관계를 갖고 싶었기 때문이었다.

이대로 그냥 관계가 지속되는 것이 불안했고 초조했다.

자신은 대한민국에서 최고로 아름답다는 찬사를 받으며 여신으로까지 불리는 여자였으나 강태산은 한 번도 먼저 터치를 해온 적이 없었다.

터치가 있어야 반응도 하고 깊은 관계로 갈 것 아닌가.

여자로서의 자존심까지 버려가며 강태산을 붙잡은 것은 이대로 계속 견뎌낼 자신이 없었기 때문이었다.

그러나 강태산은 그녀의 손길을 냉정하게 거부하고 묘한 말만을 남긴 채 사라져 버렸다.

마음을 확인한다…….

도대체 무슨 마음을 확인한다는 것일까?

그녀는 이미 강태산에게 여러 번 사랑한다는 말을 꺼냈고 그가 원하면 결혼까지 결행할 작정이었다.

각종 언론을 통해 강태산이 파이트머니와 광고로 벌어들인 수익까지 모두 각종 자선단체에 기부한 것을 알고 있었지만 그녀는 그런 것에 대해 아무런 신경조차 쓰지 않았다.

그녀가 사랑한 것은 강태산이란 사람이었지, 그가 벌어들인 돈이 아니었다.

그녀가 불안해하는 가장 큰 이유는 다른 사람들에게 두 사람의 관계를 공식화하지 못했기 때문이었다.

그가 원한다면 그녀는 언제든지 당당하게 연애 사실을 밝힐 의향이 있었지만 강태산은 그저 가만히 고개를 흔들며 기다려 달라는 말만 반복했다.

상심이 커져갔지만 참았다.

현재 최고의 인기를 구가하는 격투기 선수가 여자 때문에 구설수에 오르는 것을 그녀는 원하지 않았다.

하지만…….

최근 들어 최유진이란 존재가 카니언과의 인터뷰를 통해 부각됐을 때부터 김가을의 마음은 사정없이 흔들리기 시작했다.

강태산이란 사람은 함부로 여자를 사귀지 않는다는 걸 너무나 잘 안다. 최유진이 야구 여신으로 불렸고 격투기를 담당하면서 강태산과 밀접한 관계에 있다는 소릴 들었지만 소문처럼 강태산이 그녀와 깊은 관계일 가능성은 희박했다.

그럼에도 강태산이 마지막 떠나면서 했던 이야기가 자꾸 그녀의 불안을 증폭시켜 나갔다.

SF 돔에 들어선 그녀가 강태산이 있는 라커룸을 향한 것은 정체를 알 수 없는 불안감 때문이었다.

지금 만나지 못하면 영원히 그를 만나지 못할 것 같은 불안감이 그녀의 이성을 마비시킬 만큼 커졌다.

그녀가 라커룸으로 들어서자 UFC 측에서 배치한 보안 요원이 다가왔다.

육중한 체구를 지닌 보안 요원은 복도를 가로막으며 다가왔지만 워낙 뛰어난 그녀의 미모를 확인하고는 어정쩡한 태도를 보였다.

"무슨… 일이십니까?"

"강태산 선수를 만나러 왔어요."

"무슨 관계죠. 여기는 경기 관계자 외에는 출입 금지입니다."

"저는 그 사람 친구예요. 잠깐만 인사하고 나올 거예요."

"친구라고요… 그렇다면 제가 먼저 확인을 하겠습니다. 잠깐만 기다려 주십시오."

보안 요원이 몸을 돌려 강태산의 라커룸을 두들겼다. 그는 친구라고 찾아온 여자의 정체가 의심스러웠던지 자꾸 고개를 갸웃거렸다.

문틈으로 강태산이 자리에 앉아 있는 것이 보였다.

그랬기에 김가을이 소리를 질렀다.

"태산 씨!"

보안 요원이 뭐라고 묻기 전에 김가을의 외침 소리를 들은 강태산의 시선이 먼저 날아왔다.

그녀를 향한 강태산의 얼굴에서 놀라움에 이어 환한 반가움이 서서히 번져 나갔다.

강태산이 자리에서 일어나 김가을을 향해 급히 다가왔다.

보안 요원이 어쩔 줄 모르고 비켜서자 강태산은 기다리던 김가을의 손을 라커룸으로 끌어당겼다.

김가을이 들어서자 라커룸 여기저기서 경기 준비를 하던 트레이너들이 모두 한꺼번에 동작을 멈추었다.

그들은 들어선 여자가 영화배우 김가을이란 것을 확인하고는 아예 시선조차 돌리지 못했는데 절대 일어나지 않을 마술에 취한 사람들 같았다.

"어쩐 일이에요?"

"보고 싶어서요. 그리고 잘 싸우라고……."

"아무래도 이번 시합은 내가 이길 것 같습니다. 가을 씨가 직접 라커룸까지 찾아왔으니 말입니다."

"호호… 정말 그랬으면 좋겠어요."

"그래서 말인데 확실하게 이길 수 있는 방법이 있어요."

"그게… 뭐죠?"

"그건 가을 씨가 진하게 뽀뽀해 주는 겁니다. 그렇게 되면 나는 시금치를 먹은 뽀빠이처럼 힘이 불끈 솟을 테니까요."

강태산이 말을 마치고 입을 주욱 내밀었다.

말은 그렇게 했지만 김가을이 사람들 잔뜩 모인 라커룸에서 키스해 줄 리는 절대 없었기 때문에 장난에 불과한 행동이었다.

하지만 김가을은 그의 말을 듣자마자 조금의 망설임도 보이지 않고 곧장 내밀어진 강태산의 입술에 그녀의 입술을 가져갔다.

가벼운 키스가 아니라 아예 두 팔로 껴안은 채 뜨거운 키스를 퍼부었기 때문에 졸지에 드라마를 구경하게 된 트레이너진들이 함성을 질러댈 정도였다.

*   *   *

오늘 벌어지는 시합의 도전자는 강태산이었다.

비록 그가 최고의 인기를 구가하며 이 경기를 역사적으로 기록될 만큼 흥행시킨 주인공이었지만 도전자라는 사실을 바꿀 수는 없었다.

그랬기에 UFC 진행 요원의 안내에 따라 카니언보다 먼저 라커룸을 빠져나왔다.

그의 앞뒤로 십여 대의 카메라가 따라붙었다.

단지 출전하는 장면을 찍는 것에 불과한데도 카메라 기자들의 표정은 굳어질 대로 굳어져 있었다.

이 경기가 주는 압박감이 그들에게 고스란히 전달되었기 때문이다.

강태산이 게이트 뒤에서 트레이너진과 진형을 갖추고 기다리자 SF 돔을 뒤흔드는 사회자의 음성이 새어 나오기 시작했다.

전사의 심장을 뜨겁게 만드는 사회자의 음성은 더없이 거칠었고 뇌쇄적이었다.

슬쩍 고개를 돌려 화면을 보자 돔 전체가 암흑으로 덮여 있었다.

SF 돔은 강태산의 출전을 알리는 사회자의 음성을 제외하고는 극도의 정적 속에 사로잡혀 있었다.

드디어 사회자의 멘트가 끝나면서 게이트가 천천히 열리기 시작했다.

그런 후 강렬한 서치라이트가 휘몰아치듯 장내를 쓸어버리더니 마지막 한순간 강태산을 향해 집중되었다.

게이트가 완전히 열리자 강태산은 주먹을 번쩍 치켜든 후 트레이진의 호위를 받으며 천천히 옥타곤을 향해 진입했다.

그의 걸음에 맞춰 출전가인 아리랑이 웅장하게 흘렀다.

돔을 가득 채운 관중들은 강태산의 모습이 드러나면서부터 광적인 열광에 빠져든 상태였다.

대한민국 국민들이 대부분인 관중들은 강태산이 진입하자

그의 발걸음에 맞춰 아리랑을 부르기 시작했는데 그 함성이 얼마나 컸던지 돔 전체를 금방이라도 무너뜨릴 것만 같았다.

강태산은 관중들의 환호를 받으며 옥타곤으로 올라섰다.

그런 후 천천히 옥타곤을 돌며 관중들을 향해 주먹을 불끈 쥐어 보였다.

그것은… 반드시 이기겠다는 강태산의 의지가 틀림없었다.

* * *

"전국에 계신 시청자 여러분, 기대하고 기대했던 강태산 선수의 웰터급 타이틀 매치가 이제 곧 벌어지겠습니다. 서 위원님, 정말 오랜 시간을 기다려 왔습니다. 이번이 강태산 선수의 마지막 경기라 더욱더 그런 마음이 커진 것 같습니다."

"그렇습니다. 이번 시합은 강태산 선수가 UFC에 입성하고 8번째 시합입니다. 이미 7번의 경기를 모두 KO로 이겼으며 그 7번의 시합이 전부 'UFC, 오늘의 파이트'에 오르는 진기록을 기록했습니다. 그만큼 강태산 선수의 경기는 팬들의 마음을 사로잡는 마력이 있습니다. SF 돔을 가득 메운 관중들은 물론이고 전 세계 격투기 팬들이 오늘 경기를 학수고대한 것은 그런 강태산 선수의 마지막 경기를 절대 놓칠 수 없기 때문입니다."

"강태산 선수는 이번 경기를 끝으로 은퇴를 한다고 공언을 한 바 있습니다. 정말 우리로서는 아쉬운 결정이 아닐 수 없습니다."

"정상에서 내려오기 위해서는 커다란 용기와 신념이 필요합니다. 강태산 선수는 UFC 역사상 그 누구도 이루지 못했던 18경기 연속 KO승의 기록을 보유했으며 탁월한 펀치력과 기술을 보유한 무적의 챔피언이었습니다. 대한민국은 물론이고 전 세계 격투기 팬들의 사랑을 한 몸에 받아온 그가 이제 마지막 도전을 끝으로 은퇴를 한다는 건 너무나 안타까운 일입니다. 하지만 우리는 그의 결정을 존중해야 할 것입니다. 오랜 시간 대한민국을 대표하는 전사로서 조국을 위해 싸워준 그에게 뜨거운 박수를 보냅니다."

"말씀드리는 순간, SF 돔의 조명이 모두 꺼졌습니다. 암흑 속으로 변한 돔구장에서 한줄기 뜨거운 외침이 시작됩니다. 강태산 선수의 출전을 알리는 세리머니입니다. 드디어 강태산 선수, 출전을 위해 게이트를 나서고 있습니다. 국민 여러분, 강태산 선수가 당당하게 옥타곤을 향해 들어오고 있습니다."

"모든 관중들이 아리랑을 따라 부릅니다. 언제 들어도 아리랑의 곡조는 웅장하고 아름답군요."

SF 돔을 가득 채우며 울려 퍼지는 노랫소리는 하나가 되어 영혼을 울리고 있었다.

모든 사람의 바람, 염원, 강태산의 승리를 원하는 관중들의 간절한 마음이 그 노래에 담겨 있으니 더욱더 웅장하게 느껴졌다.

"강태산 선수, 얼굴이 좋아 보입니다. 컨디션 조절이 잘된 것 같습니다."

"아마 강태산 선수는 체중 조절 때문에 고생하지 않았을 겁니다. 이번 경기는 웰터급 체중에 맞춰서 경기를 하기 때문에 카니언과 달리 강태산 선수는 체중 조절을 할 필요가 없었습니다. 그래서 그런지 얼굴에 윤기가 흐르는 게 보기가 좋군요."

"정말 잘생겼죠?"

"남자인 제가 봐도 잘생겼다는 걸 인정할 수밖에 없습니다. 강태산 선수는 격투기를 그만두고 영화배우나 탤런트로 데뷔해도 충분히 성공할 것입니다. 단순하게 잘생겼다는 표현이 아쉬울 만큼 강태산 선수는 묘한 매력을 가지고 있습니다. 뭐랄까요, 저 눈빛에는 사람들의 영혼을 끌어당기는 마력 같은 게 담겨 있는 것 같습니다."

"그렇게 말씀하시니까 그런 것도 같습니다. 강태산 선수, 두 손을 번쩍 들고 관중들에게 인사를 합니다. 자신에 차 있는 모습입니다."

"이제 카니언이 출전할 모양입니다. 다시 불이 꺼지면서 카니언 특유의 출전 음악이 퍼지는군요."

"카니언은 이번에도 상대를 강력히 비방하면서 많은 손가락질을 받았습니다. 공식 기자회견에서 강태산 선수를 도발한 것도 전략이라고 하던데요. 서 위원님 생각은 어떻습니까?"

"카니언 같은 위대한 챔피언이 왜 그런 짓을 하는지 아쉽지만 그런 여론 몰이 이후 상대가 이성을 잃고 경기력이 저하되는 걸 보면 한편으로 이해가 되기도 합니다. 나쁜 쪽으로 말하면 비겁한 겁니다. 하지만 좋은 쪽으로 본다면 카니언은 모든 면에서 최선을 다하는 게 아닌가란 생각을 해봅니다. 제가 그런 생각을 하는 것은 그가 벌써 7번의 타이틀 방어전을 성공적으로 치렀고 지금까지 한 번도 패배하지 않은 무적의 챔피언이기 때문입니다."

서정설이 굳은 얼굴로 말을 하자 양인석이 표정을 일그러뜨렸다.

오랜 시간 콤비로 활동했기 때문에 질문의 의도를 충분히 알았을 텐데 서정설은 자신이 원하는 대답을 하지 않고 엉뚱한 말을 했기 때문이었다.

그때 카니언이 조명 사이를 뚫고 옥타곤에 올라왔다.

거친 몸놀림.

그는 일부러 도발하기 위함인 듯 반대쪽 코너까지 걸어가 강태산을 향해 얼굴을 들이밀며 손으로 목을 긋는 행동을 했다.

그 행동에 관중들이 야유를 보냈는데 중계석에서 지켜보던 양인석도 즉각 분노를 나타냈다.

"카니언 선수, 여지없군요. 이번에도 카니언은 시합을 시작하기 전부터 강태산 선수를 자극하고 있습니다."

"고도로 계산된 행동입니다. 강태산, 선수 절대 말려들어서는 안 됩니다."

"막상 같이 서니 체격 면에서 월등하게 차이가 나는 것 같습니다. 카니언이 강태산 선수보다 5㎝ 큰 걸로 나오는데 체중 때문에 그런 건지 훨씬 커 보입니다. 그런데 자료를 보니까 리치는 무려 12㎝나 차이가 나는군요."

"신체적인 측면에서는 상당한 불리함을 가지고 싸울 수밖에 없습니다. 이번 경기는 강태산 선수의 스피드와 카니언 선수의 강력한 피지컬의 싸움이라고 봐야 할 것 같습니다."

"서 위원님, 강태산 선수는 은퇴 경기로 왜 이토록 힘든 싸움을 선택했을까요?"

"저도 그 부분 때문에 여러 번 고민을 해봤습니다. 그러나 결론은 언제나 똑같았습니다. 강태산 선수는 자신의 마지막 시합을 역사에 길이 남는 거대한 도전으로 마무리하고 싶었던 것 같습니다."

"투신으로서의 명성을 끝까지 남기려는 걸까요?"

"그렇습니다. 저는 이 경기 결과에 상관없이 그의 이름 앞에 투신이란 칭호를 반드시 붙여야 한다고 생각합니다. 두려움 없이 오직 승리를 위해 나아가는 강태산 선수의 행동은 존경을 받기에 충분하기 때문입니다."

"말씀드리는 순간, 사회자가 양 선수를 소개하고 있습니다. 18승 18KO승 무패를 기록하고 있는 무적의 챔피언 강태산 선수입니다. 오늘 그는 웰터급의 최강자이자 챔피언인 카니언과 명예를 건 최후의 승부를 펼칩니다. 투신 강태산, 우리는 그가 오늘, 불가능을 뒤엎고 격투기 역사에서 살아 있는 전설이 되기를 간절히 기대합니다."

김가을은 옥타곤에 서 있는 강태산을 바라보며 눈을 떼지 못했다.

불안감을 단숨에 날려 버렸던 그와의 강렬한 키스.

주변 사람들의 시선은 아무런 문제가 되지 않았다.

오직 사랑으로 임의 입술을 확인했으니 그녀의 가슴속에는 기쁨과 간절한 설렘만 남았을 뿐이다.

뜨거운 키스가 끝났을 때 강태산은 따뜻한 눈빛과 함께 부드러운 음성으로 그녀를 배웅했다.

"가을 씨, 시합 보면서 너무 긴장하지 말아요. 그리고 시합이 끝나면 적당한 때를 골라서 내가 찾아갈게요. 그때까지 기다려요. 알았죠?"

알겠다고 고개를 열심히 끄덕였다.

그녀를 찾아오겠다는 그의 말이 무슨 의미인지 이제는 알고 싶지 않았다.

불안감은 뜨거운 키스와 함께 날아갔으니 그의 승리와 기쁜 해후를 기다릴 뿐이다.

멀리서 보는데도 그의 몸에서는 빛이 났다.

저 남자.

자신이 사랑하는 남자의 이름은 강태산이다.

지금 SF 돔을 가득 채운 관중들이 연호하는 이름은 다른 누구도 아닌 바로 그의 것이었다.

은정은 강태산에게서 충격적인 이야기를 들은 후 시간이 날 때마다 수도 없이 전화를 걸었다.

하지만 강태산은 한 번도 전화를 받지 않았다.

전화기가 꺼진 것도 아닌데 전화를 받지 않는다는 건 자신의 전화를 일부러 피한다는 것을 의미했다.

도대체 이유가 뭘까?

그녀가 회사를 찾아간 것이 커다란 잘못인 것처럼 오빠는 냉정하고 차갑게 전화를 끊어버렸다.

왜 오빠는 다니지도 않는 회사를 다닌다고 거짓말을 한 걸까?

엄밀히 말한다면 오빠는 가족이 아니라 단순한 하숙생에 불과한 사람이었다.

피가 섞이지 않았고 계약 관계에 의해 같이 살았을 뿐이니 거짓말을 할 필요가 없을 뿐만 아니라 또 어찌해서 거짓말을 했다 해도 결코 비난을 받을 일이 아니었다.

그럼에도 오빠는 오랜 세월 당연한 듯 거짓말을 했고 그 거짓말을 알아낸 그녀는 커다란 충격 속에 빠져들어 뒤를 돌아보지 않은 채 무턱대고 화를 내버렸다.

누가 무엇을 잘못한 건지 일주일이 훌쩍 지난 지금도 혼란스러웠다.

그리고 오빠의 극렬한 반응도 이해되지 않았다.

집에 오지 않겠다는 말이 무슨 뜻인지 처음에는 알 수 없었으나 오빠는 자신의 말을 지키기라도 하려는 듯 그때부터 집에 들어오지 않았다.

두려웠다. 그리고 너무나 서러워 눈물이 마르지 않았다.

가족들은 오빠에게 수시로 연락을 했는데 전화를 받지 않자

답답함을 숨기지 못하고 있었다.

시간이 지날수록 가족들의 마음이 무거워져 가는 게 보였다.

강태산은 단순한 하숙생이 아니라 핏줄 이상의 끈끈한 인연과 정으로 얽혀 있는 사람이었으니 그의 행방불명은 가족들에게 커다란 불안감을 주기에 충분했다.

은정이 뒤늦게나마 강태산의 근황에 대해서 설명해 주지 않았다면 가족들은 아마 경찰서에 신고했을지도 몰랐다.

가족들이 자연스럽게 거실에 모인 것은 그녀와도 커다란 인연을 가진 강태산의 마지막 시합이 벌어지기 때문이었다.

강태산은 슈퍼스타다.

그냥 사람들이 즐겨 말하는 슈퍼스타가 아니라 행동 하나로 대한민국을 들썩이게 만들 만큼 엄청난 영향력을 가진 대스타였다.

기자회견에서 카니언의 도발에 보여준 강태산의 단호한 대응이 동영상으로 유포되자 대한민국 처녀들은 전부 난리가 났다.

불의에 참지 않고 당당하게 맞서는 그의 태도가 아가씨들에게는 백마 탄 왕자로 보였던 모양이었다.

하긴 여자들만 그런 게 아니었다.

대한민국 사람들이라면 누구나 강태산의 편에서 생각하고 행동했으니 그의 인기는 어느 특정인에 국한된 것이라고 볼 수 없었다.

시합이 벌어지기 한 시간 전부터 현수는 거실에 나와 시합이 시작되기를 기다리고 있었는데 직접 미국에서 경기를 보고 온 후 그의 모든 관심은 강태산에게 쏠려 있었다.

현수의 닦달에 은영이 끌려 나왔고 권 여사와 은정까지 거실에 모인 건 시합이 막 시작되었을 때였다.

텔레비전에서는 메인 경기들이 줄지어 방송되고 있었지만 상당 시간을 강태산에 관한 이야기로 채웠기 때문에 시간은 금방 지나갔다.

드디어 강태산의 모습이 SF 돔에 나타나자 현수는 금방이라도 텔레비전 속에 들어갈 기세로 정신을 집중시켰다.

폭탄처럼 터지는 관중들의 함성.

하지만 그 함성은 SF 돔에 국한된 것이 아니라 바로 코앞에서도 들리고 있었다.

주변에 있는 아파트촌은 물론이고 주택가에서도 강태산이 입장하는 순간 열렬한 함성이 동시에 터져 나왔다.

뒤이어 카니언이 옥타곤에 올라와 강태산에게 목을 긋는 도발적인 행동을 했을 때 현수가 분함을 참지 못하고 연거푸 거품을 물었다.

"아이고, 저 나쁜 놈. 매너가 완전히 저질이야. 안 그래, 누나?"

"그렇긴 하네. 그런데 저 사람 완전 긴장한 거 같아."

"누구? 카니언?"

은영의 말에 현수가 되물었다.

그러자 은영이 고개를 15도 기울인 채 카니언의 행동을 분석하기 시작했다.

"혼자서 뭔가 자꾸 중얼거리는 건 긴장을 했다는 뜻이야. 그리고 미간을 봐라. 미간이 미세하게 찌푸려진 거 보여?"

"어디?"

"저기 이마 가운데."

"아, 희미하게 좁혀져 있네. 그런데 저게 찡그린 거라고?"

"사람은 긴장하면 표정이 굳어져. 그리고 긴장의 도가 심해지면 눈살이 찌푸려지는데 그때 이마도 좁혀진다."

"아이고, 우리 누나 도사네. 그럼 강태산 선수는 어때?"

"저 사람은 그냥 백마 탄 왕자님이시지. 저 눈매 봐. 깊고 깊은 호수처럼 보이지 않니?"

"잘 나가다가 웬 삼천포야. 강태산 선수는 어떠냐니까?"

"긴장하고 있어. 하지만 카니언보다는 훨씬 덜한 것 같다."

은영의 심리 분석에 현수의 표정이 활짝 피었다.

카니언보다 강태산의 긴장도가 덜하다는 분석만으로도 현수는 이 경기를 이긴 것처럼 좋아했다.

은정은 동생들의 대화를 들으며 아무런 말도 하지 않았다.

강태산 선수가 옥타곤에 나타나 화면에 비칠 때부터 잠시 잊었던 오빠의 모습이 계속 겹쳐지며 떠올랐다.

캐스터와 해설자는 지금 이 순간이 아니면 더 이상 말하지 못하는 사람들처럼 맹렬하게 떠들고 있었지만 그녀의 눈은 오직 강태산을 좇고 있었다.

도대체 저 남자.

왜 저 남자의 모습에서 오빠의 모습이 자꾸 겹쳐지는 걸까?

그런 경험이 반복될 때마다 은정은 자신의 마음을 의심했다.

자신도 모르는 사이 최고의 인기를 얻고 있는 강태산에게 마음을 빼앗겼기 때문에 그런 생각이 드는 것일 수도 있었다.

하지만 아무리 생각해 봐도 그것은 절대 아니었다.

그녀의 마음속에 들어 있는 사람은 오직 하나, 바보처럼 착하고 순수한 눈망울을 지닌 오빠뿐이었으니 강태산이 우주를 들었다 놓은 슈퍼 영웅이라 해도 그녀의 마음속에 들어올 리 만무했다.

*   *   *

강태산은 자신을 노려보는 카니언의 갈색 눈을 무심한 눈으로 바라보았다.

놈은 기선을 제압하려는 듯 강렬한 시선을 빛내고 있었으나 강태산은 슬쩍 눈을 비켜 그의 의도를 간단하게 무력화시켜 버렸다.

거친 숨소리.

놈의 입에서 황소가 내뿜는 것처럼 진한 숨결이 느껴졌다.

관중들의 뜨거운 열기가 놈을 그렇게 만든 모양이다.

SF 돔을 가득 메운 관중들은 옥타곤 위로 마지막 승부를 위해 강태산과 카니언이 나타나자 모두 자리에서 일어나 함성을 지르고 있었다.

김 관장은 여전히 침묵으로 일관하면서 경기에 필요한 것들을 챙길 뿐이었다.

그는 시합이 끝나면 떠나겠다는 강태산의 이야기를 들은 후부터 말을 잃어버린 사람처럼 침묵을 지켰다.

대신 떠든 사람은 김만덕이었다.

"형, 겁나냐?"

"갑자기 무슨 소리야. 내가 시합하면서 겁먹은 거 봤어?"

"저 새끼가 워낙 덩치가 크잖아. 그래서 쫄았는지 물어본 거야."

"실없는 소리 하지 말고 물이나 줘."

"너무 많이 마시지 마라."

김만덕의 손에서 물을 건네받은 강태산이 시원하게 연속해서 들이켰다.

그런 후 카니언 쪽을 바라보며 입을 열었다.

지금 옥타곤에서는 장내 아나운서가 오프닝 행사를 하고 있었는데 금방 끝날 것 같은 분위기였다.

"만덕아, 내 부탁 잘 기억해라."

"뭐?"

"저번 광고 수입하고 이번 경기 파이트머니를 합해서 장학재단 만들라는 말 벌써 잊었어?"

"그걸 왜 잊겠어. 혹시 다른 거 말하는 줄 알았지. 그런데, 형. 그걸 꼭 지금 말해야 돼? 그거야 시합 끝나고 형이 챙기면 되잖아."

"난 시합 끝나면 바람처럼 사라질 거다. 그러니까 남은 것들은 다 네가 처리해야 해."

"어허, 이 양반이 무슨 이별사를 이런 상황에서 하시나. 자꾸 쓸데없는 소리하지 마시고 경기에나 집중하세요."

김만덕이 얼굴을 잔뜩 찌푸리며 소리를 질렀다.

마침 심판이 강태산을 향해 손짓하며 옥타곤의 중앙으로 나오라는 신호를 보냈기 때문에 김만덕의 말이 먹힌 것처럼 여겨졌다.

하지만 강태산의 뒷모습을 바라보는 김 관장과 김만덕의 얼굴은 잔뜩 굳어졌다.

경기 결과도 걱정이지만 강태산의 태도에서 냉정함이 느껴지고 있었다.

그는 정말 시합이 끝나면 연기처럼 사라지려는 듯 계속해서 이상한 소리를 하고 있었다.

뭘까… 이 가슴에 슬며시 파고드는 차가운 느낌은…….

강태산은 레퍼리의 주의 사항을 들으며 고개를 천천히 돌렸다.

카니언은 여전히 갈색 눈으로 도발적인 행동을 거듭했으나 강태산은 아예 놈의 얼굴을 보지도 않았다.

주의 사항이 끝나고 강태산은 자신의 코너로 돌아왔다.

김 관장을 비롯한 트레이너진이 빠져나가면서 옥타곤에는

이제 그와 카니언, 그리고 레퍼리만 남아 있었다.

팽팽한 긴장감. 폭풍 전야의 정적.

레퍼리가 천천히 중앙으로 걸어 나오면서 무섭도록 가라앉았던 침묵이 일시에 깨졌다.

삐이잉!

종이 울렸다. 시합을 알리는 종은 마치 전쟁의 시작을 알리는 북소리와 느낌이 비슷했다.

강태산은 양어깨를 으쓱한 후 카니언을 향해 빠르게 다가갔다.

그냥 다가간 것이 아니다.

라이트 롱 훅.

앞으로 다가오는 카니언을 향해 기습적으로 날린 라이트 훅이 성곽을 부수는 화차처럼 곡선을 그리며 파공성을 뿜어냈다.

깜짝 놀란 카니언이 급히 어깨 속으로 얼굴을 숨겼으나 강태산의 주먹은 이미 그의 뒤통수를 가격한 후 빠져나오는 중이었다.

강태산의 러시는 단발로 끝나지 않았다.

카니언이 주춤하는 틈을 이용해서 강태산은 그의 몸 쪽으로 바짝 붙으며 속사포처럼 주먹을 연사시켰다.

짧은 양쪽 복부 콤비네이션과 어퍼컷, 빠져나오면서 터뜨린 좌우 스트레이트까지 순식간에 다섯 번의 공격이 카니언의 전신을 두들겼다.

강태산이 뒤로 물러난 것과 카니언의 스텝이 엉킨 것은 동시에 벌어진 일이었다.

카니언은 공격을 당하면서 주먹조차 내지 못했다.

워낙 빠른 주먹의 연사였기 때문에 방어막을 풀 기회조차 없었던 것이다.

주춤.

커다란 충격을 받은 것은 아니었으나 스텝이 꼬였다.

이번 공격에서 카니언이 막아낸 주먹은 세 개뿐이었고 왼쪽 복부와 스트레이트는 그대로 가격당했다.

스텝이 꼬인 것은 정신이 멍해지며 잠시 균형을 잃었기 때문이었다.

'뭐냐, 이건.'

급하게 스텝을 안정시키며 주먹을 올렸을 때는 이미 강태산의 공격이 다시 시작되고 있는 상황이었다.

강태산은 카니언이 오른쪽 훅을 날리는 순간 카니언의 왼쪽 가슴을 향해 파고들며 라이트 복부를 때렸다.

그러고는 오른쪽으로 돌아나가는 탄력을 이용해서 카니언의 왼발에 강력한 로킥을 작렬시켰다.

또다시 휘청하는 카니언.

왼발에 충격을 받은 카니언이 한발 물러서는 순간 강태산의 진격이 다시 시작되었다.

레프트 잽의 연사.

강태산의 레프트 잽은 스트레이트에 버금가는 위력이 있었고 번개처럼 빠른 스피드를 지녔다.

방어를 뚫고 들어간 레프트 잽이 카니언의 고개를 흔들어 버리자 강태산은 기다렸다는 듯 라이트 스트레이트를 송곳처럼 찔러 넣었다.

빠악!

카니언의 안면이 뒤로 덜컥 밀리며 그의 몸도 따라서 튕겨졌다.

강태산은 뒤로 밀려나는 카니언의 몸을 향해 따라 들어가면서 그대로 몸을 공중으로 띄웠다.

플라잉 니킥.

카니언이 충격 속에서도 급히 양팔로 니킥을 막았으나 강태산의 무릎은 방어막을 뚫고 안면을 훑어버렸다.

휘청거리며 물러나는 카니언.

강태산의 눈에서 푸른빛이 흘러나왔다.

관중들은 예상치 못했던 강태산의 일방적인 경기에 의자를 박차고 벌떡 일어났는데 미처 함성도 지르지 못할 만큼 경악 속으로 빠져들고 있었다.

강태산의 신형은 마치 번개가 움직이는 것처럼 무섭게 빨랐다.

카니언이 옥타곤 철망까지 후퇴하자 순식간에 따라 들어간 강태산의 주먹이 불을 뿜기 시작했다.

좌우 훅으로 시작된 공격은 양쪽 엘보 공격과 니킥으로 이어졌고 스트레이트가 속사포처럼 터졌다.

카니언은 무차별적으로 쏟아지는 강태산의 공격을 저지하기 위해 미친 듯이 주먹을 휘두르며 반격을 했으나 시간이 지날수록 목줄기를 물어뜯긴 물소처럼 헐떡이며 점점 몸을 움츠렸다.

살기 위한 몸부림이다.

어떡하든 치명적인 공격을 막아보기 위해 몸을 웅크렸으니 반격은 생각할 수도 없다.

그 와중에도 강태산의 주먹은 카니언의 전신을 사정없이 두들겨 팼다.

마치 어른과 아이의 싸움이나 다름이 없다.

웰터급에서 무적의 챔피언이라 불리는 카니언에게 전혀 받아들일 수 없는 현실이었으나 지금의 그로서는 어쩔 도리가 없었다.

강태산의 공격은 눈에 보이지도 않았다. 더군다나 상하를 구별하지 않고 터지는 콤비네이션은 얼마나 강력한지 스쳐 맞았는데도 불똥이 튈 정도로 충격적이었다.

나름대로 수많은 격전을 치르면서 여러 번 위기의 순간을 맞은 적은 있으나 이런 경우는 처음이었다.

방어도 불가능했고 반격은 더욱 불가능했다.

전력을 다해 방어를 했기에 그나마 버틸 수 있었던 것이지 만약 반격을 위해 방어막을 풀었다면 지금 옥타곤에 서 있는 것은 강태산뿐이었을 것이다.

그 짧은 순간 20여 대의 펀치를 날린 강태산은 공격을 멈추고 뒤로 두 발자국 물러섰다.

그런 후 옥타곤을 등지고 있는 카니언을 바라보며 아이를 달래는 것처럼 따라 나오라는 신호를 보냈다.

휘청거리는 몸을 겨우 움직였으나 다리가 말을 듣지 않았다.

그럼에도 이를 악물고 강태산을 향해 다가갔다.

이제 경기를 시작한 지 불과 1분도 지나지 않았는데 자신의 몸은 의지를 배신하고 제멋대로 움직이고 있었다.

정상적인 상황이라면 관중들이 지르는 환호와 함성으로 SF 돔은 뒤집어져야 한다.

그러나 SF 돔은 관중들이 스스로 만들어낸 침묵으로 깊은 정적이 흐르고 있었다.

일방적인 학살.

그렇다. 강태산이 불리할 것이라 예상했던 그의 마지막 경기는 학살이란 표현이 어울릴 만큼 잔인했다.

관중들이 함성을 지르지 못하고 있는 것은 강태산의 믿겨지지 않는 압도적인 경기력 때문이었다.

월등한 체격을 지닌 카니언은 제대로 펀치조차 내지 못하고 강태산의 공격을 받으며 연신 뒤로 물러나고 있었다.

관중들의 눈에조차 강태산의 공격을 제대로 보이지 않을 만큼 빨랐다.

무시무시한 속도.

전문가들이 강태산의 스피드가 승부의 관건이라고 예상했으나 강태산의 공격 속도는 그런 범주를 완벽하게 뛰어넘을 정도로 대단했다.

인간이 보여줄 수 있는 임계점.

모든 관중들이 침묵 속으로 빠져든 것은 인간의 힘에 대한 경외감을 느꼈기 때문일 것이다.

강태산은 비틀거리며 또다시 옥타곤의 철망에 기대는 카니언을 향해 잔인한 미소를 보냈다.

'그러기에 내가 뭐라고 그랬어. 전사는 입으로 떠드는 순간 양아치로 변하는 거라고 말했잖아.'

지금까지 격투기 시합을 하면서 이렇게 일방적인 경기를 만든 적이 없다.

관중들에 대한 배려는 둘째 치고 자신이 겪어온 삶의 지루함을 벗어던지기 위해 격렬한 난타전을 지속해 왔다.

하지만 카니언과의 마지막 시합은 그렇게 하고 싶지 않았다.

삶의 변화.

자신의 지루했던 삶은 이제 여기서 끝낸다.

강태산은 옥타곤의 철망에 몰린 채 숨을 헐떡이는 카니언과 팔 하나의 간격을 유지한 채 공격을 다시 시작했다.

화려하고도 폭발적인 그의 주먹과 킥이 카니언의 방어막을 뚫고 급소를 찔러댔다.

카니언은 펀치와 킥을 맞을 때마다 휘청거렸는데 마치 창에 찔린 사람처럼 고통스러운 표정을 숨기지 못했다.

"강태산 선수, 또다시 시작된 공격. 정말 무섭습니다. 이걸 뭐라고 표현할까요… 마치 폭군의 무자비한 고문을 보는 것 같습니다. 강태산 선수의 순간 스피드는 발군입니다. 연속으로 터져 나오는 펀치와 킥의 공격을 카니언은 전혀 방어하지 못하고 있습니다. 강태산 선수, 비틀거리는 카니언을 내버려 두고 다시 뒤로 물러납니다. 서 위원님, 당장에라도 끝낼 수 있는 것 같은데 강태산 선수가 물러나는 이유가 뭘까요?"

양인석은 자리에서 일어난 채 옆에 서 있는 서정설을 향해 물었다.

이미 두 사람은 경기가 시작되자마자 의자에서 일어난 채 중계방송을 하고 있었는데 목소리가 잔뜩 가라앉아 있었다.

소리를 많이 질렀기 때문이 아니라 놀라움에 지쳐서 발생한 현상이었다.

이번 경기에서 보여주고 있는 강태산의 전투 능력은 그들의 상상을 훨씬 초월할 만큼 강력해서 흥분할 틈조차 주지 않았다.

그것은 서정설도 마찬가지였는지 대답을 하는 목소리가 더없이 차분했다.

"벌써 5번째입니다. 보시다시피 카니언 선수는 전의를 상실해 가고 있습니다. 제가 봤을 때 강태산 선수는 카니언이 스스로 항복하기를 바라는 것 같습니다."

"압도적인 힘의 차이를 보여주려는 겁니까?"

"아무래도 그런 것 같습니다. 카니언은 시합 전까지 강태산 선수에게 수없이 많은 도발을 해왔습니다. 그것에 대한 징벌을 내리는 것으로 보이는군요."

"뒤로 물러났던 강태산 선수, 또다시 전진을 시작했습니다. 카니언이 간간히 내미는 주먹은 강태산 선수의 스텝을 전혀 따라오지 못하고 있습니다. 원투 스트레이트에 카니언 선수, 충격을 크게 받았습니다. 목이 완전히 꺾일 정도로 강력한 펀치였습니다. 따라 들어가는 강태산, 무수한 펀치가 터집니다. 말려야 합니다. 이대로 경기가 계속되기에는 무리가 있는 것 같습니다."

"카니언 선수, 대단한 맷집을 가지고 있군요. 하지만 경기를 포기하는 게 좋을 것 같습니다. 잘못하다가는 생명에 위협을 받을 수도 있습니다."

"그렇습니다. 이제 심판이 결정을 내려야 할 때인 것 같습니다. 아, 이때 강태산 선수의 하이킥이 터졌습니다. 카니언 선수, 일어서지 못합니다. 마치 번개를 맞은 고목나무가 쓰러지는 것처럼 카니언 선수 정신을 잃어버렸습니다. 기뻐해 주십시오. 전국의 시청자 여러분, 강태산 선수가 카니언을 꺾고 웰터급 챔피언에 올랐습니다."

"정말 대단한 경기였습니다. 강태산 선수의 압도적인 경기력은 UFC 역사를 뒤바꿀 정도로 대단했습니다. 진정으로 강태산 선수는 투신이라 불리기에 조금의 부족함도 없는 전사 중의 전사입니다."

제4장
마지막 선물

관중들의 침묵이 깨지기 시작한 것은 강태산이 카니언을 쓰러뜨리고 천천히 옥타곤을 돌며 주먹을 치켜들 때였다.

　그의 세리머니는 조용했고 잔잔했으나 침묵에서 벗어난 관중들의 함성은 결코 그렇지 않았다.

　수많은 격투기 시합을 지켜봤지만 이 정도로 전율을 느끼게 만든 경기는 처음이었다.

　그것도 무적의 챔피언을 상대하면서 벌인 강태산의 압도적인 힘은 충격과 경악을 넘어 불신에 가까운 것이었다.

　불과 2분 만에 끝나 버린 경기.

　그 짧은 순간에 관중들은 투신이라 불리는 강태산의 역량이 어느 정돈지 두 눈으로 똑똑히 볼 수 있었다.

관중들이 내지르는 함성으로 인해 인터뷰가 어려울 지경이었으나 강태산은 자신이 하고 싶었던 말을 끝까지 마무리 지었다.

"그동안 저를 응원해 주신 국민 여러분과 격투기 팬들께 감사를 드립니다. 오늘 이후로 저는 옥타곤을 떠납니다. 하지만 여러분들의 뜨거운 함성을 잊지 않겠습니다. 그동안 고마웠습니다."

미련이 없다.

인터뷰가 끝나자 강태산은 김 관장과 트레이너들의 호위를 받으며 지체 없이 옥타곤을 떠났다.

관중들의 연호가 끝없이 지속되었으나 강태산은 화려한 스포트라이트를 뒤로하고 라커룸으로 돌아왔다.

강태산은 아무런 말이 없었다.

그것은 김 관장과 김만덕, 그리고 트레이너들도 마찬가지였다.

샤워를 끝내고 나온 강태산은 옷을 갈아입은 후 라커룸에 있던 김 관장을 향해 다가갔다.

하얀 와이셔츠에 검은색 정장을 입은 강태산의 모습 자체는 생소한 것이었다.

그는 경기가 끝나면 언제나 편한 복장을 즐겨 입었는데 오늘따라 많이 달랐다.

"관장님, 고생하셨습니다."

"그래, 너도."

"말씀드렸던 것처럼 이제 가겠습니다."

"지금?"

"예."

"언론에서 너를 기다리고 있다. 지금 라커룸의 문을 열고 나서는 순간 복도 끝에서부터 기자들이 벌 떼처럼 몰려 있을 거야."

"알고 있습니다."

"그런데도 그냥 떠난단 말이냐. 인터뷰도 안 하고?"

"이제 그런 건 의미가 없으니까요."

"태산아, 왜 이렇게 서두르는 거냐?"

"사람은 떠날 때 미련을 두지 않아야 한다고 배웠습니다. 냉정한 이별이 훨씬 덜 아픈 법입니다."

"이놈아!"

"뒷일을 부탁드립니다. 관장님이 계셔서 마음 편히 떠날 수 있습니다."

"고집불통이다, 너는."

"그게 제 매력이잖습니까."

"…잘 가라."

"아마, 다시는 못 뵐 겁니다. 그러니 제가 찾아오지 않는다고 서운해하지 마십시오."

"알았다."

"그럼, 가겠습니다."

강태산이 김 관장을 허리를 깊게 숙여 인사를 했다.

말리고 싶었으나 말릴 수가 없었다.

시합 전부터 강태산은 수시로 떠난다는 말을 했는데 도저히 잡을 수 없을 만큼 강력한 의지를 보여주었다.

어느덧 8년이란 시간을 동고동락했으니 김 관장과의 인연은 결코 작은 것이 아니었다.

더군다나 김 관장에게 강태산은 아들이자 생명의 은인이었고 친구였으니 느끼는 감정이 남달랐다.

그것은 김만덕도 마찬가지다.

"형, 잊지 않을게."

"잊어도 돼."

"사람이 왜 그리 냉정하냐. 좀 따뜻하면 안 돼?"

"크크… 그런 거지, 뭐. 사는 게… 다 그래. 지옥에서 살다 보니 나도 모르게 버릇이 된 모양이다. 덕만아, 아기 낳으면 예쁘게 잘 키워라."

"형처럼 키우면 되지?"

"나 말고 너처럼 키워. 그러면 그 아이는 행복할 거다. 덕만아, 그동안 네가 있어서 즐거웠다. 잘 있어, 그리고 행복하게 살아."

강태산이 차례대로 라커룸에 있는 사람들과 인사를 한 후 몸을 돌리자 참고 참았던 눈물이 사람들 사이에서 흐르기 시작했다.

김 관장은 억눌린 눈물을 흘렸으나 김만덕은 대놓고 소릴 지르며 울음을 터뜨렸다.

그들의 울음은 너무 진했고 슬픔이 고스란히 전해질 만큼 뜨거웠다.

강태산은 라커룸을 나와 천천히 걸었다.

정든 사람과의 이별이 왜 힘들고 아프지 않겠는가. 하지만 이별이란 무섭도록 냉정하지 않으면 오랜 시간 열병을 앓아야 했고 끝내 되돌아오는 경우가 생긴다.

그랬기에 강태산은 사람들의 울음소리를 들었지만 절대 뒤돌아보지 않았다.

그의 얼굴은 CCTV가 없는 곳에서 청룡의 강태산으로 바뀌었기 때문에 복도를 통해 밖으로 빠져나갈 동안 아무런 제지도 받지 않았다.

정말 구름 같은 인파다.

기자들의 숫자도 많았고 경기 관람을 끝낸 관중들도 상당수 집으로 돌아가지 않은 채 오늘의 영웅을 기다리고 있었다.

그 모습을 물끄러미 바라보며 한동안 움직이지 않았다.

존재하지 않는 자를 기다리는 군중들의 모습이 한편의 모노드라마를 보는 것처럼 나른했고 허전했다.

저 사람들은 알까. 자신들이 영웅으로 생각했던 사람이 허상이었다는 것을…….

도시 고속도로를 통과해서 분당으로 들어서자 차들이 갑자기 많아졌다.

분당은 여기저기 공사로 인해 상당히 어수선해 보였다.

오래전 신도시로 지어진 분당은 현재 리모델링 공사가 한창 진행 중이었기 때문에 도시 전체가 크레인으로 가득 차 있었다.

강태산은 차를 몰아 외곽으로 빠져나가 미성아파트로 들어섰다.

그런 후 차를 파킹하고 엘리베이터를 이용해서 13층으로 올라갔다.

땡동!

벨소리와 함께 여자의 대답이 흘러나왔다.

"누구세요?"

"강태산이라고 합니다. 최 국장님을 만나 뵈려고 왔습니다."

"잠깐만 기다리세요."

미리 연락을 했기 때문인지 이름을 대자 더 이상 따지지 않고 문을 열어주는 소리가 들렸다.

깔끔하다. 대충 보니 40평은 훌쩍 넘는 것 같았다.

이 아파트는 분당에서 가장 늦게 지어졌을 뿐만 아니라 카페 거리와 가까웠기 때문에 가격이 꽤 나갈 것이다.

마중을 나온 여인은 40대 초반 정도 되었는데 정숙한 외모를 가지고 있었다.

"실례하겠습니다."

"기다리고 계세요. 저기 서재로 모시라고 하네요."

여인의 손짓에 강태산은 끝에 있는 방을 향해 다가가 문을 열었다.

거기에는 아직도 안색이 하얗게 질려 있는 최 국장이 의자에 몸을 기댄 채 그를 반기고 있었다.

"잘 계셨습니까?"

"참, 빨리도 묻는다. 네가 보기엔 내가 잘 살고 있는 것처럼 보이니?"

"그렇게 보이지는 않네요."

사실이다.

잘린 팔은 의수가 대신하고 있었지만 어색해 보였고 뭉개졌던 손톱과 발톱은 아직 제자리를 찾지 못하고 있었다.

문제는 끊어졌던 신경들이 아직 제대로 붙지 않았기 때문에 혼자 힘으로 일어나기 힘들다는 것이었다.

하지만 최 국장은 슬쩍 흐려진 강태산의 얼굴을 보면서 장난스럽게 웃었다.

"뭘 그렇게 심각해. 농담한 것 가지고."

"사모님이 미인이시네요. 장가 잘 가신 것 같습니다."

"요즘 내가 구박덩어리다. 어디 가서 다치고 온 거냐며 심심할 때마다 캐묻는데 변명을 대도 믿지를 않아."

"CRSF를 맡게 되었다고 들었습니다. 축하드립니다."

"인생이 내 마음대로 안 돼. 나는 은퇴하겠다고 말씀드렸는데 대통령께서 억지로 앉히더라. 다쳐서 힘들다고 거절해도 막무가내셨다."

"대통령께서는 최적의 선택을 하신 겁니다."

"공치사하지 말고. 그래, 어쩐 일이냐. 유령이 불쑥 찾아온 걸 보면 이유가 있을 텐데?"

최 국장은 강태산을 사람으로 보지 않았다.

최근 그가 벌인 일련의 사태들은 절대 사람의 능력으로 할 수 있는 것들이 아니었다.

북한의 김정은을 죽였을 때부터 강태산의 능력을 의심하기 시작했다.

남북 지도자들을 암살하기 위해 들어온 미국, 중국, 일본의 특수요원을 때려잡았을 때만 해도 유래를 찾을 수 없는 특별한 요원이라 생각했었다.

하지만 일본의 원전을 박살 내고 귀신처럼 총리 회의실에 난입해서 태반의 각료들을 사살한 이후로는 그를 사람으로 보지 않았다.

더군다나 자신을 이렇게 만든 CIA 조직을 완벽하게 박살 내고 미국 본토까지 쳐들어가 핵 공격까지 강행한 강태산은 유령이나 다름없는 존재였다.

미국이나 일본이 그렇게 당하고도 쉽사리 보복을 하지 못하는 것은 바로 강태산이 있기 때문이다.

그들의 군사력이 아무리 뛰어나도 핵 기지까지 마음대로 휘젓고 다니는 강태산이 대한민국에 존재하는 이상 함부로 칼춤을 출 수가 없다.

도저히 상식으로는 이해할 수 없는 능력.

개인의 힘으로 국가를 좌지우지할 수 있을 정도니 강태산이 지닌 능력의 한계는 추측이 불가능하다.

"제가 보낸 핵무기는 어떻게 됐습니까?"

"탄두는 탄두대로, 미사일은 미사일대로 보관 중이다. 지금 현재 발사체의 조립이 진행 중에 있고 인공위성을 쏘기 위해 준비했던 미사일에 재돌입시스템을 장착하고 있어. 앞으로 3달 후면 5기 정도는 ICBM으로 전환시킬 수 있다."

"그나마 다행이군요. 하지만 그 정도로는 안 됩니다."

"뭐가?"

"제가 보낸 것은 전략용 핵탄두가 아닙니다. 더군다나 핵은 최후의 수단으로 쓰일 뿐 국지전에서는 아무런 효과가 없습니다."

"그건… 그렇지."

최 국장이 말꼬리를 흐렸다.

강태산의 말투에서 뭔가 이상한 분위기를 감지했기 때문이었다.

작전이 시행되지 않으면 절대 나타나지 않는 사람이 강태산이었다.

그를 유령이라 부른 것은 믿겨지지 않는 능력을 확인하기 훨씬 전부터였다.

작전이 끝나면 어느 누구도 그를 찾지 못했다.

만약의 사태를 대비하라는 정 의장의 지시를 받고 청룡대원들의 위치를 수시로 확인했으나 강태산만은 귀신처럼 사라져 위치를 확인할 수 없었다.

"국장님, 저는 이제 은퇴할 생각입니다."

"그게 무슨 소리냐!"

"오랜 세월 동안 CRSF에서 일을 했습니다. 할 만큼 했으니 이젠 그만둘 생각입니다."

"태산아, 그건 안 된다. 네가 벌인 일로 인해 지금 세계가 온통 혼란 속에 사로잡혀 있어. 많은 국가들이 대한민국을 향해 적대심을 가지고 있단 말이다. 네가 없다면 자칫 큰일이 생길 수 있는데 그만두다니!"

"절대 그들은 쉽게 움직이지 못합니다. 중국이 북한을 공격하기 위해 준비하다가 도망을 친 것은 놈들도 우리가 미국에게 한 짓을 눈치챘기 때문입니다."

"그거야……."

"걱정 마십시오. 그들은 우릴 공격할 수 없습니다. 그리고 만약에 그런 일이 생긴다면 제가 다시 돌아오지요."

"네가 떠나면 청룡은 어쩌란 말이냐. 갑자기 왜 그런 말도 안 되는 결정을 내려?"

"오랜 고민 끝에 한 결정입니다. 청룡으로 살아오면서 수많은 사람들의 목숨을 빼앗았습니다. 그들이 흘린 피를 맞으며 살아온 시간들이 지겨워졌습니다. 국장님, 대한민국을 위해 이만큼 했으니 저도 사람답게 살아봐야 되지 않겠습니까?"

"으… 태산아……."

"대신 대한민국과 CRSF를 위해 마지막 작전을 수행하겠습니다."

"마지막 작전이라니?"

"우리나라는 미국과 중국, 일본 때문에 국가 경쟁력이 무척 약화되어 있습니다. 특히 군사력 부분에서는 경제력에 비해 말도 안 될 정도로 약소국이 돼버렸습니다. 저는 그것을 엎어버릴 생각입니다."

"어떻게 말이냐?"

"ICBM 미사일 발사 체계와 시스템, F-22 개량형 스텔스 전투기, F-35스텔스 전폭기, 원자력 추진 잠수함을 비롯해서 항공모함 링컨의 설계도를 가져오겠습니다."

"그걸… 어떻게?"

"중국이 시도하고 있는 제5의 혁명 기술 스페이스 비전과 일본의 직승 승용차, 그리고 4차원 가상현실 프로그램 등 최첨단 기술들도 챙겨올 생각입니다."

말로만 들어도 엄청난 이야기다.

지금 강태산이 말한 설계도와 프로그램들이 국내로 들어오게 된다면 대한민국의 군사력과 국가 경쟁력은 단박에 세계 최고 수준으로 도약하게 된다.

그랬기에 최 국장은 기쁜 와중에도 걱정을 숨기지 못했다.

"태산아, 그게 알려지면……."

"쥐도 새도 모르게 가져오겠습니다. 핵 기지도 제 집처럼 들락거렸는데 그 정도를 못하겠습니까."

"대통령님이 놀라서 기절하시겠다."

"제 임무는 거기까지입니다. 나머지는 국장님과 대통령님이 알아서 처리해 주세요. 그럼 저는 이만 가보겠습니다."

강태산이 자리에서 일어났다.

최 국장은 그의 팔을 붙잡기 위해 손을 내밀었으나 끊어진 신경 때문에 속도가 너무 느렸다.

"밥 먹고 가라."

"바쁩니다."

"형수가 지금 저녁 준비하고 있다. 그러니까 먹고 가."

"싫습니다."

"왜?"

"예쁜 여자들은 대체적으로 음식을 잘 못하거든요. 형수님은 미인이니까 분명 음식을 못할 겁니다. 그러니까 오늘은 그냥 갈게요. 밥은 임무 끝나고 돌아오는 날 먹을 테니까 형수님한테 시켜놓으라고 하세요."

"인마, 우리 집사람 음식 잘해!"

"안 믿습니다."

＊　　　＊　　　＊

전화를 받았다.

달콤하고도 부드러운 그의 전화를.

텔레비젼은 물론이고 인터넷과 모든 언론은 그의 승리에 관한 이야기로 일주일이 지난 지금까지 도배가 되고 있었다.

전문가들은 그를 보고 투신이라 불렀다.

UFC 역사상 전무후무한 기록을 세웠으며 그 누구도 넘볼 수 없는 격투기의 전설로 우뚝 섰다.

각종 언론에는 그가 카니언전에서 보여준 타격 능력을 분석하면서 인간의 한계를 뛰어넘을 정도로 완벽했다는 평가를 내렸다.

문제는 그가 시합이 끝난 후 바람처럼 사라졌다는 것이었다.

수많은 언론의 기다림을 그는 완벽하게 무시하고 세상에서 사라져 버렸다.

언론은 영웅을 기다리고 있었으나 그는 나타날 기미조차 보이지 않았다.

슬금슬금, 몇몇 언론 쪽에서 그의 태도를 문제 삼기 시작했다.

공인으로서 언론을 피한다는 것은 결코 옳지 못하다는 게 그들의 지적이었다.

언론의 지적에 사람들이 가세하며 블로그와 SNS를 통해 비난을 쏟아낸 것은 그를 보고 싶어 하는 간절한 기다림이 너무나 컸기 때문일 것이다.

김가을은 사랑하는 사람의 행방불명 소식을 들으며 애를 태웠다.

시합이 끝나면 찾아올 거란 약속을 했음에도 시간이 지나면서 점점 불안해졌다.

라커룸을 나선 이후 그를 본 사람이 없었다.

수많은 네티즌 수사대가 그를 찾기 위해 나섰으나 강태산의 모습을 봤다는 사람은 그 어디에도 나타나지 않았다.

심지어 광팬들은 경찰에 강태산의 실종 신고를 냈는데, 신고 건수만 전국적으로 무려 130건에 달해 해외 토픽까지 날 정도였다.

긴 일주일이었다.

시합이 끝난 후 그의 소식을 기다리며 견뎌온 일주일은 그녀의 인생에서 가장 긴 시간들이었다.

따리링……

핸드폰의 벨소리가 울리고 액정을 확인한 김가을은 몸을 움츠린 채 전화기를 노려봤다.

전화기에는 발신자 제한 표시가 찍혀 있었다.

여자의 예감은 지독하리만치 정확하다.

평소 같았으면 받지 않았을 전화였다. 여배우에게 정체를 밝히지 않는 전화는 결코 좋은 의도로 걸어온 것이 아닌 경우가 대부분이었다.

하지만 김가을은 전화기에서 풍겨 나오는 운명적인 따스함을 견뎌내지 못하고 통화 버튼을 눌렀다.

"여보세요?"

―가을 씨, 안녕하세요.

"태산 씨!"

예감이 맞았다.

부드럽고도 달콤한 그의 목소리. 꿈속에서도 그리워했던 그의 목소리가 그녀의 귀를 통해 심장으로 파고들었다.

"태산 씨, 걱정했어요. 별일 없는 거죠?"

—그럼요.

"언론이 지금 난리 났어요. 태산 씨를 찾느라고 대한민국 전체가 들썩거리는 중이에요."

—알고 있습니다.

"혹시 시합하면서 다쳤어요?"

—아닙니다. 전혀…….

"보고 싶어요."

—그래서 전화한 겁니다. 시합 끝나면 찾아가겠다는 약속했잖아요.

"언제 올 건데요?"

—오늘 밤, 집으로 찾아갈게요. 7시. 저녁 얻어먹어도 되죠?

"알았어요. 준비하고 기다릴게요."

김가을은 오후에 있던 스케줄을 불가피한 것만 제외하고 모두 취소했다.

그녀는 2시 30분에 모든 일정을 끝내고 매니저까지 집으로 돌려보낸 후 직접 백화점에 가서 장을 봤다.

모자를 최대한 눌러썼으나 많은 사람들이 그녀를 알아봤다.

평소 같았으면 사인을 요구해 오는 팬들로 인해 수시로 걸음이 멈췄을 테지만 김가을은 미안하다는 말만 남기고 부지런히 자리를 옮기며 물건을 바구니에 채웠다.

엄마한테 전화를 해서 와달라고 미리 부탁했기 때문에 그녀가 장을 보고 집에 도착했을 때 이미 정 여사는 거실에 편히 앉아 쉬고 있는 중이었다.

정 여사는 딸인 김가을이 양손 가득 뭔가를 들고 들어오자 놀란 눈을 숨기지 못했다.

"그게 다 뭐야?"

"찬거리. 손님 오거든. 엄마, 나 엄청 급해. 6시까지는 이거 모두 준비해야 되니까 서둘러 줘요."

"어떤 손님인데 네가 이 난리니?"

"중요한 사람 있어."

"그러니까 그게 누구냐고?"

"나중에 말해줄게요."

"일단 말해. 안 그러면 나 그냥 간다."

"그냥… 도와주면 안 돼요?"

"그렇게는 못해. 말 안 할 거면 너 혼자 해라."

정 여사가 버티자 김가을이 울상을 지었다.

뭔가 있다.

딸이 이 정도로 안달을 부린다는 것은 손님으로 오는 사람의 정체가 그녀에게 엄청 중요하다는 것을 의미한다.

정 여사의 고집은 정평이 나 있다. 딸에게는 더없이 자상하고 다정했지만 한번 꼬이면 절대 뒤돌아보지 않는 성격을 가지고 있었다.

그랬기에 김가을은 양손을 낀 채 얼굴을 발갛게 물들였다.

"남자……"

"남자?"

"응, 사귀는 사람."

"너, 남자 있었어? 내가 아는 사람이냐?"

정 여사가 펄쩍 뛰었다.

중요한 사람이 온다는 걸 알았고 그 사람의 정체가 남자일 거란 짐작도 했지만 막상 사귀는 사람이란 소리까지 나오자 심장이 두근거리기 시작했다.

김가을의 나이 올해로 꼭 서른이었다.

세월이 변하면서 결혼 적령기가 점점 늦어진다고는 하지만 엄마의 입장으로 봤을 때 딸은 지금이 가장 좋을 때였다.

궁금했다.

지금까지 김가을이 스캔들을 일으킬 만큼 남자를 사귄 적은 한 번도 없었다.

딸은 신중한 성격을 가지고 있어 쉽게 사귄다는 말을 하지 않는다.

더군다나 직접 장을 봐올 정도라면 김가을의 마음이 어떤지 알 수 있었다.

하지만 김가을은 정 여사의 질문에 대답을 하지 않았다.

"거기까지만 해요. 오늘은… 다음엔 꼭 정식적으로 소개시켜 줄게요."

"그럼 난 오늘 그 사람 못 봐?"

"오늘은 둘이 밥 먹기로 한 거예요."

정 여사의 음식 솜씨는 스태프들 사이에서 정평이 나 있다.

그녀는 가끔가다 김가을을 도와주는 스태프들에게 저녁을 대접하곤 했는데 참석했던 사람들은 그녀의 음식 솜씨에 망설임 없이 엄지손가락을 치켜세웠다.

김가을이 제법 괜찮은 손맛을 보인 것은 요리 학원에 다닌 경험도 한몫했지만 정 여사의 음식 솜씨를 물려받았기 때문인 것 같았다.

6시가 되자 김가을의 성화에 정 여사는 앞치마를 벗고 집으로 돌아갔다.

그녀는 가면서도 딸을 협박했는데 궁금증 때문에 견딜 수 없었던 모양이었다.

"반드시 사진 찍어서 보내라."

"엄마, 사진 안 찍어도 돼. 우리나라에서 제일 유명한 사람이니까. 나중에 보면 금방 알 수 있을 거예요."

"우와, 그러니까 더 궁금하네. 너 이러면 집 밖에서 기다리다가 보고 간다."

"그러지 마요……."

"이래서 딸 키워봤자 소용없다는 소릴 하는 거야. 간다, 대신 빠른 시간 내에 데리고 와. 알았어?"

눈을 부릅뜨는 정 여사를 간신히 달래서 보냈다.

그런 후 김가을은 급히 샤워를 한 후 몸단장을 시작했다.

외부로 나갈 때는 전문 코디가 움직였지만 지금은 그럴 수 없어 김가을은 화장대에 앉아 홀로 꼼꼼히 화장을 한 후 머리를 매만졌다.

최대한 예쁘게 보이고 싶었다.

그래서 그런지 그녀의 화장 시간은 꽤 오래 걸렸다.

딩동. 딩동.

벨이 울리자마자 김가을이 총알처럼 현관으로 튀어 나갔다.

인터폰으로 해도 충분했지만 그녀는 인터폰을 그냥 지나쳐서 현관으로 달려간 후 소리부터 질렀다.

"누구세요?"

그녀의 목소리가 떨렸다.

집 안이라는 생각에 최대한 편안한 모습을 보여주기 위해 청바지와 니트를 입었지만 그녀의 모습은 오히려 엷은 화장과 어울리며 더없이 청초하게 보였다.

"강태산입니다."

기다리던 목소리.

그녀는 급히 걸쇠를 풀고 현관문을 열었다.

그러자 꿈에도 그리던 강태산의 모습이 나타났다.

여전히 매력적이고 여전히 잘생긴 모습. 그의 눈에 담겨 있는 알 수 없는 고급스러움과 부드러움은 언제나 그녀에게 편안함을 안겨준다.

"기다리고 있었어요."

"맛있는 냄새가 나는군요. 저 때문에 준비 많이 한 건 아니죠?"

"왜 아니겠어요. 하루 종일 음식 준비만 했다고요. 맛있는 것 먹이고 싶어서……."

강태산이 웃으며 묻자 김가을이 투정 반 사랑 반을 담아 대답했다.

그 모습이 천상 여자다.

스크린을 가득 채우며 수많은 남심을 홀렸던 그녀의 모습이 강태산만을 위해 그대로 재현되고 있었다.

그녀는 강태산을 식당으로 데리고 갔다.

그런 후 식탁에 앉히고 부지런히 움직여 이미 해놓았던 음식들을 데웠다.

시간은 오래 걸리지 않았다. 완벽하게 준비해 놨던 것들이기 때문에 불과 10분 만에 식탁이 음식들로 가득 찼다.

"와, 이게 다 뭡니까?"

"그러니까 다음부터는 집에서 먹자고 그러지 마요. 내가 얼마나 고생했다구요."

"하하… 이걸 혼자 다 한 거예요?"

"아뇨. 엄마가……."

"어머니가 계신다고요?"

강태산이 펄쩍 뛰자 김가을이 빤히 쳐다보았다.

강태산이 놀라는 건 처음 본다.

세상이 무너져도 눈 하나 깜빡하지 않을 것 같았고 수많은 강자들과 싸워서 한 번도 지지 않던 사람이 엄마라는 소리에 깜짝 놀란다는 건 정말 생각해 보지 않았던 생소한 모습이었다.

그랬기에 김가을의 장난기가 동했다.

"태산 씨 보고 싶다며 계속 기다리셨어요."

"어디……."

의자에서 일어나 강태산이 주변을 둘러보며 당황한 모습을 보였다.

물론 거짓이다.

처음에는 전혀 예상치 못했던 소리에 놀란 건 사실이지만 곧 아파트에 그들뿐이라는 걸 알 수 있었다.

그럼에도 의자에서 일어난 건 김가을의 장난기를 받아주고 싶었기 때문이었다.

"호호… 가셨어요."

"깜짝 놀랐잖아요."

"우리 엄마가 그렇게 무서워요?"

"무섭죠. 잘 보여야 되니까요."

장난스럽게 물었던 김가을의 얼굴이 강태산의 대답에 발갛게 물들었다.

그의 대답에 담겨 있는 의미는 그녀가 늘 꿈꾸던 것을 내포하고 있었다.

주섬주섬 수저를 챙겨주고 닫혀 있던 그릇들의 뚜껑을 열어 강태산이 먹을 수 있도록 앞으로 밀어주었다.

그녀의 모습은 현숙하고 아름다운 누군가의 아내로서 조금의 부족함도 보이지 않았다.

두 사람은 맛있게 저녁을 먹었다.

정 여사의 음식 솜씨와 김가을의 손맛이 담긴 음식은 강태산이 오랜만에 포식할 수 있을 정도로 맛있는 것들이었다.

저녁을 먹으며 김가을은 많은 이야기들을 했다.

시합을 보면서 조마조마했던 마음과 관중들의 반응이 어떠했는지를 말했고 강태산이 사라진 후 겪었던 심리적인 고통까지 여과 없이 꺼냈다.

어떤 때는 흥분이 잔뜩 담긴 열정적인 목소리로, 강태산이 행방불명되어 힘들었다는 말을 할 때는 잔뜩 풀이 죽은 목소리로……

그녀는 식사를 하는 동안 한편의 모노드라마를 펼치는 것처럼 많은 이야기와 감정들을 강태산에게 보여주었다.

그 모습을 보면서 강태산은 말없이 그저 감상하는 데 몰두했다.

그녀의 연기를 방해하고 싶지 않았다. 그리고 그 모든 것들이 자신과 관계된 것이기에 더욱 그녀의 연기가 사랑스러웠다.

식사를 마친 후 김가을은 차를 내왔다.

부랴부랴 설거지를 하는 동안 강태산은 찻잔을 손에 쥔 채 그녀의 사진들을 감상하며 시간을 보냈다.

얼마나 시간이 지났을까.

식당에서 나온 김가을이 거실에 있는 소파에 앉아 있던 강태산의 곁으로 다가왔다.

"태산 씨, 오늘은 도망가지 않을 거죠?"

"술 가져오려고 그러는 겁니까?"

"어떻게 알았어요?"

"그냥 느낌으로……."

"확실히 감각 있는 남자라니까. 우리 술 마셔요."

"술은 무슨, 그냥 커피나 마셔요. 차를 가져왔거든요."

"그래서 술 마시자고 하는 거예요. 집에 못 가게 하려고. 오늘은 절대 못 가요."

김가을이 두 팔을 마구 휘저었다.

저번에는 비련의 여인처럼 조심스럽게 집에 가지 말아달라고 부탁하더니 오늘은 아예 대놓고 강태산을 협박하고 있었다.

그 모습을 본 강태산이 그녀의 어깨를 붙잡았다.

그런 후 그녀의 눈을 바라보며 천천히 입을 열었다.

"그만하고 앉아요. 내가 당신한테 할 이야기가 있어요."

"…뭔데 그러세요. 그렇게 심각해지니까 무서워지잖아요."

장난스럽게 말을 하던 김가을이 자신의 어깨를 붙잡아온 강태산의 행동에 몸을 움츠렸다.

강태산의 얼굴에는 뭔가 중요한 사실을 이야기하고 싶어 하는 간절함이 담겨 있었다.

강태산은 천천히 김가을을 이끌어 소파에 앉혔다.

"가을 씨, 나는 지금부터 가을 씨에게 믿겨지지 않은 고백을 할 겁니다. 부디 너무 놀라지 않기를 바랍니다."

"뭘를요?"

사랑 고백은 아니다. 오랜 연기를 통해 얻은 경험은 강태산이 자신에 관한 어떤 일들에 대해서 이야기하려 한다는 걸 알게 해주었다.

"당신이 알고 있는 격투기 선수 강태산은 허상입니다."

"그게 무슨 소리예요?"

"말 그대로 강태산은 세상에 존재하지 않는 사람이란 뜻입니다. 그동안 강태산이 세상과 담을 쌓고 살아온 것은 그런 이유가 있기 때문입니다. 시합을 끝내고 행방불명된 것도 마찬가지 이유가 있었기 때문이죠."

"나는 도대체 무슨 소린지 모르겠어요. 지금 당신은 내 눈앞에 있잖아요."

"당신 눈앞에 있는 사람이 정말 강태산일까요?"

"악!"

김가을의 눈이 등잔만 하게 커졌다.

그녀의 앞에 앉아 있는 사람은 그녀가 알고 있는 강태산이 아니라 생전 처음 보는 사람이었다.

너무 놀라 입을 다물 수가 없었다.

그랬기에 그녀는 경련을 일으키며 몸을 부들부들 떨어대다가 한참이 지난 후에 겨우 안정시켰다.

"누구세요. 당신… 도대체 누구예요?"

"내가 강태산입니다."

"거짓말하지 말아요!"

"사실입니다."

청룡의 강태산으로 변했던 모습이 순식간에 또다시 격투기 선수로 변했다.

마술처럼 보인다. 하지만 눈앞에서 벌어진 순간적인 변신이기에 김가을은 멍하니 강태산의 얼굴만 바라보았다.

스스로 움직여서 바뀌는 얼굴. 마치 꿈을 꾸는 것 같았다.

그때부터 강태산의 오랜 이야기가 시작되었다.

자신과 관계되었던 모든 이야기가······.

놀라움과 슬픔 속에서 살았던 시간들, 악몽과 같았던 현실, 격투기 선수가 될 수밖에 없었던 이유. 세 가지 얼굴로 살아가야 했던 그의 이야기는 거의 한 시간 가까이 지속되었다.

마치 소설 같았을 것이다.

믿겨지지 않는 일들을 말하는 강태산의 모습을 바라보며 김가을은 아무런 말도 하지 못한 채 멍하니 앉아 있었다.

그런 김가을의 모습은 마치 영혼을 상실한 사람처럼 보였다.

"내가 당신을 안지 않은 것은 이런 이유가 있었기 때문입니다. 나는 당신을 사랑합니다. 그러나 이런 비밀을 당신에게 말하지 못한 상태에서는 아무것도 할 수 없었습니다. 이해할 수 있나요?"

"나는 아직도 태산 씨의 말이 믿겨지지 않아요."

"그럴 겁니다. 하지만 믿어야 할 겁니다. 앞으로 격투기 선수로서의 강태산은 세상에 없을 테니까요."

"나는 격투기 선수로서의 강태산을 좋아했어요. 그런데 그 사람이 세상에서 사라지면 저는 누굴 사랑해야 하죠?"

　　　　*　　　　　*　　　　　*

　골목길을 따라 100m 정도 올라가자 익숙한 대문이 나왔다.

　정말 오랫동안 드나들던 대문이었다.

　그의 나이 21살에 이 집으로 들어왔으니 햇수로 벌써 12년이나 되었다.

　처음에는 하숙생들이 꽤 있었으나 아저씨가 돌아가신 후로 그 혼자만 남아 이 집 식구들의 가족이 되었다.

　끼리릭.

　대문을 열고 들어서자 안쪽에서 희미한 인기척이 새어 나왔다.

　오후 3시.

　지금 이 시간에 집에 있을 사람은 오직 한 사람, 권 여사뿐이다.

　강태산은 잠시 동안 마당에 서서 움직이지 않다가 안방 쪽에서 권 여사가 나오는 것을 확인하고 천천히 거실 쪽을 향해 걸어갔다.

　"태산아!"

　권 여사는 뒤늦게 강태산을 확인한 후 거실 문을 열어젖히며 달려 나왔다.

　그녀의 반가움.

　언제나 그렇듯 그녀는 강태산이 오래 집을 비웠다가 돌아오면 군대에 갔던 아들이 돌아온 것처럼 기뻐했다.

"이모, 잘 지내셨어요?"

"나야 잘 지냈지. 그런데 얼굴이 핼쑥하네. 네가 고생이 많
았나 보다."

"일하다 보니 그렇게 된 것 같네요. 이모, 저 차 한잔 주실래
요?"

"점심은 먹었어?"

"그럼요."

"커피 줄까?"

"네."

강태산의 끼니를 걱정했던 권 여사가 시계를 흘끔 바라본
후 멋쩍은 미소를 지으며 부랴부랴 부엌으로 들어갔다.

거실로 올라가 잠시 동안 기다리자 권 여사가 커피를 타서
돌아왔다.

두 잔이다.

권 여사는 자신의 잔에도 커피를 담아왔는데 본능적으로 강
태산이 무언가 할 말이 있다는 것을 느낀 모양이었다.

"커피 향이 참 좋네요."

"그러니? 다행이다."

"이모, 저 여기서 오래 살았죠?"

"그럼, 오래 살았지. 벌써 10년이 훌쩍 지났으니까 말이야. 정
확하게 13년째인 것 같구나……."

자신을 빤히 바라보는 강태산을 향해 권 여사가 대답을 하
면서 말끝을 흐렸다.

뭔가 이상하다는 낌새, 왠지 모를 불안감이 그녀를 자꾸 위축시키고 있었다.

"이모, 그동안 전화 드리지 못해서 미안해요. 일이 워낙 바빠서 어쩔 수 없었어요."

"은정이한테 이야기 들었어. 괜찮아, 일이 바쁘면 전화 못 할수도 있는 거지. 그러니까 신경 쓰지 마라."

"…이모."

"왜 그러니?"

"저 이모한테 할 말이 있습니다."

"뭔데… 그래?"

권 여사의 표정이 더욱 흐려졌다. 아까부터 계속해서 증폭되어 온 불안감은 강태산의 시선을 따라 더욱 커져가고 있었다.

"이모, 저는 오늘부로 집을 나갈 생각입니다. 그래서 짐을 가지러 왔어요."

"그게 무슨 소리니. 도대체 그게… 왜?"

"결혼할 사람이 생겼어요."

"결혼할 사람?"

"예, 그래서 어쩔 수 없이 집을 나가게 되었어요."

"태산아, 너 농담하는 거니?"

"이런 걸 농담할 수 있나요? 농담 아닙니다."

"그렇게 중요한 걸 처음 말해놓고 지금 당장 집을 나간다는 게 말이 된다고 생각해?"

"어쩌다 보니 그렇게 되었어요. 이해해 주세요."

"너, 이모 놀리는 거지?"

"……."

"아니야? 그럼 정말 간다는 거니. 그걸 나보고 이해해 달라고… 지금 이렇게 훌쩍 떠난다면서?"

"저는 내일 또 여행을 떠나야 해요. 아주 오랜 여행이 될 거예요. 어쩌면 그곳에서 돌아올 수 없을지도 몰라요."

"어디로 가는 건데?"

"미국으로 파견을 가요. 그래서……."

"네가 결혼할 여자도 같이 가는 거야?"

"예, 그럴 겁니다."

"태산아, 내가 너한테 그 정도밖에 안 되는 사람이었니? 결혼할 사람도 소개시켜 주지 않고 단박에 인연을 끊을 정도로 하찮은 사람이었어?"

권 여사의 얼굴에서 눈물이 방울방울 떨어졌다.

처음에는 뿌옇게 눈을 가리던 눈물은 어느새 홍수처럼 그녀의 얼굴을 전부 뒤덮고 있었다.

그런 그녀를 강태산이 다가가 안아주었다.

그러자 권 여사는 강태산의 품에 안겨 오열을 하기 시작했다.

미안하다. 그리고 결국 이렇게 관계를 정리해 버리는 자신의 단호함과 냉정함이 이가 갈릴 정도로 싫었다.

하지만 어쩔 수 없다.

언제나 이별은 냉정하게 끝내야 한다.

"이모님, 수차례 망설이고 망설였습니다. 떠나야 한다는 것을 알면서도 미리 말씀드리지 못한 건 이모님이 이렇게 우실까 봐 걱정되었기 때문입니다. 저는 이제 떠나지만 죽는 그날까지 이모님과 동생들을 잊지 못할 겁니다. 저를 믿고 아껴주셨던 이모님의 사랑, 오래도록 기억하겠습니다. 그동안 고마웠습니다."

지금 당장은 어렵지만 언젠가 배우자를 데리고 인사하러 오겠다는 약속을 남겼다.

그런 약속을 하지 않았다면 권 여사는 끝내 그를 보내주지 않았을 것이다.

그녀의 눈물은 강태산이 집을 나설 때까지 계속되었는데 아마 꽤 오랜 시간이 흘러야 그 아픔을 추스를 수 있을 것이다.

집을 나온 강태산은 차에 짐을 싣고 신촌을 빠져나왔다.

짐이라고 해봐야 옷가지가 든 박스 몇 개와 중요한 소지품 몇 가지뿐이었다.

컴퓨터를 비롯해서 방에 있던 장식품과 전자기기들은 그냥 두고 나왔다.

강태산이 전화기를 든 것은 신촌사거리를 빠져나와 이대 쪽을 지날 때였다.

특유의 컬러링 소리가 들렸다.

아름다운 노랫소리는 쉽게 끊이지 않았는데 아마도 은정은 일 때문에 전화를 받지 못하는 것 같았다.

은정은 오늘 하루 종일 정신없이 바빴다.

새로운 광고 일정이 정해지면서 광고 모델 섭외와 콘티 제작이 그녀에게 맡겨졌기 때문에 3번의 회의를 진행해야 했다.

회사원의 기본 에티켓 중 하나는 회의시 전원을 끄거나 무음으로 해야 한다는 것이었다.

누군가는 진동으로 하는 경우도 있었으나 그 역시 회의를 진행하는 데 결정적인 방해가 된다는 생각에 은정은 회의가 있을 때마다 전화 상태를 무음으로 해놓았다.

기획3과장을 맡은 은정은 콘티 제작 관련 회의를 마치고 나오며 긴 한숨을 내쉬었다.

5번의 회의 끝에 광고주에게 들어갈 콘티가 마무리되었으니 남은 것은 이제 갖은 설득을 통해 광고주의 승낙을 받는 것뿐이었다.

"오늘 그 아이디어 좋았어. 역시 맥주 광고에는 남자 모델의 탄성이 들어가야 해. 수영장에서 빠져나와 쫙 빠진 여자들이 준 맥주를 마시면서 머리카락을 흔들어주면 웬만한 여자들이 뿅 가거든. 문제는 주인공을 누굴 쓰느냐는 건데……."

은정과 함께 보조를 맞추며 걷던 기획부장이 슬쩍 말을 흘리면서 은정의 눈치를 봤다.

그의 의도는 너무나 뻔한 것이었다.

지금 대한민국에서 가장 핫한 주인공은 강태산뿐이었다.

더군다나 은정이 연속해서 두 번이나 몸값이 가장 비싸다는 강태산을 모델로 세운 전력이 있었기에 그의 눈에는 기대감이 가득했다.

그러나 은정은 그의 눈을 아예 바라보지 않았다.

이번 맥주 광고의 모델은 별도로 정해져 있었기 때문이었다.

그럼에도 기획부장이 은정에게 압박을 주는 것은 그의 욕심에서 비롯된 것일 뿐이었다.

부장의 시선을 비껴내며 은정은 주머니에서 전화기를 꺼내 들었다.

회의가 거의 2시간 가까이 진행되었기 때문에 통화가 안 된 전화가 꽤 있을 것이다.

부재중 통화는 4개가 찍혀 있었다.

그러나 그녀의 눈이 갑자기 커지면서 걸음을 멈춘 것은 마지막에 찍힌 발신자의 이름을 확인한 후였다.

은정은 부장에게 인사를 하는 둥 마는 둥 하고 부리나케 복도를 걸어 비상구 쪽으로 향했다.

그런 후 통화 버튼을 누른 후 상대가 전화 받기를 기다렸다.

이윽고 수화기 저편에서 목소리가 들려왔다.

오랜 시간 그토록 기다렸고 듣고 싶었던 그의 목소리가……

─은정아, 잘 지냈니?

"흐윽……"

오빠의 목소리를 듣자마자 눈물부터 흘러나왔다.

오랜 시간 불면의 밤을 지새우며 힘들어했다. 오빠의 회사를 찾아갔던 것이 원인이 되어 그때부터 오빠는 집으로 돌아오지 않았다.

너로 인해 돌아오지 않겠다는 오빠의 말은 커다란 가시가 되어 그녀의 가슴에 박혀들었다.

슬픔과 고통.

오빠의 회사를 찾아간 것은 고생하는 모습을 직접 보고 도시락을 전해주며 격려해 주기 위함이었다.

그러나 그 모든 것은 오빠가 회사를 다니지 않는다는 것을 알고 난 후 무섭게 그녀를 압박하기 시작했다.

오빠가 이별을 말했다.

떠나야 할 시간이 다가왔다면서 사랑과 운명에 대해서 이야기 할 것이 있다는 말을 남겼다.

너무 많이 울지 말아달라는 부탁도 했다.

하지만 그녀는 많은 눈물을 흘렸다.

두려웠다. 오빠가 그녀의 인생에서 사라질지도 모른다는 두려움과 그리움은 눈에서 많은 눈물이 흐르게 만들었다.

─은정아, 저녁에 시간 낼 수 있어?

"있어, 무조건 있어."

오늘 있을 기획부의 회식은 그녀의 머릿속에서 사라진 지 오래였다.

오빠를 만날 수만 있다면 지금 당장 회사를 그만둔다 해도 조금의 망설임조차 보이지 않았을 것이다.

은정이 부랴부랴 뛰듯 계단을 올라가서 '베아트리체'의 문을 열고 들어서자 거짓말처럼 강태산이 서 있는 게 보였다.

강태산은 마치 그녀를 기다리고 있었던 것처럼 문 앞에 서 있었는데 손에는 하얗고 노란 장미꽃이 한 다발 들려 있었다.

은정은 우뚝 선 채 움직이지 않았다.

오빠의 다정한 웃음, 따스한 눈길. 그리고 그녀를 기다리는 넓은 가슴이 눈으로 들어오자 마치 고장 난 인형처럼 다리가 움직여지지 않았다.

"우리 예쁜 동생, 잘 있었어?"

"…오빠."

"이거 받아."

강태산이 내민 꽃을 은정은 주춤거리며 받아들였다.

오면서 느꼈던 불안감이 오빠가 전해준 꽃다발로 인해 봄눈 녹듯 사라져 갔다.

하지만 그녀는 웃음을 보이지 못했다.

"갑자기 꽃은 왜… 오늘 무슨 날이야?"

"오다가 보니까 길거리에서 꽃을 팔더라. 너를 닮아서 산 거니까 받아."

"고마워."

"가자, 예약해 놨어. 오늘 오빠가 맛있는 거 사줄게."

강태산이 먼저 움직여 맞은편에 있는 창가로 다가갔다.

정말 그곳에는 예약석이라는 팻말에 예쁘게 접혀서 놓여 있었다.

가방과 외투를 벗어 한쪽에 놓은 은정은 강태산에게서 시선을 떼지 못했다.

그녀의 머릿속에 뱅뱅 돌고 있는 의문을 풀지 못하면 그녀는 영원히 강태산에게서 눈을 떼지 못할 것 같았다.

"오빠, 나 너무 궁금해. 나한테 말할 것 있다고 했잖아. 그게 뭐야?"

"은정아, 밥부터 먹자."

"왜, 심각한 이야기야?"

"응."

"좋아, 그럼 먼저 먹어. 먹으면서 체하는 건 나도 싫으니까."

강태산의 지시에 따라 베아트리체의 저녁 코스 요리가 나오기 시작했다.

은정은 한 번 결심을 한 후 더 이상 강태산을 재촉하지 않았다.

그녀의 질문에 강태산은 조금의 망설임도 보이지 않고 그렇다는 대답을 했다.

그것은 그만큼 그녀에게 이야기할 내용이 어렵고 힘든 것이란 뜻이었다.

은정은 음식을 먹는 내내 강태산을 제대로 바라보지 않았다. 그녀의 불안감이 오빠에게 들키는 걸 원하지 않았기 때문이었다.

"은정아."

모든 접시가 치워지고 마지막으로 후식과 커피가 나왔을 때 강태산이 은정을 불렀다.

그의 목소리는 어느새 무겁게 가라앉아 있었다.

시선을 더 이상 피할 수가 없었다. 그랬기에 은정은 강태산의 부름에 천천히 눈을 들어 시선을 맞췄다.

"은정아, 이제 너한테 진실을 말해줄 시간이 된 것 같구나."

"잠깐만 오빠!"

"왜 그러니?"

"오빠, 혹시 그 진실이 나를 떠나야 하는 이유야?"

"……."

"만약 그렇다면 말하지 마. 난 듣지 않을래."

"네가 듣지 않으면 나는 그냥 떠나야 하는데 그걸 원하니?"

"들으면 떠나지 않을 수도 있다는 뜻이야?"

"아마도……."

"휴우… 정말 힘든 결정을 해야 하는 모양이구나. 평소의 오빠와 전혀 다른 사람을 보는 것 같아. 좋아, 말해. 그런데 잠깐만 기다려 줘. 심호흡 좀 하고 나서……."

은정이 깊게 여러 번 숨을 들이마셨다.

그녀는 이 상황이 주는 압박감을 견뎌내기가 쉽지 않은 것 같았다.

"이제… 말해도 돼."

은정은 눈앞에서 격투기 선수 강태산으로 바뀐 오빠의 모습을 보며 눈을 부릅뜬 채 아무런 말도 하지 못했다.

'꿈일 거야, 꿈.'

두 손을 들어 눈을 비볐으나 강태산의 모습은 익숙하고 친

근했던 오빠가 아니라 탤런트를 뺨칠 정도로 잘생긴 대한민국의 슈퍼스타 강태산의 모습이었다.

"대체… 이게……."

"이제 알겠니? 내가 누군지?"

"…모르겠어. 오빠, 귀신이야?"

"네 눈에서 혼란스러워하는 걸 느꼈어. 아마, 두 얼굴에서 공통점을 찾아냈기 때문이었을 거야. 안 그러니?"

"맞아. 눈이 너무나 닮아서 강태산 선수를 볼 때마다 우리 오빠 생각을 했어. 하지만 어떻게……."

은정은 다시 원래의 모습으로 돌아온 강태산의 얼굴을 보면서 머리를 감쌌다.

두 눈으로 보면서도 믿을 수가 없었다.

하지만 그녀를 더욱 놀라게 만든 것은 어느새 오빠의 얼굴이 생전 처음 보는 청룡의 강태산으로 변해 있었기 때문이었다.

"은정아, 내 이야기를 하기 전에 너에게 물어볼 것이 있어. 대답해 줄래?"

"…뭔데?"

"너, 나를 사랑하니?"

"당신이 아니에요. 나는 우리 집에서 같이 살았던 태산 오빠를 사랑해요."

"그 사람이 나다."

"아니에요. 당신은 우리 오빠가 아니에요."

"좋다, 그럼 네 오빠로 돌아가서 이야기를 할게. 그러면 되겠니?"

*　　　*　　　*

강태산은 북경공항에 내려 시내로 들어가는 택시를 탔다.

거의 한 달간의 미국 일정을 끝내고 북경공항에 도착한 것은 오후 5시 무렵이었다.

정말 정신없이 움직였다.

정해진 시간 안에 얻어내야 할 것들이 너무 많았고 미국 전역을 돌아다니느라 시간이 꽤 걸렸다.

록히드 마틴사와 제너럴 다이나믹스, 유나이티드 테크놀로지 등의 방산 업체는 물론이고 실리콘밸리와 나사까지 강태산이 훑은 곳은 20군데도 넘었다.

하나하나가 미국이 자랑하는 최첨단 과학이 숨 쉬는 시설들이었다.

그곳에서 강태산은 F—22 개량형 랩터 및 원잠의 핵심 기술들과 설계도는 물론이고 차세대 전차로 불리는 MK CROWN—2에 관한 모든 것을 빼냈다.

하지만 그것은 일부에 불과했다.

강태산은 미국에 머무는 한 달 반 동안 ICBM 발사 장치, 미사일 생산 및 재돌입에 관한 핵심 기술과 실리콘밸리의 최첨단 과학 기술 등 대한민국에 필요한 것들이라면 하나도 빼놓지 않고 전부 가방에 쓸어 담았다.

그토록 정밀하고 완벽해서 개미 새끼 한 마리 지나다닐 수 없다는 경비망과 시스템은 강태산에 의해 어처구니없을 정도로 허무하게 무너졌다.

국가적 차원에서 보호되는 중요 시설들이었으나 강태산이 움직일 동안 병력이 동원된 일은 한 번도 없었다.

시스템 자체를 완벽하게 장악해 버리는 강태산의 능력은 인간의 능력을 초월하는 것이었기 때문에 비상벨은 언제나 침묵을 지켰을 뿐이다.

더군다나 협박에 굴복해서 강태산에게 핵심 설계도와 기술들은 넘겨준 과학자들과 요원들이 망혼술에 당했기 때문에 어떤 곳은 강태산이 미국을 빠져나갈 동안 유출된 것조차 알아채지 못할 정도였다.

미국 정부는 또 한 번 멘붕 상태에 빠져들었다.

아직 핵폭발의 혼란을 해결하지 못한 상태에서 터진 국가 중요 기술의 탈취 사건들은 미국 정부에 결정적인 충격을 주기에 충분했다.

모든 정보기관이 동원되었고 극비리에 범인을 잡기 위해 총력을 기울였으나 단서를 찾아낸 것은 아무것도 없었다.

극비 문서와 기술에 접근하기 위해서는 각 시설의 고위급 인사들이 움직여야 가능했지만 그들은 자신들이 무슨 짓을 했는지조차 전혀 기억하지 못했다.

정말 유령의 짓이라고밖에 볼 수 없을 정도로 완벽한 절도

행위가 벌어진 것이었다.

강태산은 북경에 도착해서 호텔조차 잡지 않고 곧장 식당가로 향했다.

이곳에 오기 전 일본에 들렀다.

일본에서 개발이 완료된 직승 승용차의 핵심 기술과 설계도를 가져오기 위함이었다.

별도의 활주로 없이 정해진 공간에서 하늘로 날아오르는 직승 승용차의 경제적 가치는 상상을 초월할 정도로 어마어마하다.

시속 400㎞에 달하는 속도와 연료 없이 전기 충전으로 움직이는 '블랙호크'는 일본이 세계 경제를 장악하기 위해 개발한 야심작이었다.

강태산이 중국에 온 이유는 샤오미에서 개발하고 있는 스페이스 비전 때문이었다.

스페이스 비전은 손목형 핸드폰에서 공간에 화면을 쏘아 올려 음성만으로 인터넷과 영상통화가 가능하도록 개발한 차세대 기술이었다.

이것의 파괴력 역시 일본의 직승기에 비견될 정도로 대단하다.

미국에서 가져온 4차원 가상현실 프로그램까지 합해서 사람들은 이것들을 제5의 혁명으로 불렀는데 이 모든 것들이 한꺼번에 대한민국에서 생산된다면 세계경제를 주름잡는 건 일도 아닐 것이다.

강태산은 천천히 걸어 '추령관'이란 식당에 들어섰다.

중국의 식당은 우리나라와 다르게 기업이라 부를 정도로 엄청난 규모를 자랑하는 곳이 많았다.

'추령관'도 그런 곳이었다.

5층으로 구성되어 있는 식당의 규모는 무려 오천 평에 달할 정도였다.

강태산은 2층으로 올라가 창가에 자리를 잡고 다가온 지배인에게 주문을 한 후 연못을 바라보았다.

추령관을 중심으로 거대하게 펼쳐진 호수는 이곳의 주인이 중국에서 최고의 권력을 가지고 있는 국가주석의 소유란 소문에 신빙성을 더해준다.

중국 식당의 또 다른 특징은 음식의 양과 종류가 엄청나다는 것이었다.

강태산은 혼자 먹기 위해 가장 간단한 코스 요리를 시켰는데 줄줄이 식탁에 놓인 음식이 20가지가 넘었다.

혼자 밥을 먹는 것이 낯설지 않다.

워낙 오랜 세월을 홀로 지냈으니 혼자 밥 먹는 것에 대한 외로움은 가져본 지 오래되었다.

강태산은 점원이 가져온 소홍주를 잔에 따른 후 단박에 털어 넣었다.

그런 후 젓가락으로 잘게 찢은 구운 오리를 집어 들어 입으로 가져가 우물거리며 점점 기울어가는 석양을 바라보았다.

강태산은 조용히 앉아 식사를 하면서 북경이 어둠 속에 잠들기를 기다렸다.

오늘 밤.

중국은 그로 인해 철저하게 자존심을 짓밟히게 될 것이다.

자금성.

명조와 청조의 황제 궁전인 자금성의 건축은 1407년에 시작되었으며, 20만 명이라는 엄청난 사람들이 고생한 끝에 14년이 걸려 완공된 세계 문화유산이다.

황제의 권력과 위엄을 상징하기 위해 설계된 자금성은 약 800채의 건물과 8,880개의 방과 함께 다섯 채의 커다란 전당과 열일곱 채의 궁전이 있었다.

강태산이 한월을 들고 부수기 시작한 것은 자금성의 중심이 되는 22채의 전당과 궁전들이었다.

중국.

대한민국에 수많은 치욕을 안겨준 나라였다.

자금성에 틀어박혀 천하를 호령하던 중국의 황제들은 고려와 조선을 식민지로 만들기 위해 수백 회에 달하는 침략 전쟁을 지시했다.

그 과정에서 죽어간 사람만 해도 수백만 명에 달했으니 중국은 대한민국에게 있어 원수나 다름없는 족속이었다.

강태산이 자금성을 부수겠다고 결심한 것은 그런 역사의 과오를 뉘우치지 않고 여전히 북한을 집어삼키기 위해 호시탐탐 노리는 중국에게 본보기를 보여주기 위함이었다.

목조로 만들어진 전당과 궁전들을 박살 내는 건 강태산에게 일도 아니었다.

어둠을 뚫고 한월에서 푸른빛 검기가 솟구칠 때마다 건물들은 균형을 잃고 쓰러지기 시작했다.

시간이 충분하다면 아예 복원조차 하지 못하게 산산조각을 내버렸겠지만 강태산은 20여 채의 궁전들을 박살 낸 후 미련 없이 자금성을 떠났다.

자금성이 무너진다는 비보를 접한 중국 당국과 경찰들이 미친 듯이 달려왔으나 강태산은 이미 북경의 테크노밸리라고 불리는 중관춘 과학기술부로 이동하는 중이었다.

중관춘 과학기술부는 서북부의 하이디엔을 의미하는데 그곳에는 칠천 개의 IT업체가 몰려 있었다.

샤오미 신기술개발연구소는 하이디엔의 중심가에 위치했고 이만 평의 규모에 천여 명의 연구원이 근무하는 곳이었다.

강태산은 늘 그렇듯 연구소장을 먼저 사로잡았다.

연구소장은 하이디엔 주변의 고급 주택가에 살고 있었는데 저녁을 먹고 산책 나온 것을 낚아챘다.

강태산이 노리는 시설물의 최고 책임자를 먼저 사로잡는 건 시간 낭비를 최소화하기 위함이었다.

책임자를 때려잡으면 어떤 경로를 통해 접근해야 가장 효율적인지 자연스럽게 흘러나오기 때문이다.

강태산은 손가락 두 개를 부러뜨리자 술술 불어대는 연구소장의 자백에 따라 연구 책임자들의 이름들을 챙긴 후 연구소장에게 망혼술을 걸고 혼혈을 짚었다.

이중, 삼중의 안전장치.

워낙 중요한 기술이었기 때문에 샤오미 측에서는 수석 연구원마다 핵심 기술들을 나눠서 관리하게 만들어놓았고 각종 프로그램들도 분산 배치해 놨다.

하지만 강태산에게 그런 것은 아무런 장애가 되지 않았다.

미국 전역을 휩쓸며 돌아다녔고 일본까지 다녀왔기 때문에 중국의 시스템을 무너뜨리는 건 그에게 일도 아니었다.

박무현 대통령이 직접 전화를 받은 것은 오후 3시 무렵이었다.

업무용이 아니라 비선으로 만들어진 대통령 직통 전화를 알고 있는 사람들은 그리 많지 않다.

비선 라인을 알고 있다는 것은 대통령의 최측근을 의미하는 것이고 그만큼 국정에 중대한 영향력을 미치는 사람이란 이야기다.

"여보세요."

─청룡입니다.

대답을 들은 대통령이 잠시 멈칫하며 주변을 둘러보았다.

그의 앞에는 비서실장과 정무 수석, 경제 수석이 있었는데 며칠 전 발생한 중국 자금성의 파손 문제와 재벌의 불법 증여 문제 때문에 보고를 하고 있는 중이었다.

현재 중국은 난리가 난 상태였다.

북경의 심장에서 중국의 자존심이라 불리던 자금성의 주요 건물들이 전부 박살이 났기 때문에 전 세계의 언론이 초미의 관심을 보이고 있는 중이었다.

박무현 대통령은 사람들을 물리는 대신 자리에서 일어나 집무실을 빠져나갔다.

지금 강태산의 전화는 재벌 불법 증여와는 차원이 다를 정도로 중요한 것이었다.

"자네, 지금 어딘가?"

—서울에 들어왔습니다. 이따 저녁 시간에 찾아뵙고 싶은데 괜찮겠습니까?

"몇 시?"

—6시에 가겠습니다. 미리 말씀드렸던 것들을 가지고 들어가겠습니다.

"그렇다면 지하로 오게."

—알겠습니다.

전화는 짧게 끝났다.

하지만 그 짧은 통화가 국가의 미래에 얼마나 커다란 영향을 미치는지 다른 사람이 알게 된다면 기절초풍할 것이다.

박무현 대통령이 이제 CRSF의 수장이 된 최 의장에게 전화를 받은 것은 두 달 전의 일이었다.

최 의장은 CIA의 공격으로 인해 거동이 불편했기 때문에 중요한 사실조차 전화로 보고했는데 강태산의 은퇴 소식과 마지막 출장 소식을 동시에 전해왔다.

두 가지 다 박무현 대통령에게는 벼락같은 소식들이었다.

청룡은 대한민국의 수호신이었다.

혼자의 힘으로 미국을 찍어 내렸고 일본과 중국의 야욕조차 철저하게 부숴 버렸으니 그는 진정한 대한민국의 비밀 병기였다.

그런 청룡이 은퇴를 한다니 도무지 믿겨지지 않았다.

그러나 더욱 그를 긴장하게 만든 것은 최 의장이 보내온 암어가 너무나 충격적이었기 때문이었다.

강태산의 마지막 출장 목적을 아는 순간 그는 저절로 피어오르는 전율을 참지 못하고 온몸을 벌벌 떨어댔다.

다시 집무실에 들어선 박무현 대통령이 자리에 앉으며 앞에 놓아두었던 자료들을 치웠다.

그건 이 보고를 더 이상 받지 않겠다는 뜻이었다.

"지금부터 대한민국 1급 비상 국무회의를 구성합니다. 참석 대상자는 앞에 계시는 두 분과 총리, 국정원장, 국방부장관, 기재부장관, 과학부장관, 산업부장관, 국토교통부장관으로 한정합니다. 모든 회의는 철저하게 대외비로 진행되며 언론도 통제됩니다. 아시겠습니까?"

"대통령님, 비상 국무회의를 구성하려면 안건이 있어야 합니다. 무슨 안건인지 알려주셔야……?"

"안건은 내일 2시에 열리는 1차 회의 시 내가 직접 알려줄 생각이오. 그러니 여러분은 회의 준비에 만반의 준비를 해주시면 좋겠소."

강태산이 청와대 지하 계단으로 들어섰을 때 벙커의 문은
반쯤 열려 있었다.

문을 열고 들어서자 중앙 소파에 앉아 있던 박무현 대통령
이 자리에서 일어나며 밝게 웃었다.

"자넨 얼굴이 좋군. 나는 자네 때문에 잠도 못 자서 얼굴이
엉망인데 말이야. 문 닫고 들어와. 그렇게 서 있지 말고."

"그러셨습니까? 그런데 어쩌죠. 또 일거리를 잔뜩 싸들고 왔
으니 말입니다."

"그건가, 일거리가?"

박무현 대통령이 강태산이 들고 온 가방을 향해 시선을 던지
며 물었다.

자연스럽게 피어오른 긴장감.

강태산이 들고 있는 검은색 가방은 마치 거대한 폭탄을 담
은 것처럼 살벌하게 느껴졌다.

"제법 많은 걸 가지고 왔습니다. 미국이 그토록 주지 않으려
고 발버둥을 치던 것 대부분을 가져왔습니다. 더불어 일본과
중국이 자랑하는 것들도 가져왔으니 나중에 천천히 확인해 보
십시오."

"한 가지만 말해줘. 다른 것들은 나중에 확인해 볼 테니까."

"미국에서 개발 중인 레이저 광선무기 설계도가 포함되어 있
습니다. 연구진의 말에 따르면 공정률이 90%를 넘는다고 하더

군요. 아마, 지구상에 존재하는 무기 중 가장 발전된 무기가 아닐까 생각합니다."

"음……."

박무현 대통령의 입에서 신음 소리가 흘러나왔다.

지금 강태산이 말한 레이저 광선무기는 소문으로만 무성했을 뿐 실체가 드러나지 않았던 미국의 최첨단 공격 무기였다.

ICBM은 물론이고 전투기와 단거리 미사일까지 제거가 가능하며 주요 지역을 타격하는 공격 무기로 활용이 가능해서 꿈의 무기라고도 불린다.

강태산의 입이 다시 열린 것은 박무현 대통령이 신음 소리를 멈추고 자신을 바라볼 때였다.

"대통령님, 비록 남의 나라에서 뺏어왔지만 여기에는 대한민국의 미래를 결정할 수 있는 과학기술들이 담겨 있습니다. 지금까지 줄곧 뺏겨왔으니 이 정도 뺏어 온 것 가지고 죄책감을 느낄 필요는 없다고 생각되는데, 대통령님은 어떠십니까?"

"우리가 가져온 걸 그자들이 아는가?"

"절대 모릅니다. 저는 아무런 흔적도 남기지 않았습니다."

"그렇다면 완전 범죄란 말인데 내가 왜 죄책감을 느껴야 한단 말인가. 자네 말대로 우린 그것보다 수백 배 많은 것들을 뺏기고 살아왔잖아. 나는 그런 것에 죄책감을 느낄 정도로 깨끗한 사람이 아니야!"

"대통령님은 저와 생각이 비슷해서 기분이 좋습니다."

"껄껄… 다행이구만."

"최 의장님께 들으셨겠지만 저는 이제 청룡에서 떠날 생각입니다. 그래서 대통령님께 마지막 선물을 주고 싶었습니다. 저는 대통령님께서 이 기술들을 누구보다 잘 활용할 거라 믿습니다."

"자네 아주 떠나는 건 아니겠지?"

"너무 오랫동안 피를 묻히고 살았습니다. 이제 은퇴하고 싶습니다."

"국가가 위기에 처하면 그땐 도와줄 텐가?"

"제 개인의 힘에 의해 대한민국이 지탱되는 것은 옳지 않습니다. 이것을 제대로 활용하면 국민 전체가 자부심을 가지고 누구에게라도 큰소리치며 살 수 있는 나라를 만들 수 있습니다. 저는 그렇게 되기를 바랍니다."

"제대로 하란 소리로 들리는구먼."

"기대하겠습니다."

"내가 대통령 직에 있는 한 무슨 수를 쓰더라도 대한민국을 반석 위에 올려놓겠네. 약속하지!"

제5장
또다시 그곳으로

쓸쓸하다. 그리고 이렇게 될 줄 알았다.

모든 것을 벗어던지면 속박에서 벗어나 자유로울 거란 생각은 처음부터 하지 않았다.

그의 인생 자체는 언제나 악몽이었으니까.

마지막 임무를 마치고 나왔으나 청와대를 벗어나자 막상 갈 곳이 마땅치 않았다.

그가 살아온 모든 인연을 끊어버렸으니 그를 반기는 곳은 그 어디에도 찾아볼 수 없었다.

그래서 삼 일 동안 주변을 정리한 후 지체 없이 짐을 싸고 지리산으로 향했다.

아직 그녀와의 약속은 30일이나 남았기 때문에 요즘 계속되는 두통을 막기 위해서라도 혼자 있을 곳이 필요했다.

배낭에 텐트를 비롯해서 생필품과 옷가지를 잔뜩 싸들고 산에 올랐다.

노고단과 반대 방향으로 잡고 태을경공을 펼쳐 1시간가량 올라가자 가파른 비탈면 끝에 평평한 분지가 나타났다.

구름이 걸려 있는 곳.

사방이 암석으로 뒤덮여 사람의 접근이 불가능한 지형이었다.

미국에서 마지막으로 나사에 들러 레이저 광선무기에 대한 자료를 챙긴 이후부터 머리가 아파오기 시작했다.

은은한 통증. 골이 쑤신다는 말이 어울릴 만큼 송곳으로 뇌를 찌르는 것처럼 극심한 고통이 머리 깊숙한 곳에서 수시로 피어올랐다.

처음에는 충분히 참을 수 있을 정도였으나 시간이 지나면서 점점 통증은 정도를 더해갔다.

통증의 원인은 짐작이 갔다.

현천기공을 운용할 때마다 광대한 내공을 품었던 후정혈이 어느 순간부터 팽창하기 시작했던 것이다.

후정혈의 팽창은 백회혈에 직접적인 영향을 주기 시작했다.

운기행공을 하면 후정혈에 머물던 내공이 팽창과 더불어 백회혈을 자극하며 충격을 주었다.

처음에는 참을 만했기에 습관처럼 해오던 현천기공을 꾸준히 운용했으나 점차 고통이 커지면서 수련을 멈추었다.

당해보지 않은 사람은 모른다.

백회혈에서 비롯된 고통은 현천기공이 한 단계씩 증진되면서 깨뜨렸던 혈들보다 훨씬 그 강도가 심했다.

하지만 강태산의 판단은 잘못되었다.

운용을 멈추면 고통도 따라 멈출 거란 그의 예측은 어느 순간부터 내공이 스스로 움직여 후정혈을 통과하면서 완전히 빗나가 버렸다.

서둘러야 했다.

지금의 상태로 봤을때 현천기공은 스스로 대공을 이루기 위해 끝을 향해 달려 나가는 것 같았다.

침식을 잊었다.

현천기공에 빠져 마지막 순간을 대비하는 시간들이 지속될수록 내공은 광대한 후정혈의 벽을 넘어 거대한 힘으로 백회혈을 무너뜨리기 위해 안간힘을 썼다.

끔찍했던 고통은 내공이 백회혈로 가는 통로에 있던 거친 벽들을 하나씩 정리하자 조금씩 줄어들기 시작했다.

그러나 고통의 완화는 그에게 엄청난 압박감을 주기 시작했다.

단전에서 시작되어 임독양맥을 거쳐 뇌호, 강간, 후정혈을 통과한 내공이 주천을 끊임없이 지속하며 백회혈을 두드렸던 것이다.

제어가 되지 않는다.

백회혈까지 치솟은 거대한 내공은 강태산의 만류를 뿌리치고 끊임없이 반복되어 운용되며 백회혈을 무너뜨리기 위해 돌진했다.

　지리산에 들어온 후 며칠 동안은 현천기공을 수련하며 잠도 자고 밥도 먹었으나 그 후부터는 한 번도 눈을 뜨지 않는 채 수련에 매달렸다.

　내공이 운용되는 동안 강태산은 현천기공의 비결을 끊임없이 암송하며 삼라만상의 원리와 음양오행의 이치를 깨우쳐 나갔다.

　세(細)가 세(細)를 낳고
　이제 분별이 완연하다
　하나가 둘이 되고
　그 각각은 또 나뉘면
　그것은 넷이다
　그 넷이 모이면 하나이니
　그 바탕 속에는 순서가 있어 구별이 된다
　이들은 맑음과 탁함이 있고 다툼이 있는지라
　서로 돕고 싸우니
　이것이 조화(造化)이며, 생멸(生滅)과 상생(相生) 상극(相剋)이다

　쾅!

백회혈이 깨진 것은 지리산에 올라온 지 27일째였으며 침식을 잊고 현천기공에 매달린 지 정확히 21일 만이었다.

그토록 미칠 듯이 들끓던 내공은 백회혈이 뚫리자 광대한 우주를 향해 나아갔다.

있고 없음이 의미가 없다.

생멸과 상생조차 분간이 되지 않았고 우주만물의 조화가 만개하여 꽃을 피웠다.

강태산은 백회혈을 통과해서 우주로 나아간 내공을 제어하지 않고 그냥 내버려 두었다.

이제 현천기공의 심결은 의미를 상실한 지 오래였다.

대공이 완성된 후 마음이 일면 내공이 생성되니 이것이 진정한 탈각의 경지다.

강태산은 천천히 눈을 뜬 후 한참 동안 세상을 바라보다가 천천히 자리에서 일어났다.

지리산 정상 근처에서 바라본 세상은 구름 속에 잠겨 마치 한 폭의 그림처럼 펼쳐져 있었다.

손을 들어 오 장 정도 떨어진 바위를 향해 슬쩍 뿌리자 한 줄기 경풍이 불더니 거짓말처럼 바위가 부서졌다.

폭발음 대신 들린 것은 불길에 낙엽이 타들어가는 듯한 소음뿐이었다.

암경이다. 손가락 하나로 사람을 죽일 수 있는 암경은 다른 말로 장풍이라고도 불린다.

절대 고수들만이 구사할 수 있다는 천고의 절예가 강태산의 손에서 장난처럼 펼쳐졌다.

강태산은 부서진 바위로 다가가 손으로 만져본 후 피식 웃었다.

현천기공을 대성해서 오기조원의 경지에 올랐으나 이 모든 것이 하룻밤 꿈처럼 여겨졌다.

세상일이란 참 오묘하고 불공정하다.

간절히 원할 때는 이루어지지 않던 것들이 모든 것을 버리겠다고 마음먹는 순간 거짓말처럼 이루어진다.

강태산은 쉬리의 언덕에 홀로 앉아 있었다.

그녀의 마음을 처음 확인했던 곳.

강태산의 얼굴은 원래의 모습인 청룡으로 변해 있었다.

저녁 6시.

그토록 유명했던 저녁놀은 찾아볼 수 없었다. 오늘따라 비가 오려는지 날씨는 쌀쌀했고 바람마저 심하게 불었다.

2월 말의 저녁 날씨치고는 너무나 황량했다.

그래서 그런지 주변에는 아무도 없었다.

강태산은 먼 바다를 물끄러미 바라보며 상념에 잠겼다.

오지 않을 것이다.

어떤 여자가 본모습을 숨기며 자신을 속여왔던 남자를 찾아오겠는가.

사랑이란 진정으로 상대를 배려할 때 생겨나는 선물이라고 들었다.

하지만 자신은 그녀를 속이며 혼자만의 즐거움에 빠져 있었던 속물이었으니 버림을 받는다 해도 원망할 자격조차 없다.

그런 남자를 선택할 여자가 과연 있을까…….

아니라는 듯 저절로 고개가 흔들렸다.

시곗바늘은 어느덧 6시를 훌쩍 넘고 있었다.

오지 않는 여자를 기다리는 남자. 비련의 주인공이라기엔 강태산의 표정이 너무나 담담했다.

강태산이 자리에서 일어난 것은 약속 시간보다 30분이 훌쩍 지났을 때였다.

아쉬움보다 더한 것은 헛된 자신의 욕심에 대한 자책감이었다.

의자에서 일어나 뒤로 돌아설 때 강하게 불던 바람이 이상 징조를 보이더니 돌풍으로 변하기 시작했다. 워낙 강한 돌풍이 순식간에 덮쳤기에 돌아서던 몸을 정지시키고 팔을 들어 얼굴을 가렸다.

돌풍을 피해 돌렸던 몸을 다시 바다 쪽으로 움직이는 순간 피처럼 붉게 피어오른 거대한 적운구가 눈으로 들어왔다.

본능적으로 태을경공이 시전되며 화살처럼 몸이 뒤로 빠져나갔다.

저 적운구는 자신을 무림으로 끌고 들어가 지금까지 고통스러운 삶을 살게 만들었던 괴물이었다.

예전에는 반항 한번 못 하고 적운구에 당했으나 현천기공이 완성된 지금은 그대로 당할 이유가 없었다.

그랬기에 그는 태을경공을 펼쳐 적운구가 뿜어내는 괴력에서 벗어나려 했다.

그러나 그의 모습 뒤로 튕겨 나갔던 것보다 더욱 빠른 속도로 다시 적운구를 향해 딸려 들어갔다.

전력을 다해 현천기공을 펼쳤으나 인간의 힘은 적운구가 펼쳐내는 미증유의 힘을 결국 견뎌내지 못했다.

억울하고 분하다.

신은 왜 나에게 이런 말도 안 되는 일들을 연거푸 일어나게 만드는지 진정 이해할 수가 없었다.

자신도 모르게 이가 악물려졌다.

이제 모든 것을 내려놓고 편한 삶을 살고자 했는데, 신은 자신에게 그런 행복을 줄 생각이 전혀 없었던 모양이었다.

몸이 딸려가는 속도는 무서웠으나 강태산은 예전처럼 눈을 감지 않았다.

언제 돌아올지 모르는 이세계의 마지막 모습을 눈에 담아놓고 싶었다.

영원히 잊히지 않도록.

쉬리의 벤치와 그 뒤로 펼쳐진 호텔의 정경이 아름답게 들어왔다.

하지만 강태산이 찢어질 듯 두 눈을 부릅뜬 것은 그것 때문이 아니었다.

오솔길을 따라 그녀가 걸어오고 있었다. 아름다운 순백의 드레스를 입은 채 다가오는 그녀의 모습은 천사처럼 아름다웠다.

"대장님, 그만 일어나시죠. 출발 시간입니다."

"응?"

자신을 부르는 소리에 강태산이 눈을 떴다.

먼저 들어온 것은 육 척 장신의 거대한 몸을 지닌 장한이었는데 놈은 자신을 내려다보며 이상하단 표정을 짓고 있었다.

절대 잊을 수 없는 얼굴.

놈은 비천사의 특수부대 화망의 일대주 마령이었다.

어찌 잊을 수 있을까.

자신이 적운구에 의해 무림에 처음 들어와 화망의 수장이 되었을 때 마령은 그의 심복으로 오른팔 노릇을 단단히 한 놈이었다.

비록 육중한 몸을 지녔지만 무공도 대단했고 여우 같은 머리를 지녀 명호가 독수사였다.

그리고 그 옆에 멀뚱거리며 서 있는 놈들은 이대주 천호와 삼대주 상장이었다.

화망이 비천사에서 중심 세력으로 자리 잡게 된 것은 야차로 불리는 강태산의 존재가 가장 큰 이유였지만, 이들 세 명의 대주들이 이끄는 부대원들의 전투력 또한 강력했기 때문이었다.

방금 전까지 쉬리의 언덕에 있었는데 이게 무슨…….

적운구에 의해 온 곳이 예전의 그 무림이라는 게 확인되자 당장에라도 뛰쳐나가 이곳을 폭파시키고 싶다는 생각이 들었다.

분노가 솟구쳐 머리가 지끈거리며 아파왔다.

이런 씨발…….

자신도 모르게 욕이 튀어나오려 했다.

그러다가 무슨 일이냐는 눈으로 바라보는 대주들을 확인하고 입술을 질끈 깨물었다.

마령의 입이 다시 열린 것은 강태산이 아무런 대꾸조차 하지 않고 그저 인상만 찌푸리고 있을 때였다.

"대장님, 출발할 시간입니다. 부대원들이 출전 준비를 모두 마친 채 기다리고 있습니다. 얼른 나가시죠."

"마령, 깜박 잠이 들었던 모양이다. 지금 시간이 어떻게 되었지?"

"정확하게 오 시입니다."

"그런데 어딜 간다는 거냐?"

"이거 왜 이러세요. 아직 잠이 덜 깨서 그런 겁니까?"

이번에 나선 것은 제삼대주 상장이었다.

놈은 강태산보다 나이가 세 살 어렸는데 성격이 활발한 반면 전쟁에 나가면 더없이 잔인한 살귀로 변하는 놈이었다.

워낙 허물없이 지내다 보니 대주들과 평소에 농담을 서슴지 않았는데 강태산의 상태를 눈치채지 못한 상장은 이번에도 대장이 장난을 하는 것으로 여기는 것 같았다.

"이봐, 상장. 빨리 말해. 우리 어디 가는 거지?"

"미황산에 가자면서요. 어젯밤 명령을 내리신 거 기억 안 나십니까?"

상장의 대답에 강태산의 표정이 더욱 일그러졌다.

미황산이라…….

이제야 생각났다.

상부의 지시를 받은 그는 화망의 전 부대원을 출정시켜 천왕성의 핵심 방어 진지 미황산을 쳤었다. 거기에서 화망의 전 인원이 몰살을 당했고 강태산도 무당삼성의 손에 결국 목숨을 잃었다.

쓴웃음이 배어 나왔다.

이걸 보고 윤회라고 해야 하나… 아니면 비슷한 운명의 사슬?

상장의 대답을 들은 강태산이 자신의 어깨를 좌우로 틀었다.

그런 후 천천히 입을 열었다.

"우리는 미황산에 가지 않는다."

"무슨 말씀입니까. 어제는 상부의 명령이라고 무조건 공격해야 된다면서요?"

"너희들에게 명령을 내리고 알아봤더니 그곳에 천왕성의 정예인 백의검대가 기다린다는 정보가 입수되었다."

"백의검대가요?"

"그놈들만 있는 게 아니야. 거기엔 정파 백대 고수에 들어 있는 무당삼성까지 와 있단다."

"헉, 정말입니까?"

마령이 놀라움을 감추지 못하고 되물었다. 하지만 그건 천호와 상장도 마찬가지였다.

그나마 금방 안색을 되찾은 것은 화망의 책사 역할을 맡고 있는 천호였다.

"백의검대와 무당삼성까지 미황성에 있다면 우린 죽었다 깨어나도 이기지 못합니다. 지독한 함정을 펼치고 기다리는 건 결국 우리 화망을 깡그리 때려잡겠다는 의돕니다. 저는 두 가지가 궁금하군요. 대장님, 우리에게 미황성을 치라고 지시를 한 자가 누굽니까?"

"마뇌다."

"나머지 하나. 대장님은 그런 정보를 어디서 얻으셨습니까?"

"천간에서 얻었다. 마뇌가 제 수족인 천마대주와 대화하는 걸 들었지."

강태산의 대답에 대주들의 표정이 급격히 굳어졌다.

척하면 착.

대답에서 유추된 결과는 오직 하나.

수많은 전장에서 굴러먹으며 살아온 그들이 강태산의 이야기가 무슨 뜻인지 모를 리 없다.

그랬기에 마령은 급히 강태산을 향해 시선을 맞췄다.

"어쩔 생각이십니까?"

"우린 미황산으로 가지 않고 측성곡으로 이동한다. 어차피 마뇌가 우릴 제거하겠다고 마음먹었다면 이곳에 있을 이유가 없다."

측성곡은 천왕성과 비천사의 세력권에 근접되어 있는 거대한 분지 이름으로 뒤쪽에 거대한 유절산이 병풍처럼 둘러싸여 후퇴가 용이하고 여차하면 천왕성 세력권으로도 도주할 수 있는 천혜의 요충지였다.

그랬기에 눈을 빛낸 천호의 질문이 거듭나왔다.

"…싸울 생각이십니까?"

"현재 화망의 전력으로는 비천사의 본대와 싸울 수 없어. 나는 제삼지대인 측성곡에서 천왕성의 힘을 배경삼아 최대한 버티며 힘을 키울 생각이다."

"개새끼들, 도대체 왜 우리를… 저희들을 위해 수많은 전투에서 승리했던 화망을 제거하려는 이유가 뭔지 모르겠습니다."

"천천히 알아봐야지. 왜 남의 칼을 빌려 화망을 제거하고 싶어 했는지 말이야."

"언제 떠납니까?"

"지금!"

* * *

화망의 인원은 삼대 백팔십 명으로 구성되어 있었다.

강태산이 이들을 이끌고 측성곡으로 온 것은 미황산으로 가서 개죽음 당하는 것을 막기 위함이었지 다른 이유가 있어서가 아니었다.

마령을 비롯해서 대주들에게 복수를 다짐했으나 그것은 말뿐이었다.

배신, 분노, 미움, 복수, 이런 것들이 무슨 의미가 있겠는가.

막상 무림에 돌아왔지만 그가 해야 할 것과 하고 싶은 것들은 아무것도 없었다.

삶의 의미를 상실한 자는 의욕을 잃어버린다.

부대원들은 새로운 주둔지를 만들기 위해 정신없이 일을 했으나 강태산은 막사에 틀어박혀 꼼짝도 하지 않았다.

대주들은 강태산의 분위기를 살피며 가급적 막사로 들어오지 않았다.

상관의 변화가 궁금하기도 했을 텐데 그들은 강태산이 현대에서 입고 온 낯선 옷에 대해서조차 아무런 질문도 하지 않았다.

필요할 때 알려준다는 믿음.

그들은 심복이란 말이 무색할 정도로 강태산에게 맹목적인 충성심을 보여주는 수하들이었다.

우려했던 일들이 생기기 시작한 것은 측성곡에 온 지 불과 십 일이 지난 후부터였다.

비천사는 물론이고 천왕성까지 수시로 화망을 향해 공격의 칼날을 꺼내들었는데 이유는 달라도 목표는 하나였다.

천왕성이 화망을 멸살시키고자 한 이유는 자신의 턱밑에 달려 있는 가시가 송곳으로 변하는 걸 막기 위함이었고 비천사 입장에서는 화망이 천왕성에 병합되기 전 배신자를 처단해야 된다는 강력한 의지 때문이었다.

챙… 챙…….

막사에 틀어박혀 있던 강태산은 어둠을 뚫고 시작된 병장기 소리를 들으며 천천히 자리에서 일어났다.

십여 일 동안 후회와 절망의 세계를 거닐었다.

전혀 다른 세계로 넘어와 또다시 암담한 삶을 살아야 한다는 것은 죽음 같은 슬픔과 절망을 주기에 충분한 것이었다.

흑혈도를 들고 막사를 빠져나오자 검은색 귀면탈을 쓴 자들이 화망 부대원 사이를 누비며 새파란 칼날을 번뜩이는 게 보였다.

빠르다, 그리고 강하다.

강태산은 귀면탈을 확인하자 곧바로 인상을 우그러뜨렸다.

귀면탈을 쓴 자들의 정체는 비천사의 교주 직속 전위부대 만마대였다.

만마대의 숫자는 칠십이 명으로 구성되어 있었는데 요원들의 숫자가 적은 대신 무력이 뛰어나 웬만한 전투부대와 전면전을 벌여도 뒤지지 않을 만큼 강력한 놈들이었다.

놈들 작전은 기습 공격이었던 모양이었다.

야밤을 틈타 들어온 놈들은 경계병을 처리하고 곧장 막사에 불을 지른 후 튀어나오는 화망의 부대원들을 척살하고 있었다.

강태산은 적의 정체를 확인하자마자 번개처럼 움직였다.

전력을 다한 태을경공이 그의 신형을 그림자로 만들었는데 흑혈도가 작렬할 때마다 적들의 피가 허공에 뿌려졌다.

시커먼 그림자가 날아온 것은 강태산이 전방 우측에서 화망

대원을 사살하고 막사 사이로 몸을 날리는 적의 등판에 흑혈
도를 꽂았을 때였다.

쾌앙!

급히 흑혈도를 빼내며 막았으나 몸이 두 발자국 물러났다.

그림자는 강태산이 뒤로 물러서자 그대로 따라 들어오며 십
삼도를 허공에 뿌렸는데 공간이 갈라지며 열세 개의 푸른 창이
빛살처럼 날아갔다.

강태산은 흑혈도를 흔들며 또다시 뒤로 빠졌다.

이미 손해를 본 상태였기 때문에 파산도법의 방어초식 방탄
수를 펼쳐 상대와의 거리를 확보했다.

그런 후 강태산은 흑혈도를 진격세로 만들어 상대의 미간을
향해 곧게 뻗었다.

"오랜만이다, 화령."

"클클클… 오랜만은 무슨."

"왜 왔나?"

"배신자를 죽이는데 다른 이유가 필요할까. 조용히 목이나
늘어뜨려. 그러면 단박에 죽여줄 테니까."

"그 새끼, 여전히 죽고 싶은 모양이구나. 이왕 왔으니 죽여주
지."

"언제?"

"푸하하… 지금, 여기서 바로."

무림에 다시 온 후 강태산의 입에서 처음으로 웃음다운 웃
음이 흘러나왔다.

하지만 결코 유쾌한 웃음은 아니었다.

화령은 만마대의 대주로서 비천사의 본단을 이끌고 있는 십오천강 중의 한 명이었다.

비천사 공식 서열은 이십팔 위였지만 세간의 평가는 야차로 통하는 강태산처럼 서열이 무색할 만큼 강하다고 알려진 인물이었다.

문제는 그가 총사인 마뇌의 사람이었고 강태산과는 오래전부터 견원지간이었다는 것이었다.

화령은 더 이상 말을 꺼내지 않고 강태산을 향해 돌진해 들어왔다.

그의 독문무공인 환영십팔도는 무수한 환과 변을 만들어 상대를 현혹시키다가 목숨을 끊는 것으로 유명한 도법이었다.

콰콰광… 콰릉…….

밤하늘에 무수한 불꽃이 피어올랐다.

역시 대단한 자다. 하지만 화령의 환영십팔도는 강태산의 상대가 되지 않았다.

무림에서 다시 돌아왔을 때 강태산의 몸은 현천기공이 칠성에 머물러 있었다.

하지만 현실에서 우주만물의 이치를 깨닫고 현천기공을 대성한 강태산은 막사에 머무는 십 일 동안 강간혈을 부수고 이미 팔성의 경지에 오른 상태였다.

현천진기가 증진된 강태산의 파산도법은 그야말로 산을 부숴 버리는 거력을 담은 채 화령을 압박해 나갔다.

무시무시한 위력.

화령의 애병 무성도가 부러져 그의 가슴에 박힌 것은 불과 일각도 걸리지 않았을 만큼 일방적인 싸움이었다.

그때부터 참으로 지겨울 정도로 지긋지긋한 공격이 시작되었다.

그동안 공격을 해온 자들은 천왕성의 정예 수혼대와 성주직속의 비룡대, 백운대가 있었고 호법전에 소속된 일운칠객, 강북칠가의 수장 남궁세가의 창천삼십오객이었다. 비천사의 공격 또한 집요했다. 그들은 최초 공격을 시작했던 만마대를 비롯해서 염라이십팔도, 칠십이백랑견, 교주가 가장 아낀다는 마도이십팔수까지 동원해서 측성곡을 공격해 왔다.

석 달 동안 무려 이십여 차례의 공격이 지속되면서 화망의 부대원은 겨우 삼십여 명만 살아남았다.

그것도 강태산이 없었다면 벌써 예전에 끝장이 났을 것이다.

강태산은 현천기공이 팔성에 도달된 후 불과 두 달 만에 후정혈을 관통시키며 구성으로 올라섰다.

심득을 이미 얻었기에 내공 증진 속도는 무서울 정도로 빠르게 진행되었는데 측성곡을 찾았던 기라성 같은 고수들은 그의 칼에 전부 고혼이 되어 구천을 헤매고 있었다.

강태산이 죽인 자들의 면면은 하나같이 고수 아닌 자가 없었다.

그가 측성곡에서 죽인 양측 고수들 숫자는 벌써 삼백에 육박할 정도였다.

거기에는 비천사 서열 칠 위에 올라 있던 무혈객을 비롯해서 구 위 금모신유, 십 위 마도 채윤, 이십팔 위 화령이 있었고 천왕성에서는 백도 무력 서열 팔 위인 천룡객 마공성, 십삼 위 건곤검 정욱, 십팔 위 풍뢰수 왕여까지 포함되었다.

처음에는 별것 아닌 전투로 시작되었던 측성곡은 금방 천하의 이목을 순식간에 끌어당겨 태풍의 눈으로 자리 잡았다.

야차 강태산의 이름은 그야말로 파죽지세가 되어 천하인들의 가슴속에 파고들기 시작했는데 절정고수들이 하나씩 사라져 갈 때마다 점점 커져 신화로 불려갔다.

세상에 알려진 무력 서열은 강태산의 등장으로 무차별하게 깨져 버린 지 오래였다.

이제 세인들의 관심은 과연 강태산이 언제 측성곡을 빠져나오냐는 것이었다.

강태산이 측성곡을 나오는 순간 천하는 피바람 속에 잠길 가능성이 컸다.

절대고수의 출현은 세력 간의 대결이 판치는 현 무림의 판도를 단숨에 뒤집어 버릴 정도로 엄청난 파급력이 있기 때문이다.

"대장님, 벽력당에서 사람이 왔습니다. 대장님이 측성곡을 나오신다면 언제든지 불러달라고 합니다. 벌써 열 군데가 넘습니다. 각 지역의 패주는 아니더라도 꽤나 커다란 세력들이 대장님의 휘하로 들어오려 하고 있습니다."

"천호, 그자들의 의중이 뭐라고 생각하나."

"자유를 얻고 싶어서 그런 것 아니겠습니까. 그동안 천하는 천왕성과 비천사에 의해 너무 오랫동안 장악되어 왔습니다. 그들에게 소속되지 않은 자들은 불이익을 받으며 살아왔기에 맺힌 게 많을 겁니다. 대장님, 그들이 원하는 것은 단 한 가지뿐입니다."

"뭐냐?"

"당당하게 살고 싶은 것이죠."

"나를 이용해서 저희 욕심을 채우겠다는 거겠지."

"물론 그런 면도 있습니다. 하지만 무인들은 욕심보다 명예를 원하면서 살아갑니다. 그런 측면에서 본다면 저들의 욕심은 탓할 일이 아닙니다. 대장님, 우리 이왕 이리된 거 화끈하게 한판 벌이는 건 어떻습니까. 되든 안 되든 천하를 걸고 한판 붙읍시다."

천호가 눈을 빛내자 침묵을 지키고 있던 마령과 상장도 눈을 부릅떴다.

그들은 여기저기 붕대를 감고 있었는데 수많은 전투에서 온몸이 성한 데가 없었음에도 눈빛은 시퍼렇게 살아 있었다.

강태산이 쓴웃음을 지은 것은 대주들의 결연한 눈빛을 확인한 후였다.

놈들은 자신이 어떤 생각을 가지고 있는지 아직 모른다.

강태산은 무림 장악에 아무런 관심도 없었다. 하나 있다면 현천기공을 극성으로 끌어올려 무림최강이라는 천왕성주와 비천사의 교주를 꺾는 것뿐이었다.

"천왕성주와 비천사 교주의 동향은 파악되었나?"

"아무래도 비천사의 동향이 이상합니다. 비천사가 우릴 공격한 지 벌써 칠 일이 지났습니다. 천왕성이 꾸준히 공격해 온 것과 다르게 언제부턴가 움직임이 끊겼습니다. 세작들의 소식에 따르면 비천사의 교주는 모습을 보인 지 오래되었다고 합니다. 일각에서는 총사인 마뇌가 정변을 일으켜 정권을 잡았다는 소문도 무섭게 돌고 있습니다."

"그래? 그게 소문인지 사실인지는 가보면 알겠지. 천왕성주는?"

"거긴 더 이상합니다. 천왕성주는 어떤 여인에게 푹 빠져서 꼼짝하지 않는다고 합니다. 벌써 세 달째 내실에서 움직이지 않는다는군요."

"어떤 여잔데?"

"하늘에서 떨어졌다고 합니다. 그녀에 대한 소문은 강북에 널리 알려진 상태입니다. 천사처럼 아름다운 얼굴에 이상한 옷을 입었는데, 어느 날 갑자기 하늘에서 떨어져 천왕성의 별전에 머문다고 합니다."

"하늘에서 떨어져?"

"예."

"사람들의 말에 따르면 그녀는 상하의가 구분되지 않은 치마를 입고 있었다는데 무슨 재질로 만들어졌는지 도무지 알 수 없다고 들었습니다."

마령의 보고를 받은 강태산의 얼굴이 점점 하얗게 질려갔다.

하늘에서 떨어졌다는 천사 같은 여인.

적운구에 빠져들던 날 오솔길을 걸어오던 그녀의 모습이 떠오르자 그의 몸이 와들와들 떨리기 시작했다.

그녀… 천왕성에 있다는 신비한 여인은 아무리 생각해도 김가을일 가능성이 컸기 때문이었다.

김가을은 꿈을 꾸고 있는 것 같았다.

강태산의 고백을 받고 많은 날을 번민 속에 사로잡힌 채 괴로워했다.

무서웠다.

눈앞에서 얼굴을 바꾸는 강태산의 행동은 그녀를 경악하게 만들기에 충분하고도 남았다.

격투기 선수로서의 강태산을 사랑했다.

오랜 시간 연모를 해왔고 우연한 계기로 사랑이 시작된 이후 그녀는 가슴속에 오직 한 사람만을 품어왔다.

그날, 그가 저녁을 먹으러 온다고 했을 때 설렘에 사로잡혀 시간이 어떻게 지나가는지조차 몰랐다.

일 년이란 시간은 짧다면 짧지만 막상 생각해 보면 충분히 결혼할 수 있을 만큼 긴 시간이기도 했다.

더군다나 그들은 그 일 년 동안 남들이 한 것보다 훨씬 깊고 따뜻한 사랑을 했으니 시간의 의미는 크지 않다고 생각했다.

저녁을 먹는 동안 재잘재잘 떠들며 그의 눈을 바라보았다.

어느 순간 문득 그녀의 입술을 막으며 그가 거짓말처럼 프러포즈하기를 바라면서…….

하지만 그에게서 흘러나온 건 믿을 수도, 믿고 싶지도 않은 사실들이었다.

도대체 그의 말을 어떻게 믿을 수가 있을까.

그가 살아온 과거를 들었으나 뭐가 어떻게 된 건지 도무지 알아들을 수가 없었다.

하지만 그 남자는 자신의 말이 사실이라는 것을 증명이라도 하듯 눈앞에서 얼굴을 순식간에 바꾸어 버렸다.

충격으로 그녀는 바보가 된 것 같았다.

수많은 영화를 촬영했지만 이렇게 충격적인 시나리오는 처음이었다.

한동안 집에서 나오지 않았다.

그에게서 받은 충격이 너무나 컸기에 그녀는 모든 스케줄을 취소하고 집에서 머물렀다.

매니저는 물론이고 소속사 사장까지 동원해서 무슨 일이냐고 캐물었지만 그녀는 침묵으로 일관했다.

그가 일방적으로 약속했던 시간들이 다가오면서 그녀의 혼란은 점점 커져갔다.

얼굴이 바뀌는 마술이 있을지 모른다는 생각에 인터넷을 뒤지다가 중국에서 천 년 전부터 내려왔다는 변검을 알게 되었다.

동영상을 통해 본 변검은 정말 입이 떡 벌어질 정도로 대단했는데 아무리 눈을 부릅뜨고 쳐다봤어도 얼굴을 어떻게 바꾸는지 알아내지 못했다.

강태산이 자신에게 변검이란 마술을 보여줬다는 걸 알게 되자 얼어붙었던 그녀의 가슴이 조금씩 풀렸다.

그가 얼굴을 바꾸면서 허상의 존재가 어떻고 진정한 사랑이 어쩌고 한 것은 자신의 마음을 떠보기 위한 장난이란 생각이 들었다.

그러자 점점 궁금증이 커져갔다.

자신의 마음은 여러 번 고백했고 진심으로 그를 사랑했으니 의심할 여지가 없는데도 이런 장난을 한 이유가 뭔지 알고 싶었다.

하지만 그 궁금증과 혼란스러움, 그에 대한 원망은 그녀의 몸이 적운구에 빨려 들어가는 순간 한줄기 경악과 눈물로 허망하게 변해 버렸다.

아직도 믿겨지지 않는다.

자신이 무림이라는 낯선 세계에 와 있다는 사실이……

*　　　*　　　*

갑자기 하늘에 거대한 적운구가 나타나는 것을 보고 걸음을 멈췄다.

너무나 놀라운 광경이었기에 그것이 강태산이 말한 적운구란 사실조차 그때는 인지하지 못했다.

그녀는 호텔에서 나와 쉬리의 언덕으로 다가가면서 강태산의 모습을 계속 확인하며 걸었다.

무심한 남자다.

바다를 바라보며 한 번도 눈을 돌리지 않는 그의 모습이 너무나 평온해 보여 애타는 마음으로 연인을 기다리는 남자처럼 보이지 않았다.

약속 시간에 일부러 늦으려고 한 것은 아니었다.

비행기가 강풍 때문에 착륙을 제대로 하지 못했고 호텔로 오는 차편에도 혼선이 생겨 30분이나 지체가 되었던 것이 원인이었다.

오는 내내 그를 만나지 못할까 봐 가슴을 졸였다.

짐조차 풀지 못하고 호텔을 빠져나와 쉬리의 언덕에 올라 그의 모습을 보는 순간 눈물이 핑 돌았다.

다행스럽게 그는 아직까지 자리를 지키며 그녀를 기다리고 있었다.

저 장소에서 간절한 떨림으로 그를 기다렸던 생각이 났다.

저 사람의 마음도 그때 자신처럼 그럴까?

한 걸음, 한 걸음 다가갔다.

자신이 사랑한 남자로부터 어떤 설명을 듣던 실망하거나 화를 내지 않을 거라 다짐하면서……

적운구가 어둠에 잠겨 있던 하늘에서 거짓말처럼 나타난 것은 그녀가 오솔길로 들어서서 벤치를 향해 다가갈 때였다.

무서운 힘으로 강태산을 빨아들이는 적운구는 뜨거운 숨결을 뿜어내는 악마의 혓바닥처럼 더없이 붉었고 끈적거렸다.

너무 놀라 소리를 질렀으나 주변에는 아무도 없었다.

그 와중에도 강태산의 시선이 자신을 향해 날아오는 게 보였다.

그는 적운구가 몸을 빨아들이는 그 순간조차 자신을 바라보며 반갑다는 시선을 하염없이 던지고 있었다.

무섭고 두려웠으나 무저갱을 향해 빨려 들어가는 강태산의 이름을 안타깝게 부르짖으며 앞으로 달려갔다.

이대로 헤어지면 다시는 그를 보지 못할 것 같다는 안타까움이 그녀에게 그런 행동을 하도록 만들었다.

적운구가 기다렸다는 듯이 그녀의 몸을 끌어당긴 것은 강태산의 신형이 완전히 사라졌을 때였다.

몸이 공중으로 떴고 수많은 빛줄기의 향연 속에 정신을 잃었다.

전혀 다른 세상.

그녀가 무림에서 눈을 떴을 때 가장 먼저 눈에 들어온 사람이 바로 천왕성주였다.

얼굴에 서린 고귀한 기운.

그의 얼굴은 투명한 빛을 띠어 사십 중반의 나이임에도 불구하고 마치 이십 대 청년의 피부를 보는 것 같았다.

뭐라 물어왔으나 대답하지 못했다.

그의 말은 알아들을 수 없었는데 이곳에 있는 사람들은 전부 그녀가 살았던 세상과 다른 언어를 썼다.

낯선 언어, 낯선 복장, 낯선 사람들.

오랜 연기 생활로 그가 자신을 돌봐주라는 지시를 내렸다는 걸 눈치챌 수 있었다.

그의 한마디에 거대한 저택에 있던 여인들이 거처를 마련해주었고 옷과 음식을 주었으니 말이다.

천왕성주는 이틀에 한 번꼴로 그녀를 찾아와 한 시진씩 머물다가 돌아갔다.

천왕성주는 그녀가 말하지 못한다는 걸 안 이후로 대화를 서두르지 않았는데 부드러운 웃음을 지은 채 천천히 차를 마시며 시간을 보내다가 돌아가곤 했다.

한 달이 지난 후부터 떠듬거리며 말을 하기 시작했다.

언어 습득 능력이 뛰어났던 그녀에게 무림 세계의 언어는 그리 어려운 것이 아니었다.

그때 천왕성주와의 첫 대화가 이루어졌다.

"이름이 무엇인가?"

"김가을이에요."

"가을이라… 참으로 예쁜 이름이구나. 그대는 십 년 전 유명을 달리한 내 아내와 너무도 닮았다."

그는 그 말을 하면서 하염없이 김가을을 바라보았다.

그때서야 처음 만났을 때 자신을 보면서 놀라던 천왕성주의 시선이 무엇 때문인지 알게 되었다.

시녀들의 입을 통해 들은 천왕성주의 신분은 그야말로 대단했다.

지상 최강의 사나이.

현 무림을 양분해서 통치하는 그의 검은 무적이라 했다.

시간이 지나면서 들어온 정보들이 하나씩 정리되었다.

그녀가 떨어진 세상은 무림이다. 그리고 이곳은 천왕성이라는 단체의 본진이었고 그녀를 찾아오는 중년의 사내는 삼초무적이라는 명호를 가진 천왕성주 기천명이었다.

시녀들은 아침이 되면 언제나 김가을을 향료가 섞인 뜨거운 물에 목욕시킨 후 정성스레 화장을 시켰다.

그녀들의 정성이 무엇 때문인지 알게 된 것은 그리 오래 걸리지 않았다.

우연하게 시녀들이 수군거리는 이야기를 들은 후 김가을은 그때부터 시녀들이 해주는 화장을 거부했다.

천왕성주가 그녀를 마음에 두고 있다는 소리를 들었을 때 몸이 으슬으슬 떨리는 불안감과 외로움을 느꼈다.

자신을 돌봐준 것에 대해서는 고맙게 생각했으나 그녀는 단 한순간도 기천명을 남자로 생각한 적이 없었다.

같은 시각 같은 장소에서 적운구에 빨려들었으니 강태산은 이곳 어딘가에 있을게 분명했다.

그랬기에 그녀는 시간이 날 때마다 시녀들에게 강태산이란 사람을 찾아달라고 부탁했다.

그러나 돌아오는 대답은 언제나 모른다는 것이었다.

밤이 되면 남모르게 눈물을 흘렸다.

전혀 다른 세상에서 홀로 외로이 지내야 하는 자신의 신세가 처량했고 사랑하는 사람을 잃어버렸다는 상실감에 정신은 점점 지쳐갔다.

천왕성주 쪽에서 혼사 이야기가 나오기 시작한 것은 이곳에 온 지 두 달이 훌쩍 지났을 때였다.

천왕성주는 한 달이 지나자 거의 매일같이 찾아왔는데 어느 순간부터 혼인을 하고 싶다는 말을 꺼내기 시작하더니 지금에 와서는 아예 기정사실화해 버렸다.

천왕성 전체가 들썩이기 시작했다.

기천명이 혼사란 말을 꺼낸 후부터 천왕성의 가신들은 지체 없이 도사에게 길일을 받은 후 혼사에 필요한 준비들을 차근차근 진행시켰다.

김가을은 자신의 의지와 상관없이 혼사가 진행되는 것을 바라보며 이를 악물었다.

기천명에게 악을 쓰면서 따졌다.

여자의 마음과 상관없이 혼사를 강행하는 무례함을 따졌으나 그는 언제나 웃는 얼굴로 미안하다는 말만 했다.

이럴 수는 없었다.

사랑하는 사람을 지척에 두고 다른 남자의 아내가 될 수는 없었다.

그랬기에 김가을은 매번 수포로 돌아갔던 탈출을 포기하고 조용히 때를 기다렸다.

자신의 의지가 받아들이지 않는다면 혼례 당일, 그의 눈앞에서 혀를 깨물고 죽을 생각이었다.

강태산은 마령과 천호, 상장만 대동하고 측성곡을 떠나 길을 나섰다.

나머지 화망의 부대원들에게는 전부 살길을 찾아 떠나라고 했기 때문에 삼 개월 동안 난공불락의 요새로 불렸던 측성곡엔 개미 새끼 한 마리 남지 않았다.

측성곡에서 천왕성까지의 직선거리는 이천 리가 넘기 때문에 말을 이용해서 아무리 빨리 달려도 십 일은 족히 걸린다.

마음은 급했고 거리는 멀었다.

강태산이 심복들인 대주들마저 떨어뜨린 채 혼자 움직이기 시작한 것은 천왕성주의 혼사가 오 일 후에 벌어진다는 소식을 들은 이후부터였다.

강태산은 전력으로 태을경공을 이용해서 천왕성을 향해 날아갔다.

사수를 건너 태행산을 넘었다. 길이 아닌 곳이면 길을 만들었고, 조금이라도 시간을 줄이기 위해 잠조차 걸렀다.

그가 천왕성에 도착한 것은 다행스럽게도 혼사 전날이었다.

강태산은 한숨을 몰아쉰 후 지체 없이 몸을 날려 그녀의 거처로 향했다.

수없이 많은 무사들이 경비를 서고 있었으나 그를 막을 수 있는 자는 아무도 없었다.

그녀의 거처가 가까워지자 강한 무인들이 촘촘히 배치되어 있었지만 강태산은 물 흐르듯 그자들의 혼혈을 짚으며 전각으로 다가갔다.

정적에 사로잡힌 전각의 한쪽에 불빛이 보였다.

강태산은 조금도 망설이지 않고 그 불빛을 향해 움직였다.

문을 열고 들어섰을 때 김가을은 등을 보인 채 고운 손수건으로 눈물을 훔치고 있었다.

"왜 울고 있습니까?"

갑작스럽게 들린 목소리에 눈물을 훔치던 김가을이 자리에서 벌떡 일어났다.

그러고는 몸을 돌려 강태산을 바라보며 몸을 벌벌 떨었다.

"당신……."

"혹시, 내가 늦게 온 겁니까?"

많은 의미가 담긴 질문이었다.

그러나 김가을은 그의 질문에 담긴 의미를 눈치채지 못한 것 같았다.

그만큼 그녀의 마음이 절박했다는 뜻이다.

"흐흑… 태산 씨를 내가 얼마나 찾았다구요. 당신, 도대체 어디 갔었어요!"

"조금 멀리 있었습니다. 가을 씨가 여기에 왔다는 걸 몰랐어요. 미리 알았다면 더 빨리 왔을 텐데… 미안합니다."

"보고… 싶었어요……."

"나도 보고 싶었습니다. 많이."

강태산의 눈이 그녀의 눈과 마주쳤다.

그녀는 원했던 대답을 듣자 주르륵 눈물을 흘리며 강태산의 품으로 파고들었다.

"무서웠어요. 당신을 영원히 만나지 못할까 봐."

"일단 나갑시다. 이곳에서 벗어나야 안전할 수 있어요."

"여긴 무서운 곳이에요. 아무리 태산 씨라도 위험해요."

"괜찮아요. 그러니까 걱정 말고 업혀요……."

"업히라고요?"

"가을 씨 말대로 여긴 용담호혈이죠. 놈들의 눈을 피해서 빠져나가려면 가을 씨가 업혀야 합니다. 싫으면 안고 가는 방법도 있습니다. 저는 안고 가는 게 더 좋긴 한데……."

"아니에요. 업힐게요."

강태산이 두 손을 내밀자 김가을이 재빨리 걸어서 등 쪽으로 다가왔다.

피식 웃은 강태산이 그녀를 등에 업은 채 담장을 향해 날아갔다.

이미 천왕성에는 경비병들이 쓰러진 걸 확인하고 비상호각이 연신 울려 퍼지고 있는 중이었다.

바람이 귓가를 스쳐 지나갔다.

김가을은 등에 업힌 후 연신 비명을 질러댔으나 강태산이 주의를 준 후부터 얼굴을 묻고 움직이지 않았다.

무서웠을 것이다.

하늘을 붕붕 날아다니는 강태산의 능력은 인간의 한계를 뛰어넘는 것이었으니 말이다.

강태산은 전각을 나서기 전 천을 이용해서 자신의 몸에 김가을을 꽁꽁 묶었다.

적들을 상대하기 위해서는 조금이라도 더 자유롭게 움직일 수 있어야 했다.

강태산은 천왕성을 빠져나온 후 서쪽으로 방향을 잡고 태을 경공을 시전했다.

천왕성의 세력권을 무사히 빠져나가기 위해서는 비천사가 버티고 있는 남쪽보다 서쪽이 유리하다는 판단을 내렸다.

천왕성을 빠져나온 후 삼 일 동안 강태산은 한 번도 멈추지 않았다.

적이 두려운 건 아니었으나 그에게는 지켜야 할 소중한 사람이 있었으니 위험한 상황을 조금이라도 만들고 싶지 않았다.

하지만 상황은 그의 의도대로 따라주지 않았다.

적들이 나타나기 시작한 것은 문천벌을 통과한 후 민강에 도착해서 김가을에게 소면과 만두를 먹일 때였다.

나타난 자들은 백의를 입은 열두 명의 중년인들이었는데 왼쪽 가슴에 구름 문양이 새겨진 것을 보니 천왕성의 비밀 조직 유운대의 검귀들이 분명했다.

도대체 어떻게 따라붙었을까.

속도로 봤을 때 놈들은 천왕성부터 추적해 온 자들이 아니다. 그렇다면 이쪽 어딘가에서 임무를 수행하다가 연락을 받고 차단한 것이 틀림없다.

강태산이 불안에 떨고 있는 김가을의 앞을 가로막았다. 그런 후 부드러운 음성으로 그녀를 향해 입을 열었다.

"마저 먹어요. 앞으로 갈 길이 머니까 든든히 먹어두는 게 좋아요."

"저 사람들… 괜찮아요?"

"가을 씨는 나만 믿으면 됩니다. 밥 먹는데 비위가 상할 수도 있으니까 이쪽은 보지 말아요."

유운대의 검귀들이 아무리 강해도 비천사의 특수부대를 이끌었던 야차의 상대는 아니었다. 더군다나 그는 예전의 야차가 아니었다.

이미 그는 현천기공을 극성까지 끌어 올린 상태였으니 백색 검귀들이 강태산을 추적해 온 건 죽을 자리를 찾아온 것이나 다름없었다.

김가을이 말 잘 듣는 어린아이처럼 반대쪽으로 몸을 돌리자 강태산이 흑혈도를 뽑으며 검귀들을 향해 걸어갔다.

위잉…….

단지 칼을 뽑았을 뿐인데도 공간이 응축되었고 지축이 일그러졌다.

그의 칼이 휘둘러질 때마다 뇌전이 솟구치며 검귀들의 신형이 바람결에 흔들리는 나뭇잎처럼 비틀거렸다.

강태산은 김가을을 보호하며 전진을 거듭했다.

천왕성의 공격은 집요했다.

그가 가는 곳마다 병력들이 포위망을 좁혀 왔는데 시간이 지날수록 점점 더 강한 자들이 나타나고 있었다.

김가을은 천왕성을 빠져나온 후부터 거듭되는 싸움을 지켜보며 두려움에 벌벌 떨었다.

화려한 조명 속에서 팬들의 환호를 받던 그녀가 사지가 잘리고 피가 지천에 흐르는 장면들을 본다는 건 충격을 넘어 절망에 가까운 것이었다.

하지만 그녀는 강태산을 말리지 못했다.

이곳은 법이 존재하는 사회가 아니라 언제든지 사람을 죽일 수 있는 양육강식의 세계였고 피를 꾸역꾸역 흘리며 바닥에 쓰러진 자들은 자신들을 죽이기 위해 무차별적으로 칼을 휘두르던 무인들이었다.

천왕성을 빠져나온 지 보름 동안 강태산이 죽인 천왕성 무인들 숫자는 무려 백오십에 달했다.

그것도 강태산이 돌파를 위주로 싸움을 했기에 최소화된 것이지, 끝장을 보겠다고 마음먹었다면 시신의 숫자는 족히 그 두 배는 넘었을 것이다.

온몸이 피로 물들었으나 강태산의 두 눈은 여전히 푸른빛을 간직한 채 무섭게 빛나고 있었다.

홍천을 건너 소홍산으로 방향을 잡았다.

이제 소홍산만 넘으면 천왕성의 영향권에서 완전하게 벗어나게 된다.

참으로 지독한 천라지망이었다.

강태산이 아니었다면 천왕성이 펼쳐놓은 천라지망에 속절없이 목숨을 잃었을 정도로 완벽에 가까운 포위망이었다.

그러나 강태산은 그 천라지망을 종잇장처럼 찢어버린 채 바람처럼 하북을 향해 움직였다.

천왕성주 기천명이 천왕십수를 이끌고 강태산의 앞을 가로막은 것은 소홍산이 바라보이는 정양벌로 들어설 때였다.

그는 얼굴은 더없이 굳어져 있었는데 두 눈에는 은은한 분노가 담겨 있었다.

"내 여인을 내놓아라!"

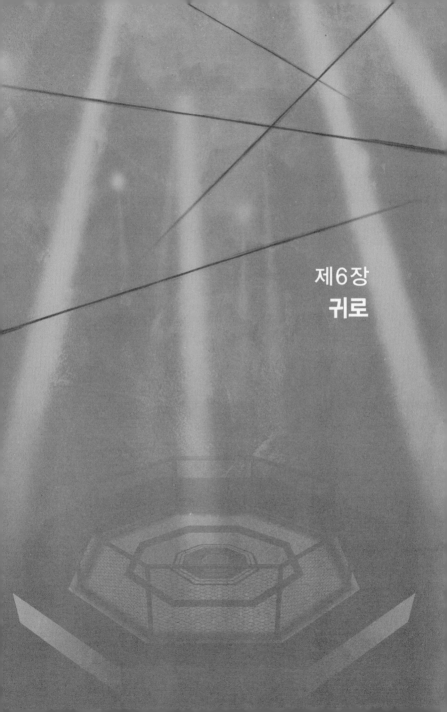

제6장
귀로

기천명의 낮고 굵은 음성에 강태산이 거칠게 반응했다.

　"누가, 네 여인이란 말이냐?"

　"저 여인은 천왕성에서 세 달이나 내 곁에서 머물며 혼인을 약속한 사람이다. 그런 여인을 감히 납치하다니!"

　"내가 언제 혼인을 약속했어요! 그건 당신이 일방적으로 한 거잖아요!"

　강태산을 압박하는 기천명의 억지에 김가을이 울컥하며 소리를 질렀다.

　그녀는 억울해서 미치겠다는 듯 발까지 동동 굴러댔는데 그의 이야기에 담긴 의미가 자칫하면 강태산에게 커다란 오해를 불러일으킬 수 있기 때문이었다.

남녀가 세 달 동안 같이 지냈다는 건 듣기에 따라 치명적인 오해를 만들 수 있다.

김가을의 뾰족한 외침에 기천명의 표정이 가면을 씌운 것처럼 무겁게 가라앉았다.

"그대가 숨 쉬고 잠들었던 곳은 내 아내가 거처하던 곳이었다. 나는 그대를 부인으로 맞이할 생각으로 그곳을 내주었던 것인데 그것도 몰랐단 말이냐?"

"몰랐어요. 알려줬어야 알죠."

"내가 누차 말했을 텐데… 우리의 혼사에 대해서?"

"나는 한 번도 인정한 적이 없어요. 보세요, 여기 이 남자가 제 남자예요. 저는 이 남자와 결혼하기 위해 왔다가 이렇게 된 거라구요."

"저놈이 네 사내라고?"

"그래요!"

기천명의 얼굴이 그녀에게서 강태산으로 돌아왔다.

단순한 납치는 아니라고 생각했다. 하지만 이런 관계일 거라고 생각을 한 것은 더더욱 아니었다.

어느 날 하늘에서 불쑥 떨어진 사고무친의 여자에게 남자가 있을 거라고는 꿈에도 생각해 보지 않았다.

그랬기에 그의 음성은 잘게 흔들려 나왔다.

"사실이냐?"

"여자가 말하면 믿어. 뭘 그런 걸 다시 묻고 그래. 쪽팔리게."

"품었느냐?"

"당연한 걸 묻는군."

"으……"

기천명이 신음 소리를 흘리며 김가을을 쳐다보았다.

하지만 그녀는 눈 하나 깜빡하지 않고 당당한 모습으로 오히려 그를 노려보고 있었는데 전혀 얼굴조차 붉히지 않았다.

다른 남자의 품에 안겼다고… 저 여자가!

얼굴이 저절로 일그러졌다. 천지에 내린 새하얀 눈처럼 고결하게 보이던 그녀가 눈앞에 있는 놈에게 안겼다는 소릴 듣자 자신도 모르게 이가 악물어졌다.

"정체를 밝혀라."

"야차!"

"비천사의 화망?"

"알아주니 고맙구만. 맞아, 내가 화망의 주인 야차 강태산이다."

"그랬군, 그랬어. 기도가 남다르다 했더니 신천무제라 불리는 야차였구나. 최근 들어 신천무제의 무력이 천지를 진동시켰다더니, 이제야 그 말을 믿겠다."

"다시 말하지만 이 여인은 내 사람이야. 여기서 그만둔다면 나도 조용히 사라지겠다. 어쩔 텐가?"

"세상 사람들이 전부 이 혼사를 알게 되었다. 그러니 어찌 그냥 보내줄 수 있겠느냐."

"그래서?"

"나를 보고 사람들이 삼초무적이라 부른다. 내 삼 초를 받으면 나는 미련 없이 돌아가마."

천왕성주가 자신의 검을 천천히 빼 들며 강태산을 노려보았다.

말로는 그리했지만 결국 죽이고 김가을을 되찾아가겠다는 말이다.

다른 누구도 아니고 무적의 고수라 불리는 천왕성주 기천명이다.

그가 검을 뽑은 후 지금까지 삼 초를 견뎌낸 사람은 아무도 없다는 게 강호의 정설이었으니 그는 결국 강태산을 죽이겠다고 선언을 한 것과 다름이 없다.

그랬기에 강태산은 흑혈도를 빼 들면서 쓰디쓰게 웃었다.

천왕성주, 삼초무적 기천명.

예전 무림에 있을 때 그는 사신이나 다름없는 절대고수였기에 만나는 것 자체를 죽음으로 여겼다.

하지만 지금은 다르다.

"기천명, 당신은 내기를 잘못 걸었어. 당신을 죽여야 갈 수 있었다면 모를까, 겨우 삼 초를 내기로 걸다니 가소로운 일이야. 그 오만이 얼마나 잘못된 것인지 내가 똑똑히 알려주지."

강태산은 현천기공을 전부 흑혈도에 걸었다.

그런 후 창공을 날아 파산도법의 절초들을 줄기줄기 뿜어냈다.

시퍼렇게 넘실거리는 도기의 물결.

산악을 잘라 버릴 것 같은 파산도법의 절초들은 공간을 장악한 채 기천명을 향해 유성우처럼 쏟아져 들어갔다.

쾅, 쾅, 쾅!

강태산이 흑혈도를 뿜어내는 순간 전력을 다해 천왕검을 난사시켰으나 벌어진 결과는 기천명의 상상을 초월할 정도로 기가 막혔다.

그랬기에 그는 세 발자국을 물러난 채 아무 말도 하지 못하고 자신의 검을 어이없다는 눈으로 지켜보았다.

무림에 그 누가 있어 자신의 검을 튕겨내고 신형마저 물러나도록 만들 수 있단 말인가.

어느새 강태산은 흑혈도를 회수하고 자신을 물끄러미 바라보고 있었다.

선공을 허용했다 해도 이런 결과가 생길지는 꿈에도 생각하지 않았다.

강태산이 아무리 발버둥을 친다 해도 삼 초면 충분히 죽일 수 있을 거라 예상했었지만 자신의 예측은 말도 안 되는 허상에 불과했다.

칼을 뽑는 순간 뭔가 잘못되었다는 것을 알았다.

강태산의 몸에서 뿜어져 나오는 기도가 자신에 비해 절대 떨어지지 않았고 그의 칼에서는 무려 삼 척에 달하는 도기가 뿜어져 나왔다.

삼 척의 도기는 자신이 최근에 성취한 천왕검기의 수준보다 조금도 떨어지지 않는 것이었다.

"허어……."

그저 헛웃음이 흘러나왔다.

지금 눈앞에 서 있는 자는 삼초지적이 아니라 목숨을 걸고 싸워도 이긴다는 보장을 하지 못할 만큼 무시무시한 강자였다.

"삼 초가 지났어. 약속을 지킬 텐가, 아니면 깰 텐가?"

"너는… 지금까지 정체를 숨겨왔던 모양이구나. 그런 무력을 가지고 왜 비천사에 몸담았단 말이냐?"

"그럴 일이 있었을 뿐이야. 빨리 결정해. 저 사람, 아침도 못 먹어서 꽤나 배고플 거야."

"푸하하, 한여름 밤의 꿈은 한없이 덧없다고 하더니 내가 그런 짓을 한 것 같구나. 나는 지금까지 살아오면서 단 한 번도 약속을 어긴 적이 없다. 그러니, 가라."

"나를 추적할 생각인가?"

"나를 두말하는 인간으로 만들지 마라. 네가 어디로 가든 추적은 하지 않을 것이다. 하지만 어차피 너와 나는 한 하늘을 이고 살 수 없지 않겠느냐. 그 정도의 무력으로 천하를 그냥 두지 않을 테니 곧 마주치게 되겠지."

"천하는 필요 없어. 내가 스스로 무림에 다시 나오는 일은 없을 것이다. 그러니 건드리지 마."

"정말이냐?"

"나 역시 지금까지 내가 한 말을 어긴 적이 없다. 그러니 믿어!"

강태산은 천왕성주와 헤어져 홍천을 넘었다.

그러고는 보름을 더 서쪽으로 움직여 바다가 보이는 미사현에 자리를 잡았다.

무림의 서쪽 끝.

세력들의 발길이 닿지 않는, 그야말로 가장 외진 곳이었다.

그곳에 자리를 잡고 바다가 잘 보이는 아름다운 장원을 구입했다.

화망의 수장으로 있으면서 모은 재산은 장원과 하인들을 구하는 데 충분했기에 강태산은 장원을 구한 후 귀환장이라 이름을 지었다.

시름에 잠겨 있는 김가을을 위로하기 위해 지은 이름이다.

김가을은 현실로 다시 돌아가지 못한다는 사실에 밤낮없이 우울증에 시달리고 있었다.

강태산은 정착을 한 후 원래의 모습인 청룡의 얼굴로 바꾸었다.

격투기 선수의 얼굴을 한 채 구하러 간 것은 불안에 떨고 있을 그녀를 안심시키려는 의도였을 뿐, 모든 것이 끝난 지금은 더 이상 본 모습을 숨기고 싶지 않았다.

그런 강태산에게 우울증에 빠진 김가을은 쉽게 다가오지 못했다.

자신이 사랑했던 남자의 얼굴을 완벽하게 버리고 다른 사람이 되어 살아가는 강태산은 그녀에게 낯선 사내에 불과했다.

그러나 먼저 다가서지 않은 것은 강태산도 마찬가지였다.

기다림.

김가을에게 필요한 것은 시간이란 걸 알기에 강태산은 애써 먼저 다가가 그녀의 마음을 얻으려 하지 않았다.

강태산은 바다가 보이는 언덕에 벤치를 만드는 작업을 했다.

적당한 나무를 고르고 잘라 나무못을 이용해서 벤치를 만드는 작업은 목수 일을 처음 해보는 강태산에게 결코 쉬운 일이 아니었다.

그럼에도 삼 일 동안 끙끙 앓으면서 만든 벤치는 처음 만든 것치고 꽤나 훌륭했다.

시원한 바람을 맞으며 벤치에 앉자 담배가 피우고 싶어졌다.

멀리서 다가오는 바다 냄새를 맡으며 벤치에 앉아 피우는 담배는 그 무엇과도 바꿀 수 없는 즐거움이겠지만 그의 수중에는 아쉽게도 담배가 없었다.

벤치에 앉아 바다를 바라보는 일은 일상이 되었다.

김가을이 방에서 나와 벤치로 다가온 것은 이곳에 둥지를 튼 지 보름이 지났을 무렵이었다.

"뭐 하세요?"

"바다를 봅니다."

"당신, 이제 그 얼굴로 살기로 작정했군요?"

"그렇습니다."

"왜죠?"

"이게 내 얼굴이니까요."

"날 위해 예전 그 모습으로 살아갈 순 없나요?"

"그 얼굴은 위선이었습니다. 당신에게 더 이상 나는 위선이 되고 싶지 않습니다."

"…그렇군요."

김가을이 긴 한숨을 내리쉬었다.

강태산의 음성에서 나오는 결연함은 절대 자신의 의지를 꺾지 않겠다는 신념이 들어 있었다.

얼굴도 다르고 목소리도 다르다. 그런데도 이 남자는 존재가 다르지 않다며 제자리에 서서 자신을 기다리고 있었다.

강태산의 입이 열린 것은 힘없는 모습으로 김가을이 벤치 한쪽에 앉았을 때였다.

"가을 씨, 뭐 하나 물어봐도 됩니까?"

"뭐죠?"

"왜 약속한 제주도에 왔죠? 이렇게 힘들어하면서?"

"태산 씨 말이 거짓이라고 생각했어요. 인터넷을 뒤져보니 얼굴을 바꾸는 마술이 있더군요. 변검이라는 것이었어요. 나는 태산 씨가 그걸 익혀서 장난을 친 거라고 생각했어요. 나는 태산 씨를 사랑했으니까 오지 않을 이유가 없었어요. 그런데 말도 안 된다고 생각했던 모든 것들이 사실이라니… 나는 지금도 믿겨지지 않아요."

"만약 그때 제주도에서 사실을 알았다면 가을 씨는 그냥 돌아갔겠군요?"

"아마, 그랬을 거예요. 다시 말씀드리지만 제가 사랑한 사람은 격투기 선수인 강태산이었으니까요."

"외모는 달라도 사람은 같은데 구분을 하는 이유는 뭐죠?"

"사람은 추억을 먹고 살잖아요. 지금 태산 씨의 얼굴은 제 추억 속에 없어요. 태산 씨를 사랑한 저의 추억은 오직 그때 그 얼굴뿐입니다."

"우린, 어쩌면 다시는 대한민국으로 돌아가지 못할 수도 있습니다. 그런데도 나를 받아주지 않을 건가요?"

"알아요… 그래서 이렇게 더 힘들어하잖아요."

수척한 얼굴로 대답하는 김가을의 눈에서 어느새 눈물이 새어 나오고 있었다.

그녀의 모습은 어미 잃은 아기 사슴처럼 애처롭고 가냘파 보였다.

강태산이 애써 고개를 돌린 것은 그녀의 그런 모습을 보고 싶지 않았기 때문일 것이다.

"방에만 있지 말고 밖으로 나와요. 이곳의 생활이 당신과 어울리지 않는다는 건 알지만 그렇다고 해서 삶을 포기할 수는 없는 것 아닙니까. 당신에게 나의 진심을 알아달라고 강요하지 않겠습니다. 그러니 이제 방에서 나와 일도 하고 산책도 하세요."

"그럼 정말 좋아질까요?"

"사람은 언제나 행복을 찾아가는 본능이 있습니다. 행복은 마음먹기에 달린 것이니 하나하나 하고 싶은 일들을 하다 보면

작은 것들이 모여 결국 당신에게 새로운 추억을 만들어줄 겁니다."

김가을은 그때부터 방에서 나와 정원을 가꾸기 시작했다.

그녀는 하인들을 시켜 꽃들을 구해와 정성 들여 정원의 이곳저곳에 심었다.

그뿐만이 아니었다.

그녀는 강태산을 졸라 산과 들로 다니며 아름다운 수목을 찾았는데 마음에 드는 나무가 있으면 지체 없이 정원으로 옮기는 작업을 했다.

그녀의 손길에 귀환장의 정원이 하루가 다르게 변해갔다.

정원이 바뀔 때마다 그녀의 얼굴도 바뀌어갔다.

잃어버렸던 웃음이 돌아왔고 사람들을 대하는 배려와 품위가 올올히 살아났다.

이곳에 온 지도 벌써 여섯 달.

처음의 어색함과 불편함은 가라앉았고 대신 김가을에게 찾아온 것은 봄날의 희망과 새로운 사랑의 설렘이었다.

그녀가 밭에서 일을 하고 있던 강태산을 찾아온 것은 해가 중천에 머물던 오시 무렵이었다.

"태산 씨, 마루에 걸 동경이 필요해요. 같이 가주면 안 돼요?"

"동경은 세 개나 있는데 또 산단 말입니까?"

"필요하다고요!"

반문하는 강태산을 향해 김가을이 도끼눈을 부릅떴다.

김가을은 방에서 나와 활동하기 시작한 후 다섯 달이 지나자 이제 완벽하게 예전의 모습으로 돌아가 있었다.

강태산이 머리를 긁적이다가 밭일을 하느라 걷었던 바지를 내렸다.

그녀가 도끼눈을 부릅뜨면 이겨낼 재간이 없다는 걸 너무나 잘 알기 때문이었다.

미사현은 인구가 만 명에 달하는 제법 큰 도시로 귀천장과 반나절이 떨어진 곳에 위치하고 있었다.

그러나 그것은 보통 사람의 걸음으로 따졌을 때 그렇다는 것이고 강태산에게는 반 시진이면 충분한 거리였다.

강태산은 언제나처럼 김가을을 업고 달렸다.

처음에는 업히지 않으려고 하던 그녀도 한 번 걸어본 후로는 두말없이 강태산의 등에 업혀 나들이를 했다.

두 사람의 관계가 점점 가까워질 수밖에 없었던 가장 큰 원인은 바로 이것 때문이었다.

김가을은 빠르게 이동하는 강태산의 목을 부여잡고 매달렸는데 점점 경험이 쌓이자 지금은 아예 가슴을 바짝 붙여서 기수가 말을 타듯이 다리를 허리에 감았다.

예전 같았다면 부끄러워 절대 하지 못했을 행동이었으나 김가을은 얼굴 하나 붉히지 않고 능숙하게 해냈다.

그녀는 한번 시장에 나가면 대충 돌아오는 법이 없었다.

시장 곳곳을 기웃거리며 맛있는 것을 먹은 후 저녁 늦을 때까지 구경하다가 장원으로 돌아오곤 했다.

　그날도 동경을 산다는 핑계로 시장에 나갔던 김가을이 객잔에서 저녁까지 먹고 강태산과 함께 돌아온 것은 어둠이 완전히 내린 술시 무렵이었다.

　장원은 대청에만 불이 밝혀진 채 어둠 속에 잠겨 있었는데 일하는 사람들은 전부 잠자리에 든 모양이었다.

　장원 마당에 들어선 강태산은 그녀를 내려놓지 않고 대청까지 걸어 올라갔다.

　김가을이 허리에 묶은 다리를 풀지 않았기 때문이다.

　그녀의 다리가 풀린 것은 대청에 다 오른 후였다.

　"동경, 저기다 걸어줘요."

　"지금?"

　"걸어놓고 자야지 마음이 편해요. 그러니까 걸어줘요."

　"…그럽시다."

　그녀의 주장에 강태산이 동경을 들어 손가락이 가리키는 곳으로 가져갔다.

　그런 후 대못을 박고 동경을 걸어주었다.

　그러자 김가을이 사뿐사뿐 걸어와 자신의 모습을 동경에 비쳤다.

　"어때요, 나 예뻐요?"

　"가을 씨는 언제나 예쁘죠. 가을 씨는 너무 예뻐서 볼 때마다 가슴이 두근거려요."

　"피이… 거짓말."

"하하… 정말입니다."

"오늘 고생했어요. 무거운 처녀 등에 업고 다니느라."

"무겁기는 하더군요."

"어머, 그렇다고 금방 수긍을 하면 안 되죠. 사실 태산 씨도 좋았던 거 있잖아요."

"뭐가 말입니까?"

"예쁜 처녀가 가슴을 대고 하루 종일 있었는데 안 좋았단 말이에요?"

"…그건 좋았습니다."

"좋다면서 언제까지 그 방에서 잘 거죠?"

강태산이 사람 좋은 웃음을 짓자 김가을이 턱짓으로 안방을 가리키며 눈살을 찌푸렸다.

그러더니 고개를 조금 외측으로 꼬아 시선을 피하면서 말을 이어나갔다.

"정 씨 아주머니가 아까 낮에 와서는 이상한 소리를 했어요. 주변 동네뿐만 아니라 현에까지 우리가 친 오누이란 소문이 났다더군요."

"왜 그런 소문이……?"

"우리가 같은 방을 쓰지 않으니까 그런 소문이 난 모양이에요."

"음……."

"정 씨 아주머니가 왜 같은 방을 쓰지 않느냐고 묻더군요. 그래서 태산 씨가 잘못한 일이 있어 소박 놓는 중이라고 했어요."

"소박은 너무 했습니다……."

"그랬더니 뭐라는 줄 알아요?"

"뭐랍디까?"

"그만 용서해 주래요. 남자는 너무 오랫동안 방치하면 다른 여자 찾는다면서 말이죠. 정 씨 아주머니 말로는 태산 씨가 너무 잘생겨서 현에 있는 여자들이 난리가 아니라고 하던데, 혹시 연서 같은 거 받은 적 없어요?"

"절대 없습니다."

"나 모르게 받아놓고 오리발 내미는 건 아니죠?"

"그럴 리가요."

"믿고 싶은데 믿겨지지 않아요. 자꾸 불안해지기도 하고. 당신을 다른 여자한테 뺏긴다고 생각하니까 겁나요."

"당신이 있는 한 다른 여자를 사귀는 일은 없을 겁니다."

"미안해요."

"뭐가 말입니까?"

"혼자 독수공방하게 만든 거. 그동안 힘들었죠?"

"흐음… 힘들긴 했습니다."

"그래서 말인데, 기회를 드릴게요. 조금 있다가 방으로 오세요. 당신을 내가 사랑했던 태산 씨로 인정하려고 하는데 당신 생각은 어때요?"

＊　　　　＊　　　　＊

강태산은 욕실에 들어가 깨끗하게 몸을 씻고 옷을 갈아입었다.

그런 후 한동안 자신의 방에서 움직이지 않았다.

드디어 그녀가 허락을 했다.

김가을이 마음을 열기까지 걸린 시간은 무려 여섯 달이었다.

세상천지에 아무도 모르는 이곳 무림에서 강태산을 받아들이기까지 여섯 달이 걸렸으니 만약 대한민국이었다면 그녀는 끝까지 냉정하게 그를 거부했을지 모른다.

사람마다 생각과 신념에 차이가 있다.

특히 여자의 사랑은 절대적이라 한 번 사랑에 빠지면 다른 것은 전혀 염두에 두지 않는 경우가 많다.

대표적인 것이 은정의 경우였다.

은정은 앞으로 청룡의 강태산으로 살아갈 것이라는 그의 말을 듣자 오빠를 돌려달라며 눈물을 흘렸다.

오빠가 아니면 안 된다고 했다. 그녀의 사랑은 오직 오빠에게 향하고 있기 때문에 다른 사람은 사랑할 수 없다고 했다.

천천히 방을 나서 대청으로 향했다.

그녀는 10m 정도 떨어진 별채에 머물렀기에 강태산은 신발을 신고 마당을 건넜다.

"…들어가도 됩니까?"

"들어오세요."

그녀의 목소리를 듣자 저절로 긴장이 되었다.

그럼에도 강태산은 침착함을 잃지 않고 방문을 열었다.

김가을은 그가 만들어준 화장대에 앉아 있었는데 어느새 예쁘게 단장하고 입술에 연지까지 바른 상태였다.

"왜 이제 와요?"

"나름대로 준비하느라……."

"남자가 뭘 그렇게 준비할게 있다고… 나는 벌써 끝내고 기다렸는데 말이죠. 혹시, 나 애태우려고 일부러 그런 거예요?"

"절대, 아닙니다."

"저기 앉아요."

언제 준비했을까. 그녀가 가리킨 탁자에는 간단한 안주와 술이 놓여 있었다.

강태산이 자리에 앉자 김가을이 천천히 다가와 그의 앞에 앉았다.

가슴이 뛰었다.

눈앞에 다가와 앉은 그녀는 오늘따라 선녀처럼 아름다워 눈이 부실 지경이었다.

더군다나 살짝 붉어진 얼굴과 촉촉해진 눈은 마주 바라보기 어려울 정도로 고혹적이었다.

"한 잔 받아요."

"고맙습니다."

"뭐 해요, 나도 따라줘야죠."

강태산이 당황하는 모습을 보면서 그녀가 웃었다.

이런 자리에서는 남자가 우선권을 갖는 법인데 그녀에게는 그런 것들이 통하지 않았다.

"우리 건배해요."

김가을은 잔을 들어 강태산의 잔에 부딪친 후 입으로 가져가 단숨에 마셨다.

그렇게 연속으로 세 잔을 마신 후에야 그녀의 입이 열렸다.

"지금쯤 대한민국에서는 내가 없어진 것 때문에 난리가 났을 거예요. 우리 회사 대표님, 계약한 거 전부 위약금 물어주느라 힘들었겠네요."

"돌아가고 싶나요?"

"가끔은 그래요. 하지만 처음처럼 간절하지는 않아요. 지금은 여기가 좋아졌거든요."

"다행이군요."

"왜 좋아졌는지 안 물어봐요?"

"왜 좋아졌습니까?"

"당신이 있어서요. 당신이란 존재가 그 모든 것을 뒤엎고 여기서 살 수 있는 용기와 즐거움을 줬어요. 정말 고마워요."

"그거 고백입니까?"

"들어놓고 확인하는 건 나쁜 버릇이에요."

"하하하……."

김가을이 예쁘게 눈을 흘기는 모습에 강태산이 웃음을 터뜨렸다.

천생 여우다.

대한민국을 휘어잡던 최고의 여배우답게 그녀는 표정 하나로 남자의 마음을 진탕했다.

술 한 병이 대화를 나누는 동안 금방 사라졌다.

적지 않은 양이었지만 강태산에게는 간에 기별도 안 갔다.

그래서 아쉬운 눈으로 술병을 만지작거리며 김가을의 눈치를 봤다.

"술 더 있습니까?"

"있지만 더 이상 안 돼요."

"왜죠?"

"술 취해서 분위기를 망치고 싶어요? 요 정도가 딱 적당하다구요. 술 취해서 할 일 제대로 못하는 남자는 정말 매력 꽝이에요."

"무슨 일을……?"

"그걸 꼭 내 입으로 말해야 돼요? 기다리고 있는 거 안 보여요? 얼른 키스해 줘요."

*   *   *

사람들을 모아놓고 공식적으로 부부의 연을 맺었다.

수군거리는 말들과 의아한 시선들을 한꺼번에 없애고 세상을 향해 그들이 새 출발 한다는 것을 알리려는 의미도 있었지만 두 사람 다 격식을 갖춰 부부로서의 예의를 다하고 싶었다.

이전에도 좋았지만 부부의 연을 맺은 후 두 사람은 아침부터 저녁까지 아교에 붙인 것처럼 떨어질 줄 몰랐다.

역시 결혼을 하면 생활력이 커지는 모양이다.

그동안 고귀한 모습을 유지하며 정원이나 가꾸던 김가을은 결혼을 한 후 본격적으로 밭에 나와 일을 하기 시작했다.

강태산이 말려도 막무가내였다.

그녀에게 현천기공을 가르쳐 주기 시작한 것도 그때 무렵이었다.

사랑하는 그녀가 오래도록 건강하고 활기차게 살아주기를 바라는 마음에서 강태산은 주저 없이 현천기공의 일 단계를 전수시켜 주었다.

처음에는 힘들어했으나 그녀는 의외로 금방 적응하는 능력을 보였다.

아무래도 그녀는 무공 수련에 특별한 체질을 가지고 있는 것 같았다.

모든 것이 꿈결 같은 시간들이었다.

그녀와 함께하는 모든 시간들은 불행했던 강태산의 인생에서 더없이 소중하고 즐거운 시간들이었다.

두 사람의 취미는 바닷가에 설치했던 벤치 주변을 예쁘게 가꾸는 것이었다.

추억이었을까, 아니면 기억을 잃어버리고 싶지 않아서였을까.

그들은 적운구에 의해 무림에 떨어지기 전 마지막 장소였던 쉬리의 언덕을 본떠 바닷가의 벤치 주변을 공원으로 만들기 시작했다.

아름다운 나무들을 가져다가 주변을 가득 채웠고, 꽃들과 바위로 공간을 치장했다.

김가을이 정원을 가꾸는 것보다 훨씬 많은 시간들이 걸렸지만 두 사람은 포기하지 않고 매일 조금씩 공원을 그들의 정성으로 채워 나갔다.

그러기를 일 년.

바닷가의 공원은 절경으로 변했다.

바다에 비치는 햇살의 반짝임과 어울려 화려한 꽃들은 생명력을 얻었고 울창한 나무들은 푸근하게 쉴 수 있는 그늘을 만들어냈다.

그러나 무엇보다 아름다운 건 바다 저편에 매일 저녁 만들어지는 석양이었다.

해가 질 때 만들어지는 붉은 노을은 볼 때마다 저절로 감탄이 새어 나올 만큼 황홀했고 신비로웠다.

하늘에 걸린 붉은 구름 사이로 찬란하고도 쓸쓸한 석양이 첫날밤을 둔 새색시처럼 모습을 드러내는 장면을 보기 위해 강태산과 김가을은 매일같이 공원을 찾았다.

"아름다워요."

김가을이 바다 끝에 걸려 있는 구름을 바라보며 소곤댔다.

오늘 하늘에 걸린 구름은 여러 개의 원이 길게 늘어섰는데 마치 양 떼들이 행진하는 것처럼 보였다.

"당신, 춥지 않아? 아직 바람이 쌀쌀해."

"괜찮아요."

"안아줄까?"

"그러면 좋고."

강태산이 팔을 내밀자 김가을이 기다렸다는 듯 품속으로 파고들었다.

그런 상태에서 그녀는 포근한 미소를 지었다.

"난 당신의 품이 너무 좋아요."

"나도 좋아. 당신의 숨결이……."

"대한민국에서 나는 항상 가슴 졸이며 살아왔어요. 인기가 떨어질지 모른다는 불안감에 매일 시달렸고 언론에서 나를 비난하는 기사를 볼 때마다 아파하고 힘들어했어요. 하지만 여기서는 달라요. 매일이 평온하고 매일이 행복해요."

강태산의 품속에 머리를 묻은 채 김가을이 자신의 마음을 알렸다.

그러나 강태산은 웃지 않았다.

그녀는 이렇게 살아갈 사람이 아니었다.

대한민국 최고의 여배우였고 미의 여신으로 칭송되며 화려한 삶을 살던 사람이었다.

행복하다고는 말하고 있으나 그녀의 가슴속에 숨어 있는 고통과 후회가 얼마나 큰지 너무나 잘 알기에 작은 목소리로 고백하는 그녀의 음성이 천둥처럼 들렸다.

"미안해."

"뭐가요?"

"나 때문에 당신이 이렇게 된 거잖아. 나만 아니었으면 적운구에 말려드는 일은 없었을 텐데……."

"그런 소리 하지 말아요. 이것도 내 운명인걸요."

"고마워."

"오빠, 알려줄 소식이 있어요."

"뭔데?"

"나 아기 가진 것 같아요."

"뭐라고? 정말이야?!"

"응."

그녀가 빤히 쳐다보며 고개를 끄덕이자 강태산이 그녀를 안고 펄쩍 뛰었다.

아이를 가졌단다. 자신의 아이를…….

수많은 사람들을 죽이며 살아왔던 인생 속에서 자식을 갖는다는 건 허황된 사치라고 생각했다.

여자와의 잠자리는 쾌락의 부산물에 불과한 것이었을 뿐, 자식을 갖는다는 생각은 가져본 적이 없었다.

하지만 막상 사랑하는 여자가 자신의 아이를 가졌다는 고백을 하자 정신이 멍해져 아무런 생각조차 떠오르지 않았다.

김가을의 배는 눈에 띄게 나와 있었는데, 세 달 후면 출산을 한다.

아이를 가졌다는 이야기를 들은 후부터 강태산은 그녀를 밭에 나오지 못하게 했다.

임신에 대한 것은 잘 알지 못하지만 임신 초기가 가장 중요하다는 것 정도는 알기에 강태산은 그녀의 움직임에 조심에 조심을 더했다.

하지만 행동에 조심을 한 것은 오히려 김가을이 더했다.

그녀는 아이가 잘못될까 봐 한동안 방에서조차 나오지 않았는데, 심심할 때마다 현천기공의 수련에 빠져들었다.

김가을이 방에서 나와 산책을 하기 시작한 것은 배가 불러오면서 몸이 붓기 시작했을 때였다.

그녀는 자신의 몸매가 엉망이 되어가는 걸 용납하기 어려웠던 모양인지 수시로 강태산을 대동하고 운동 삼아 산책을 했다.

시도 때도 없는 그녀의 재촉에 강태산은 수시로 불려와 지극정성으로 김가을을 모셨다.

그날도 마찬가지였다.

바람 한 점 불지 않던 구월의 어느 날.

강태산은 그녀의 손을 붙잡고 장원 주변을 거닐다가 바닷가 공원으로 향했다.

그녀는 벤치에 앉아 석양을 보는 걸 가장 좋아했기에 언제나 이 시간이 되면 두 사람은 공원을 향해 움직였다.

천천히 걸어 공원에 도착한 두 사람은 항상 그랬던 것처럼 벤치에 앉아 바다를 바라보았다.

여전히 예쁜 바다.

바다에는 입수를 기다리는 태양이 하늘을 붉게 수놓기 위해 안간힘을 쓰고 있었다.

강태산이 그녀의 손을 꼭 잡고 있다가 슬며시 놓고 자리에서 일어선 것은 화단에 가꾸어놓은 꽃들 중에 생명력을 잃어버린 채 시들어 버린 국화들이 눈에 띄었기 때문이었다.

아마 김가을이 먼저 봤다면 그녀가 일어났을 것이다.

그녀는 화단이 언제나 싱싱하기를 바랐으니까.

강태산은 화단으로 다가가 시든 국화들을 뽑기 시작했다. 고개를 숙인 채 정성스레 다른 꽃들이 상하지 않도록 상한 꽃들만 가려 뽑아 한군데로 모았다.

의외로 시든 국화들의 숫자는 많았기에 강태산은 차츰 김가을에게 멀어져 갔다.

공원을 주욱 둘러싼 화단의 길이는 꽤 넓어 그가 고개를 들었을 때 김가을과의 거리는 50m가 훌쩍 넘을 정도로 벌어졌다.

문제는 그가 고개를 들었을 때 어느샌가 적운구가 아가리를 벌린 채 김가을을 삼키고 있었다는 것이었다.

"안 돼!"

강태산이 자신도 모르게 고함을 치면서 태을경공을 펼쳤다.

눈 깜짝할 사이에 그의 몸이 하늘을 날아 김가을을 향했으나 그녀의 몸은 이미 반 이상 적운구 속으로 사라진 상태였다.

그대로 적운구를 향해 몸을 던졌다.

그녀를 이대로 보낼 수는 없다. 만약 그녀가 다른 차원으로 간다면 그는 살아도 산목숨이 아닐 것이다.

*　　　*　　　*

손가락이 꿈틀댔고 곧이어 눈꺼풀이 움직였다.

그러고는 돌아온 정신을 제대로 추스르지 못한 상태에서 눈을 떴다.

먼저 바다가 보였다.

적운구를 통과하지 못했던 것일까?

김가을과 늘 함께 보던 푸른 바다가 눈으로 들어오자 강태산은 벌떡 일어나 주변을 살폈다.

그러나 그가 일어선 곳은 그녀와 함께 있던 바다가 아니었다.

바로 그 장소.

그녀의 선택을 기다리며 초조한 심정으로 푸른 바다를 지켜보던 쉬리의 언덕이었다.

아…….

뒤로 보이는 호텔의 조명들이 마치 천국에서 내뿜는 불빛처럼 밀려오고 있었다.

급하게 자신의 모습을 살폈다.

검은색 정장에 어울리는 파란 넥타이, 그녀가 왔을 때 주기 위해 준비했던 장미꽃다발이 그대로 놓여 있었다.

그가 적운구에 들어가기 전의 그때 그 모습 그대로였다.

미친 사람이 되었다.

자신의 사랑, 자신의 아이가 보이지 않았다.

그랬기에 강태산은 그녀가 왔던 그 오솔길을 향해 급히 시선을 던졌다.

거기서 그녀가 뛰어오고 있었다.

"오빠!"

그녀의 목소리는 마치 어미 잃은 사슴처럼 날카로웠다.

마주 뛰어가 그녀를 안았다.

"가을아, 괜찮아?"

"오빠, 아이가… 아이가……."

그녀의 울먹임에 강태산의 고개가 홱 돌아갔다.

날씬한 몸매, 그녀의 배는 아이를 갖기 전 그 매끈했던 몸매로 되돌아가 있었다.

강태산은 아무 말도 하지 않고 그녀의 몸을 끌어안았다.

그러고는 깊고 깊은 입맞춤을 했다.

"가을아, 우린 다시 현실로 돌아왔기 때문에 아기를 데려오지 못한 거야. 그러니까 너무 슬퍼하지 마."

"그래도… 우리 아기… 흐흑… 어떡해, 오빠?"

"아기는 내가 다시 만들어줄게. 네가 허락만 해준다면……."

강태산이 김가을을 빤히 쳐다봤다.

달라진 상황.

현실로 다시 돌아왔으니 김가을의 선택에 따라 미래는 얼마든지 바뀔 수 있었다.

그러나 김가을은 눈물을 멈추지 못한 채 강태산의 가슴을 두드리며 소리를 지르기만 했다.

"그걸 말이라고 해? 언제는 오빠가 내 허락받고 아기를 만들었어? 우리 아기… 빨리 내놔!"

『투신 강태산』 완결

초대형 24시 만화방

신간 100%, 샤워실, 흡연실, 수면실(침대석), 커플석, 세탁기 완비

■ 시흥 정왕25시점 ■

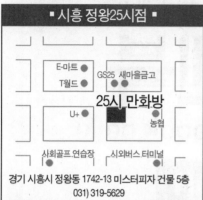

경기 시흥시 정왕동 1742-13 미스터피자 건물 5층
031) 319-5629

■ 강북 노원역점 ■

서울 노원구 상계동 340-6 노원역 1번 출구 앞 3층
02) 951-8324 (화용빌딩 3층)

■ 일산 정발산역점 ■

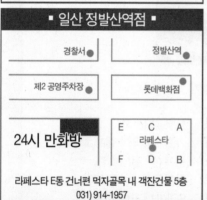

라페스타 E동 건너편 먹자골목 내 객잔건물 5층
031) 914-1957

■ 일산 화정역점 ■

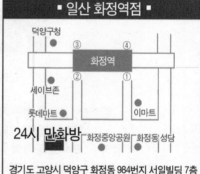

경기도 고양시 덕양구 화정동 984번지 서일빌딩 7층
031) 979-4874 (서일사우나 건물 7층)

■ 부천 역곡역점 ■

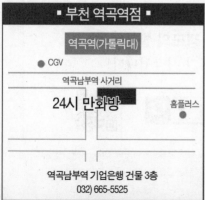

역곡남부역 기업은행 건물 3층
032) 665-5525

■ 부평역점 ■

(구) 진선미 예식장 뒤 한신포차 건물 10층
032) 522-2871

천마님, 부활하셨도다

정영교 新무협 판타지 소설
FANTASTIC ORIENTAL HEROES

다시 부활한 천마의 포복절도한 마교 되살리기!

마도의 본산지 십만대산(十萬大山) 마교.
마교 역사상 최악의 위기가 다가왔다!

무림맹의 무림통일로 마교의 영광은 먼 과거가 되어버리고
마교는 옛 영광을 되찾기 위해 시조(始祖) 천마를 부활시키는데…

"오오오, 차… 천마님! 부… 부활하셨나이까!"
"이 미친놈들이 지금 무슨 짓을 저지른 건지는 알고 있는 게냐?!"

하나 점점 악화일로로 치닫게 되는 상황 속에서
과연 천마는 마교의 영광을 되찾을 수 있을 것인가!

지금, 유일무이한 천마의 통쾌한 이야기가 시작된다!

Book Publishing CHUNGEORAM

유행이 아닌 자유추구 ─
WWW.chungeoram.com

전생부터 다시

FUSION FANTASTIC STORY

홍성은 장편소설

죽음으로 모든 걸 끝내고 싶지 않아
인간으로 환생하게 된 대마법사, 로렌 하트.

그러나 알 수 없는 괴물의 등장으로 인해 인류가 멸망해 버리고
홀로 살아남은 그는
고독과 외로움에 다시 한 번 더 환생을 결심하는데…….

하지만 현생을 반복하는 것만으로는 의미가 없다.
시간을 되돌려 대마법사가 되기 전의 시절로 되돌아갈 것이다!

대마법사 로렌 하트, 전생부터 다시 시작한다!

Book Publishing CHUNGEORAM

유행이 아닌 자유추구 -
WWW.chungeoram.com